Morton Rhue
The Good War

An der Ironville Middle School gibt es eine neue E-Sport-AG. Neun Wochen lang spielen die Teilnehmer das angesagte Computerspiel *The Good War*, das auf dem Zweiten Weltkrieg basiert. Es ist ein Krieg, über den die Spieler noch kaum etwas wissen. Dennoch teilen sie sich in zwei Teams auf – Achsenmächte und Alliierte. Die Fronten verhärten sich schnell, nicht nur auf den Bildschirmen. Denn Uniformen, unerwartete Bündnisse und gegenseitiges Misstrauen beginnen, das Leben der Siebtklässler zu bestimmen. Und dann treibt einer von ihnen das Spiel zu weit …

Morton Rhue, der eigentlich Todd Strasser heißt, wurde am 5. Mai 1950 auf Long Island, New York, geboren. Nach dem Studium arbeitete er einige Jahre als Zeitungsreporter und Werbetexter, bis er das Schreiben von Büchern zu seinem Hauptberuf machte. In den USA gehört er zu den bekanntesten Kinder- und Jugendbuchautoren. In Deutschland wurde er durch ›Die Welle‹ berühmt, ein Jugendbuch, das seit Jahrzehnten zur Schullektüre gehört, vielfach ausgezeichnet und verfilmt wurde. Morton Rhue lebt in New York.

Angela Lück, geboren 1962 in Langenhagen, ist Lehrerin und Übersetzerin. Sie hat zwei erwachsene Söhne und lebt mit ihrem Mann südlich von Hannover.

Morton Rhue

THE GOOD WAR

Wenn aus Spiel Realität wird

Aus dem Englischen
von Angela Lück

dtv

MIX
Papier | Fördert gute Waldnutzung
FSC® C014496

1. Auflage 2024

Published in the United States by Yearling,
an imprint of Random House Children's Books,
a division of Penguin Random House LLC, New York.
Originally published in hardcover in the United States by Delacorte Press,
an imprint of Random House Children's Books,
a division of Penguin Random House LLC, New York, in 2021.
Titel der Originalausgabe: ›The Good War‹
Lizenzausgabe mit freundlicher Genehmigung der
Carl Hanser Verlag GmbH & Co. KG, München

Umschlaggestaltung: Lisa Höfner | buxdesign, München
Umschlagmotiv: janiecbros/Getty Images
Gesetzt aus der Berling
Satz: Fotosatz Amann, Memmingen
Druck und Bindung: GGP Media GmbH, Pößneck
Printed in Germany · ISBN 978-3-423-62805-1

Für Barb, Lia, Geoff,
Julia und Ben

TEIL EINS

WOCHE EINS

Die Schulglocke läutete zum ersten Mal. Goofy Foot alias Zach Cook bahnte sich einen Weg durch die Schülermassen der Ironville Middle School. Mit einem Rucksack über der Schulter und einem Skateboard unter dem Arm schlängelte er sich durch die Menge. Als er versehentlich ein Mädchen mit langen schwarzen Haaren anrempelte, fauchte es ihn an: »Pass doch auf, wo du hinläufst.« Andere Kinder warfen ihm finstere Blicke zu, während er sich an ihnen vorbeidrängelte. Aber das waren die Gegner. In Gedanken befand sich Goofy Foot im Computerspiel *The Good War*, und die ganze Schule war feindliches Gebiet.

Goofy Foot verstaut sein Skateboard im Schließfach und betritt das Jungsklo. Strenger Geruch schlägt ihm entgegen. Er versteckt sich in einer Kabine und wartet das nächste Klingeln ab. Goofy Foot will nicht riskieren, am Urinal in einen Hinterhalt der Feinde zu geraten.

Die Toilettentür öffnete sich knarrend, und die Stimmen von Gavin Morgenstern und Ratface Fugard waren zu hören. Zach hielt den Atem an. Ratface, eigentlicher Name Crosby, schikanierte Zach bei jeder Gelegenheit. Wenn Ratface ihn hier erwischte, war Zach so gut wie tot.

Goofy Foot kauert sich in der Kabine zusammen. Durch den Spalt zwischen Kabinentür und Türrahmen beobachtet er die Feinde.

»Ich habe gehört, dass Robbies Eltern nach Franklin gezogen sind, damit Robbie dort im Footballteam spielen kann«, sagte Ratface. Er stand vor dem Spiegel und fuhr sich mit den Fingern durch sein dunkles Haar. Seine lange Nase erinnerte Zach an eine Ratte.

»Ja«, brummte Gavin am Urinal.

»Ich wünschte, meine Mom würde auch so etwas tun«, fuhr Ratface fort. »Voll ätzend, dass Ironville Football gecancelt hat. Stell dir vor, wir könnten alle nach Franklin ziehen und dort spielen.«

»Das ist eine große Schule«, gab Gavin zu bedenken. Er hatte rote Haare und Sommersprossen. »Glaubst du echt, du würdest es dort ins Team schaffen?«

»Hey, ich bin vielleicht nicht groß, aber ich bin schnell«, erwiderte Ratface.

Versteckt in seiner Kabine, dachte Zach darüber nach. Ratface mochte zwar schnell sein, aber er war klein. Sogar kleiner als Zach. Es gab viele Kinder, die genauso schnell waren, aber dazu noch größer. Gavin wiederum war der größte Junge des Jahrgangs. Er erinnerte Zach an Duke Nukem. Niemand würde denken, dass ein so stämmiger Junge wie Gavin auch schnell und wendig sein konnte, aber wenn sie Football oder Basketball im Sportunterricht spielten, gewann sein Team immer.

Gavin trat vom Urinal zurück. Er räusperte sich und starrte zur Decke hinauf.

In seiner Kabine blickt Goofy Foot nach oben. Seine Augen nehmen etwas Erstaunliches wahr. An der Decke kleben Dutzende getrocknete bräunlich grüne, herabhängende Klumpen. Wie eine Höhle aus schleimigen Stalaktiten.

Mit zurückgelegtem Kopf zog Gavin Schleim hoch und feuerte ab. *Platsch.* Sein Rotz klatschte gegen die Decke und blieb kleben.

Aber in der Mitte hing er durch, dehnte sich wie Knete, bis er mit einem *Plopp* zu Boden fiel.

»Mist«, brummte Gavin.

»Vielleicht beim nächsten Mal«, sagte Ratface.

Die Schulglocke läutet, und Gavin und Ratface verlassen das Klo. Wieder allein tritt Goofy Foot aus der Kabine. Aber bevor er in seine Klasse geht, bleibt er mitten im Raum stehen und legt den Kopf in den Nacken. Es ist zu verlockend, um es nicht zu versuchen. Er zieht seinen eigenen Kloß schleimiger Munition hoch, zielt, feuert ab!

Doch leider fehlt es seinem Rotzgeschoss an Feuerkraft. Es schafft nicht einmal den halben Weg bis zur Decke, bevor es sich in Tropfen auflöst und zurückfällt.

Es stürzt ab und platscht Goofy Foot ins Gesicht.

Jeden Moment würde es läuten. Ms Peterson hatte es endlich geschafft, die Schulleiterin, Ms Summers, in den Computerraum zu locken, um ihr die acht frisch eingetroffenen, glänzenden Providia-Gaming-Computer zu zeigen.

Ms Summers, eine zierliche, adrett gekleidete Frau mit kurzen schwarzen Haaren, war eine strenge, aber stets faire Rektorin. Mit einem glänzend roten Fingernagel fuhr sie an der oberen Kante von einem der 24-Zoll-Monitore entlang. »Wie können die uns nichts kosten?«, fragte sie.

»Wir haben sie als Fördermittel zur Digitalisierung von Schulen mit geringem Budget bekommen«, sagte Ms Peterson. »Dazu gehört sogar ein Upgrade für unsere Internetverbindung, außerdem neue Router und diese Gaming-Set-ups.«

Die Schulleiterin nickte vorsichtig. Sie hatte eindeutig Zweifel an der Einführung von E-Sport an der Schule. »Können wir sie auch für etwas anderes außer für Spiele verwenden?«

»Auf jeden Fall«, sagte Ms Peterson. »Wenn sie nicht von der E-Sport-AG genutzt werden, stehen sie für Schulprojekte zur Verfügung. Und sie können dreidimensionale Modellierungsprogramme und Photoshop, dafür sind unsere bisherigen Computer nicht geeignet.«

Ms Summers griff nach einem der neuen Headsets, die mit den Providias geliefert worden waren. »Ich kann mir einfach nicht vorstellen, wie eine E-Sport-AG jemals das Footballteam ersetzen kann.«

»Es ist furchtbar, dass die Schulbehörde Football streichen musste«, sagte Ms Peterson, »aber hoffentlich finden die Schülerinnen und Schüler durch die neue AG etwas, das ihr Schulleben bereichert – und für das sie sich begeistern.«

Die Schulleiterin lächelte dünn, so als wäre sie sich nicht ganz sicher, ob das stimmen konnte. »Tun Sie mir einen Gefallen? Das Kollegium soll wissen, dass diese Computer aus einem Förderprogramm finanziert wurden. Ich will nicht, dass irgendjemand denkt, wir gäben unsere spärlichen Mittel für eine E-Sport-AG aus.«

Ms Peterson versicherte es ihr. Sie hatte von Anfang an gewusst, dass es riskant war, sich an einer Schule für E-Sport zu engagieren. Aber da die Schule nun kein Footballteam mehr besaß, wollte sie alles tun, um den Schulgeist zu stärken.

Die Schulglocke läutete. Die Schulleiterin musste für die Morgendurchsage zurück in ihr Büro. Ms Peterson ging zu ihrer Klasse. Obwohl das Schuljahr erst vor wenigen Wochen begonnen hatte, brauchte sie den Sitzplan nicht mehr, um zu wissen, wer nicht da war. Eine Schülerin fehlte seit zwei Tagen wegen einer Erkältung. Die Mutter eines anderen Schülers hatte am Morgen gemailt, dass es ihrem Sohn nicht gut ging. Und dann war da noch Zach Cook, der immer zu spät zum Unterricht kam.

Ms Peterson setzte sich ans Pult, gespannt darauf, wie die Kinder auf die Morgendurchsage reagieren würden.

Caleb Arnett saß in Ms Petersons Klasse in der ersten Reihe und kaute nervös auf einem Stift herum. Erst vorhin im Schulbus hatte er zufällig mitbekommen, wie Crosby Gavin von seinem Plan erzählt hatte, bei der Mathearbeit am Nachmittag zu schummeln. Caleb hielt sich zwar nicht für einen Engel, aber er hasste es, wenn Klassenkameraden betrogen. Er würde es in Ordnung finden, wenn es jeder dürfte. Denn dann wären die Bedingungen für alle gleich. Aber die meisten Kinder schummelten eben nicht. Nicht unbedingt, weil sie es für falsch hielten, sondern weil sie erwischt werden konnten und das ihrem Ruf schadete. Und diesen Ruf, ein Betrüger zu sein, wurde man nie wieder los. Caleb war zwar erst in der siebten Klasse, aber er war schlau genug, um das verstanden zu haben.

Caleb dachte gerade darüber nach, was er wegen Crosby tun sollte, als die Klassenzimmertür aufflog und Zach hereinstürmte – wie immer zu spät. Er schleifte seinen Rucksack hinter sich her und wischte sich das Gesicht mit einem Taschentuch ab.

»Warum kommst du dieses Mal zu spät, Zach?«, fragte Ms Peterson.

Zach war ein eigenartiger Junge, der einem nie in die Augen sah. Er sprach kaum und hatte mehr nervöse Angewohnheiten als jeder andere, den Caleb je gekannt hatte. Er knabberte an seinen Nägeln, kaute auf seiner Lippe, zupfte an seiner Kopfhaut, blinzelte ständig und konnte nicht stillsitzen. »Tut mir leid, Ms Peterson«, sagte Zach. »Ich habe mich angerotzt.«

Die Klasse brach in Gelächter aus. Typisch Zach Cook. Noch während er sprach, versicherte er sich mit einem Blick zur Klasse, dass alle ihm zuhörten.

Ms Peterson erstarrte. »Zach!«, sagte sie streng. »Was hast du gerade gesagt?«

»Ich sagte, ich habe mich *angerotzt.*« Zach wiederholte das Wort mit Nachdruck.

Die Klasse kicherte immer noch, aber Ms Peterson entspannte sich. »Oh, ich dachte, du hättest etwas anderes gesagt. Setz dich auf deinen Platz. Und vielleicht könntest du morgen, wie durch ein Wunder, pünktlich sein?«

Zach ging zu seinem Tisch im hinteren Teil des Raumes. Caleb dachte wieder darüber nach, was er gegen Crosbys Betrugspläne unternehmen sollte.

Die Klasse mochte über Zachs Eigenheiten lachen, aber Emma Lopez fand sie einfach nur irritierend. Sie konnte sich nicht vorstellen, auf diese Weise im Mittelpunkt zu stehen. Schon allein bei dem Gedanken an all die starrenden Augenpaare wollte sie von ihrem Stuhl rutschen und sich auflösen. Was würde man wohl über *sie* sagen, wenn sie sich zum Gespött der Leute machte? Was, wenn jemand sein Handy zückte und die Aufnahme auf Snapchat postete? Man stelle sich die Memes vor! Sie fürchtete sich davor, dass jemand etwas über sie postete und sie dadurch online auffallen könnte.

In diesem Moment begann die morgendliche Durchsage. »Schon von der neuen E-Sport-AG hier an der Ironville Middle School gehört?«, fragte der Schülersprecher. »Was? Hast du *E-Sport* gesagt? Richtig gehört. Wir haben gerade acht brandneue, voll ausgestattete Providia X-Master Gaming-PCs bekommen. Nur dank Ms Peterson und Caleb Arnett. Wenn du also gern zockst und mehr wissen willst, komm zur Infoveranstaltung heute nach der Schule im Computerraum.«

Wie immer hörte die Hälfte der Klasse nicht zu, aber Emma wurde hellhörig. *Eine E-Sport-AG?* Sie schaute ein paar Plätze weiter zu Caleb. Er war ein großer, schlanker Junge mit hellbraunen Haaren und ein wenig abstehenden Ohren. In diesem Augenblick grinste er voller Stolz. Als hätte er Emmas Blick gespürt, drehte er sich um und sah sie an. Emma merkte, wie ihr die Wärme ins Gesicht stieg. Hoffentlich wurde sie nicht rot. Mit den Lippen formte sie das Wort »Danke« zu Caleb. Sein Grinsen wurde breiter.

Diejenigen, die bei der Durchsage zugehört hatten, begannen, mit ihren Sitznachbarn zu schwatzen. Einige Reihen von ihr entfernt, sagte Crosby mit lauter Stimme: »Was soll das denn? Wir können doch zu Hause so viel zocken, wie wir wollen.«

Eine Antwort kam unerwartet von dem Neuen in der Klasse, Nathan. »Auf einem Providia X-Master? Das ist der schnellste und leistungsstärkste Gaming-PC, den es gibt. Den benutzen die Profis.«

Crosby hob seine Hand. »Ms Peterson, wie schnell sind die Prozessoren?«

»Wie hoch ist die Bildwiederholrate der Monitore?«, fragte Nathan.

»Gibt es dazu auch Gaming-Mäuse?«

»Und diese coolen LED-Tastaturen?«

»Besucht die Infoveranstaltung und findet es heraus«, sagte Ms Peterson und freute sich über das Interesse. Sie erhob sich von ihrem Pult. »So, jetzt mal zuhören. In der Sporthalle findet eine Versammlung statt. Gehen wir.«

Die Klasse stellte sich in einer Reihe auf und verließ den Raum, gefolgt von Ms Peterson. Als Letzte vergewisserte sie sich, dass das Klassenzimmer leer und niemand mehr da war. Das war es nicht. In der letzten Reihe saß Zach, vertieft in ein Notizbuch, das er gegen die Kante seines Tisches gelehnt hatte. Dass der Rest der Klasse weg war, hatte er gar nicht bemerkt, so konzentriert las er.

»Zach?«, sagte Ms Peterson von der Tür.

Zach hob seinen Kopf und blinzelte erstaunt. Ms Peterson sah die plötzliche Panik in seinen Augen, als er sich umsah und vermutlich fragte, wo alle anderen geblieben waren.

»Die Versammlung?«, erinnerte sie ihn.

Zach steckte das Buch schnell in seinen Rucksack und ging zur Tür.

»Einen Moment«, sagte Ms Peterson. »Ich würde das Notizbuch gerne sehen.«

Der Flur war voller Schüler, die zur Versammlung in die Sporthalle liefen. Gavin und Crosby gingen ein paar Schritte vor Caleb. Caleb dachte erneut an Crosbys Betrugspläne für die Mathearbeit. Jeden Morgen stiegen Gavin und Crosby wenige Haltestellen nach Caleb in den Bus ein. Zwei Sechstklässler saßen normalerweise hinter Caleb, und Gavin und Crosby wiederum hinter diesen. Die Sechstklässler waren von Gavin sowohl beeindruckt als auch eingeschüchtert. Sie plapperten immer wie zwei Erdmännchen miteinander, aber sobald Gavin und Crosby sich hinsetzten, hielten sie die Klappe und lauschten. Crosbys Stimme war kräftig, und Caleb konnte ihn selbst dann hören, wenn er leise sprach. An diesem Morgen hatte Crosby Gavin erzählt, wie er betrügen wollte. Die meisten Betrugsversuche, von denen Caleb hörte, beinhalteten ein Handy oder einen Taschenrechner. Crosbys Plan jedoch war so low-tech, dass er fast genial war.

Caleb störte, dass Crosby wahrscheinlich damit durchkommen würde, wenn er nichts unternahm. Als er mit der Menge in Richtung Sporthalle ging, schaute sich Caleb um. Er erwartete, Ms Peterson zu sehen, aber sie war nicht bei ihrer Klasse. Jetzt könnte also der perfekte

Zeitpunkt sein, um sie zu suchen und ihr zu berichten, was Crosby plante. Danach würde Caleb trotzdem zurückkehren und während der Versammlung bei seiner Klasse sitzen müssen. Dann bemerkte er Emma hinter sich. Sie war nett, eine der Klügsten ihres Jahrgangs und ziemlich zurückhaltend. Aber bei der Durchsage über die E-Sport-AG hatte sie ihm als Einzige zugelächelt und sich bedankt.

»Emma?«, fragte Caleb.

Emma sah mit großen, erschrockenen Augen zu ihm herüber. »Ja?«

»Ich muss zurück in die Klasse«, sagte Caleb. »Hältst du mir einen Platz frei?«

Bevor Emma antworten konnte, drehte er sich um und lief den Flur runter.

Als Caleb den Klassenraum erreichte, sprach Ms Peterson gerade mit Zach. Sie hielt ein aufgeschlagenes Notizbuch in der Hand. Caleb war überrascht, zu sehen, dass ein Handy in einer Aussparung lag. Zach musste die Vertiefung mit einem Cutter in die Seiten geschnitten haben, um es dort zu verstecken.

Sobald sie Caleb sah, klappte Ms Peterson das Notizbuch zu. »Warum bist du nicht bei der Versammlung?«, fragte sie.

»Ähm, es gibt etwas, worüber ich mit Ihnen reden muss«, sagte Caleb.

Ms Peterson zog unschlüssig eine Augenbraue hoch. »Warte auf dem Flur. Es dauert nur eine Minute.«

Sie schloss die Tür. Während er im Flur wartete, dachte

Caleb über Zachs Handy-Trick nach. Das war ziemlich clever für einen Jungen, der mit einer fest zugezogenen Kapuze, aus der nur die Nase und ein Auge herausguckten, durch die Gänge lief. Für einen Jungen, dem in der fünften Klasse praktisch jeden Tag die Hose runtergezogen worden war und den manche einen Spinner nannten, weil er so seltsam sein konnte.

Wenige Augenblicke später öffnete sich die Tür, und Zach und Ms Peterson kamen heraus. »Du solltest dich besser beeilen«, sagte Ms Peterson. Zach rannte in Richtung Aula. »Zach!«, rief Ms Peterson. Zach bremste abrupt ab. Ms Peterson zeigte den Flur hinauf. »Es ist in der Sporthalle.«

Zach wirbelte herum und raste in die andere Richtung. Nun wandte sich Ms Peterson an Caleb.

»Wir sind spät dran«, sagte sie. »Reden wir beim Gehen.«

Auf dem Weg zur Sporthalle erzählte Caleb ihr von Crosbys Betrugsplänen für die Mathearbeit am Nachmittag.

»Das weiß ich schon«, sagte Ms Peterson. »Aber danke, dass du es mir gesagt hast.«

Ms Peterson war überrascht. Gleich zwei Schüler hatten ihr an diesem Morgen erzählt, was Crosby vorhatte. Eine der Quellen war Caleb, was sie nicht verwunderte. Aber über die andere Quelle hatte sie sich gewundert. Und zwar sehr.

Der Flur vor der Sporthalle war übersät mit Rucksäcken. Man hatte alle aufgefordert, sie dort abzustellen, weil die Tribüne ansonsten überfüllt sein würde. Plötzlich hockte sich Caleb hin und begann, seine Schnürsenkel zu binden. »Gehen Sie vor, Ms Peterson. Ich brauche noch einen Moment.«

Ms Peterson steuerte auf die Sporthalle zu. Sie wusste genau, warum Caleb sie gebeten hatte vorzugehen. Er wollte nicht dabei gesehen werden, wie er mit ihr die Sporthalle betrat. Caleb war klug und reif für sein Alter. Letztes Jahr hatte er angefangen, ihr Zeitungsartikel und Videos über E-Sport zu zeigen. Zuerst war Ms Peterson skeptisch gegenüber E-Sport an der Schule gewesen, so wie die Schulleiterin an diesem Morgen im Computerraum. Aber Caleb hatte nicht nachgegeben und sie schließlich dazu gebracht, ihm bei dem Antrag für das Providia-Förderprogramm zu helfen. Selbst jetzt war sie noch erstaunt darüber, dass sie die Computer kostenlos bekommen hatten.

Und das brachte ihre Gedanken zurück zu Zach. Ms Peterson kannte Jungen wie ihn. Jungen, die ihr Sorgen machten, weil sie ständig verloren oder einsam wirkten, unter schlechter Impulskontrolle und geringem Selbstwertgefühl litten. Jungen, die sich mit nichts und niemandem in der Schule verbunden fühlten. Aber was Zach mit seinem Notizbuch gemacht hatte, war auf seltsame Weise ermutigend. Die Arbeit war so sorgfältig. So präzise. Die Ecken des ausgehöhlten Rechtecks für das Handy waren perfekt rechtwinklig. Die Ränder akribisch geschnitten. Die Seiten klebten mit gerade genug Kleber zusammen – ohne einen einzigen Tropfen oder Klecks. Die Arbeit verriet ein Maß an Sorgfalt und Geschicklichkeit, das sie nie mit ihm in Verbindung gebracht hätte. Als sie ihn gefragt hatte, wofür er das Handy benutzt habe, sagte er etwas über ein Computerspiel. Das brachte sie auf die Idee, dass er vielleicht gut in die E-Sport-AG passen könnte.

Emmas Klasse saß Schulter an Schulter und Oberschenkel an Oberschenkel hoch oben auf der Tribüne der Sporthalle. Emma legte ihren Hoodie neben sich, um einen Platz für Caleb freizuhalten. Alle um sie herum schauten heimlich auf ihre Handys. Eigentlich sollten die Geräte in den Schließfächern gelassen werden, aber kaum jemand tat das. Und in einer überfüllten Versammlung wie dieser war es nicht wahrscheinlich, dass die Lehrkräfte über die voll besetzten Bänke klettern würden, um Handys einzukassieren.

Unten in der Sporthalle stand die Schulleiterin an einem Mikrofon und forderte alle Anwesenden auf, sich so eng wie möglich zusammenzudrängen. »Wir müssen die ganze Schule hier reinbekommen. Nehmt also bitte all eure Sachen auf den Schoß.«

»Hey, Emma, hast du nicht gehört, was Ms Summers gerade gesagt hat?«, fragte jemand.

Emma erkannte die Stimme sofort. Ihr Magen krampfte sich zusammen. Die Person, die auf der anderen Seite ihres Hoodies saß, musste natürlich ausgerechnet Mackenzie »Meisterin der Mikroaggressionen« Storrs sein.

Emma hätte Mackenzie am liebsten gefragt, seit wann sie sich dafür interessierte, was Ms Summers sagte. Aber sie wusste, dass sie das nicht tun würde. Denn dann müsste sie mit ihr einen Streit anfangen – und davor fürchtete sie sich. Jetzt mischte sich auch noch Mackenzies beste Freundin, Isabella Reed, ein. »Lass sehen, für wen sie den freihält.«

Ein Schauer lief Emma über den Rücken. Wenn die beiden sahen, für wen sie den Platz belegte, würden sie sich über sie lustig machen. Manche mochten Caleb, andere nannten ihn hinter seinem Rücken Schleimer oder Streber. Er erinnerte Emma an ihre ältere Schwester Sarah. Letztes Jahr, in ihrem Abschlussjahr, wurde sie zur Schülerin mit den besten Erfolgsaussichten gewählt. Allein aus diesem Grund hatten einige aus ihrer Stufe Sarah nicht gemocht. Caleb kam immer ordentlich gekleidet zur Schule, und Emma fand ihn sympathisch. Insgeheim freute sie sich darüber, dass er sie gebeten hatte, einen Platz für ihn freizuhalten. Aber jetzt fürchtete sie sich vor Mackenzies Sticheleien.

Die Tür der Sporthalle öffnete sich. Emma hielt den Atem an. Aber es war Zach, nicht Caleb, der hereinkam. Crosby saß wenige Reihen vor Emma. Er stieß Gavin an und sagte laut genug, dass alle um ihn herum es hören konnten: »Wir müssen ihn dazu bringen, sich vor uns zu setzen.«

Emma wusste, dass das Ärger bedeutete. Zach war etwas größer als Crosby, aber das hielt Crosby nicht davon ab, auf ihm herumzuhacken. Vermutlich kam Crosby damit nur deswegen durch, weil Gavin ihm den Rücken freihielt. Das war neu. Noch im letzten Schuljahr war Robbie Jones der beste Freund von Gavin gewesen. Sie waren zwei der besten Spieler des Footballteams gewesen, und auf dem Flur und beim Mittagessen hatte man sie immer zusammen gesehen. Doch diesen Sommer war Robbie nach Franklin gezogen, um dort im Schulteam Football zu spielen.

Emma beobachtete, wie Crosby die Kinder vor ihm zum Platzmachen aufforderte. Da Gavin neben ihm saß, rückten sie sofort auseinander. »Hey, du Spinner, setz dich hierher!«, rief Crosby. »Wir haben dir einen Platz freigehalten.«

Zach war bereits auf dem Weg zur Tribüne. Doch als er Crosby rufen hörte, blieb er stehen und schien zu schrumpfen.

»Du hast mich gehört, Spinner«, knurrte Crosby und zeigte auf den Platz vor ihm. »Ich will dich hierhaben.«

Zach ließ den Kopf hängen und kletterte auf den von Crosby zugewiesenen Platz. Emma fühlte sich schlecht. Programme gegen Mobbing existierten an der Schule schon, solange sie denken konnte. Die Lehrer sprachen im Unterricht darüber, und es gab keinen Flur, auf dem man keine Anti-Mobbing-Poster sah. Wenn Crosby die Botschaft nicht verstanden hatte, dann nur, weil er sie nicht verstehen wollte.

Die Tür der Sporthalle öffnete sich wieder, und Caleb kam herein. Er blieb am unteren Ende der Tribüne stehen und scannte die Menge. Emma wusste, dass er nach ihr suchte. Sie wollte ihm gerne zuwinken, doch sie fürchtete sich vor Mackenzies Gemeinheiten. Ganz bestimmt würde sie ein Foto von ihr und Caleb machen und es mit einem fiesen Kommentar posten. Also duckte sie sich und hoffte, dass Caleb sie nicht sehen würde.

Caleb hatte die Sporthalle noch nie so voll erlebt. Die Versammlung sollte gleich beginnen, und als er Emma in der Menge nicht finden konnte, setzte er sich in den Gang zwischen den Sitzreihen. Eigentlich durfte man dort nicht sitzen, aber niemand schien sich mehr um Regeln zu kümmern.

Während Ms Summers alle aufforderte, ruhig zu sein und sich auf »eine schöne und inspirierende Versammlung« zu freuen, dachte Caleb an das zurück, was gerade passiert war. Als er Ms Peterson von Crosbys Betrugsplänen für die Mathearbeit erzählt hatte, hatte sie gesagt, dass sie bereits davon wusste. Aber woher? Wer hätte es ihr vor ihm sagen können? Er betrachtete die vielen roten und weißen Footballbanner, die an den Wänden der Sporthalle hingen: Middle School State Champions. Conference Champions. State Vizemeister. Es war nicht leicht, sich für die Schule zu begeistern, jetzt, wo sie ihr Footballteam verloren hatten.

»Hallo, alle zusammen«, rief die Schulleiterin enthusiastisch, »bitte einen tosenden Applaus für einen unserer berühmtesten Ironville-Absolventen, Harry the Hoopster!«

Aus der Jungenumkleide kam ein dünner, krummbeiniger, grauhaariger Mann in langen weißen Basketballshorts und einem ausgebeulten weißen Trikot. Er dribbelte mit zwei Basketbällen gleichzeitig. Auf der Tribüne wurde es still. Caleb ahnte, was fast alle aus dem Publikum gerade dachten: *Echt jetzt?*

Er hatte noch nie von Harry the Hoopster gehört. Harry sah so alt und knochig aus, als könnte er scin Großvater sein. Falsch. Harry sah so alt aus, als könnte er Calebs *Ur*großvater sein. Seine faltige und schlaffe Haut hatte praktisch die Farbe von Milch. Er war so blass, als wäre er seit der Erfindung von Pac-Man nicht mehr in der Sonne gewesen. Haarbüschel ragten aus dem Halsausschnitt seines Trikots wie kleines weißes Unkraut.

Caleb konnte verstehen, dass die Schule ihre Schülerschaft bei der Stange halten wollte, nachdem Football bis auf Weiteres nicht mehr stattfinden würde. Aber war dieser alte Kauz, der kaum noch aufrecht stehen konnte, wirklich der beste Weg, um dies zu erreichen? In diesem Moment versprang einer von Harrys beiden Basketbällen, und er musste ihm hinterherlaufen. Ein Kichern lief über die Tribüne.

Es dauerte eine Weile, bis Harry beide Bälle zum Mikrofonständer gedribbelt hatte. Dann sagte er ins Mikrofon: »Warum wollte der Basketballtrainer einen Frosch im Team haben? Weil er von seinem tollen Jump Shot gehört hat!«

Der Witz erntete Stöhnen, doch das hielt den alten Mann nicht auf. »Habt ihr von dem Basketballspieler gehört, der sich für einen Bastelkurs angemeldet hat? Er wollte lernen, wie man Körbe macht!«

Das Publikum stöhnte noch mehr. Aber Harry machte weiter, drehte einen Basketball auf seinem Finger, dann auf seinem Ellbogen und dann auf seinem Kopf. All das, während er über Charakterbildung, Teilen, Fürsorge und Freundlichkeit sprach. Caleb fragte sich, ob es tatsächlich jemanden gab, der es für eine gute Idee hielt, sie nun alle für Basketball statt Football begeistern zu wollen. Und ob man deshalb den alten Harry angeheuert hatte, damit er sie mit seinen meisterhaften Basketballkunststückchen beeindruckte.

Es war unerträglich.

Plötzlich wurde überall um Caleb herum getuschelt und gekichert. Handys vibrierten, und Kinder schielten heimlich auf die Displays. Caleb schaute über die Schulter des Jungen vor ihm. Jemand hatte per AirDrop das GIF eines knochigen alten Mannes übertragen, der eine knappe Badehose anhatte und seine dürren Muskeln anspannte.

Die Menge verbrachte den Rest der Versammlung damit, auf ihre Handys zu schauen. Zuerst war Caleb überrascht, dass Ms Summers nicht versuchte, sie davon abzuhalten. Aber vielleicht war ihr klar geworden, dass diese Versammlung ein Fehler gewesen war. Und solange sich die Kids mit ihren Handys beschäftigten, waren sie wenigstens ruhig.

Die Vorführung endete, und Harry the Hoopster stand für Fragen bereit. Es folgte eine peinliche Stille. Das einzige Geräusch war das Knarren der Tribüne. Dann beugte sich Crosby vor und flüsterte Zach etwas ins Ohr. Als Zach den Kopf schüttelte, ballte Crosby drohend die Faust und hielt sie so tief, dass nur Zach und die um ihn herum sie sehen konnten.

Zach hob zögerlich die Hand. »Mr Hoopster, Sir. Meinen Sie nicht, es sollte ein Gesetz geben, das alten Männern das Tragen von kurzen Hosen verbietet?«

Die Versammlung war vorüber, und Zach steckte wieder einmal in Schwierigkeiten. Zurück im Klassenzimmer fragte sich Ms Peterson, warum sie sich so um ihn sorgte. Er war schließlich nicht der einzige Schüler an der Schule, der Unfug anstellte. Doch sie hatte während der Versammlung gerade hochgeschaut, als Crosby etwas in Zachs Ohr flüsterte. Natürlich hatte sie nicht hören können, was Crosby gesagt hatte. Zach mochte sich manchmal ungeschickt anstellen, das wusste Ms Peterson, aber sie bezweifelte, dass er freiwillig vor der gesamten Schule solch eine Frage gestellt hätte. Tief in ihrem Inneren fühlte sich Ms Peterson mit Zach verbunden. Auch sie war in diesem Alter gehänselt worden. Nur hatte ihr damals niemand geholfen, damit umzugehen.

In diesem Augenblick sah sie durch die offene Klassenzimmertür Caleb. »Caleb?«, rief sie. »Kann ich mit dir sprechen?«

Er kam herein. Ms Peterson hatte ihn im letzten Jahr gut kennengelernt und angefangen, ihm zu vertrauen: Zuerst, als er sie dazu gedrängt hatte, die Idee einer E-Sport-AG in Erwägung zu ziehen. Und dann, als sie gemeinsam an dem Förderantrag gearbeitet hatten. Er konnte so entschlossen und überzeugend sein, und inzwischen traute sie ihm zu, dass er alles erreichte, was er sich vornahm. Sie fühlte, dass sie sich auf ihn verlassen konnte. Er hatte ihr von Crosbys Betrugsplänen für die Mathearbeit erzählt. Ihrer Meinung nach war Caleb Arnett ein zuverlässiger Junge.

»Es sieht so aus, als würde dein Traum von einer E-Sport-AG in Erfüllung gehen«, sagte sie zu ihm. »Glückwunsch.«

Caleb strahlte. »Super, nicht wahr?«

Ms Peterson nickte. »Kann ich dich um einen Gefallen bitten?«

»Äh, natürlich.«

»Würdest du versuchen, Zach Cook dazu zu bringen,

heute Nachmittag zur Infoveranstaltung zu kommen? Ich glaube, das würde ihm guttun.«

Zach hatte eine Freistunde und war erleichtert, in den sicheren Räumen der Bibliothek zu sein. Hier würde er nicht von Ratface Crosby schikaniert werden, denn Typen wie Ratface würden lieber an Toiletten lecken, als in der Bibliothek gesehen zu werden.

Es war ein stressiger Tag für Zach gewesen. Nachdem Ratface ihn gezwungen hatte, diese dumme Frage während der Versammlung zu stellen, hatte er den größten Teil des Morgens vor dem Sekretariat verbracht und darauf gewartet, dass die Schulleiterin ihre Strafe verkündete – sie hatte eine strenge Moralpredigt gehalten und ihn zu einer Woche Nachsitzen in der Mittagspause verdonnert, in der er am Lehrertisch in der Cafeteria sitzen musste. Ihm und seinen Leidensgenossen war es nicht erlaubt gewesen zu sprechen. Sie durften nicht einmal den Kopf auf die Arme stützen. Gab es eine schlimmere Strafe, als vierzig Minuten lang über einen Tisch hinweg Lehrer anzuschauen?

Daher war es eine Erleichterung, während der Freistunde in der Bibliothek zu sein. Zach hatte zwei PCs in Beschlag genommen. Auf einem spielte er *Minecraft*, eines der wenigen Spiele, die die Schulbehörde erlaubte. Auf dem anderen sah er sich Surfvideos an.

Dann saß auf einmal wie aus dem Nichts Streber-Caleb neben ihm.

»*Minecraft* und Surfen, was?«, sagte er. »Hast du auf Twitch gesehen, wie jemand das Taj Mahal in *MC* gebaut hat? Die Details sind unglaublich!«

Zach war sich nicht sicher, was er tun sollte. Er und Caleb waren schon im Kindergarten in derselben Gruppe gewesen, aber sie hatten so gut wie nie miteinander gesprochen. Zach unterbrach das Spiel und schaute sich in der Bibliothek um. War das ein Scherz? Hatten sich Calebs Freunde zwischen den Regalen versteckt, um sie zu beobachten oder zu filmen? Währenddessen zeigte Caleb auf den anderen Computerbildschirm. »Du interessierst dich für Surfen? Cool.«

Warum versucht Caleb Arnett, freundlich zu sein?, fragte sich Zach. *Was will er von mir? Will er einfach nur dasitzen und die ganze Zeit reden?*

Zach begann zu blinzeln und mit den Knien zu wippen. Ratlos wandte er sich zu der anderen Tastatur und tippte »Biggest wave ever surfed« ein. Er und Caleb verfolgten das winzige Bild des Extremsurfers Marc Nguyen, der in Nazaré eine riesige blaue Wand aus aufgewühltem Wasser hinabstürzte.

»Die größte Welle aller Zeiten?«, sagte Caleb. »Krass.«

Zach schaute sich noch einmal um, ob jemand sie beobachtete. Aber er wusste auch, dass Caleb nicht der Typ war, der andere reinlegte oder sich über sie lustig machte. Er gehörte zu denen, deren Haare immer ordentlich geschnitten waren. Sein Hemd war stets in die

Hose gesteckt, und seine Sneaker sahen sauber und kaum abgenutzt aus. Er war zu freundlich, um offen gemein zu sein.

»Also, hör zu«, sagte Caleb. »Weißt du von der E-Sport-AG, die Ms Peterson gründen will?«

Zach runzelte die Stirn. *E-Sport-AG?*

»Erinnerst du dich an die Morgendurchsage?« Caleb ertappte sich dabei, wie er grinste. »Du warst gerade mit dem Handy in deinem Notizbuch beschäftigt, stimmt's?«

Zach spürte, wie die Hitze in sein Gesicht stieg. Er erinnerte sich daran, wie Caleb ins Klassenzimmer zurückgekehrt war, während Ms Peterson ihn wegen des Notizbuchs zur Rede gestellt hatte.

»Was hast du dir eigentlich angeguckt?«, fragte Caleb.

»*The Good War* Tutorials«, sagte Zach kaum lauter als im Flüsterton.

»Das spiele ich auch!«, sprudelte es aus Caleb heraus. »Ist es nicht toll, wie smooth das Gameplay ist? Und wie die Entwickler darauf geachtet haben, dass alles ausgewogen ist? Echte Bodenkämpfe. Nicht einer dieser dämlichen, überdramatischen Ego-Shooter, die im Jahr sechs Millionen nach Christus spielen, mit diesem ganzen erfundenen futuristischen Scheiß, oder?«

Zach nickte. Caleb schien zu wissen, wovon er sprach.

»Weißt du, was supercool wäre?«, fragte Caleb aufgeregt. »Wenn das das Spiel wäre, das die E-Sport-AG spielt.«

Niemals, dachte Zach. *The Good War* war in der Kategorie M, und M stand für »mature«. *Niemals würde es von der Schulbehörde genehmigt.* Und er verstand immer noch nicht, warum Caleb ihm das erzählte. Zach mochte Schule nicht, und er mochte keine AGs. Warum sollte er also eine Schul-AG mögen?

»Willst du es mal versuchen?«, fragte Caleb.

Warum probiert er, mich in eine AG zu bekommen?, wunderte sich Zach.

Caleb hatte noch nie Interesse an ihm gezeigt. Normalerweise interessierte sich Caleb nur für Dinge, die ihm die Möglichkeit gaben, zu glänzen und allen zu zeigen, dass er der Beste war.

»Willst du dir diese Providia X-Master nicht wenigstens mal ansehen?«, fuhr Caleb fort. »Die hören sich verdammt abgefahren an.«

Zach musste zugeben, dass Caleb aufrichtig wirkte. Nur selten wollte jemand aus der Schule etwas mit ihm zu tun haben. Er sagte, dass er darüber nachdenken werde.

»Ms Peterson hat dich also erwischt«, sagte Gavin zu Crosby. Der Unterricht war zu Ende, und sie gingen zum Computerraum, um zu sehen, was es mit der neuen E-Sport-AG auf sich hatte.

»Sie hat mich nicht erwischt«, brummte Crosby wütend. Vor zwanzig Minuten, mitten in der Mathearbeit, hatte Ms Peterson ihn plötzlich aufgefordert, zu ihr nach vorne zu kommen. Dort wollte sie seine Finger sehen, auf die er sich die Formeln in winzigen Buchstaben und Zahlen notiert hatte. Dann forderte sie ihn auf, zur Toilette zu gehen und sich die Hände zu schrubben.

»Woher hat sie das gewusst?«, fragte Gavin.

Gute Frage, dachte Crosby. Es gab nur eine Person, der er von seinem Plan erzählt hatte, und das war Gavin. Crosby wollte nicht glauben, dass Gavin ihn verpetzen würde, aber so gut kannte er Gavin nun auch wieder nicht, oder? Erst seit einem Monat ließ Gavin Crosby mit sich abhängen. Über Persönliches wollte er dabei nie reden.

»Jemand muss es ihr gesagt haben«, sagte Crosby und beobachtete Gavins Reaktion. Eine Gruppe Sechstklässler hatte sich vor ihnen in der Mitte des Flurs versammelt, doch als sie Gavin auf sich zukommen sahen, sprangen sie zur Seite. Crosby genoss es, neben Gavin zu gehen. Niemand, nicht einmal ein Achtklässler, würde es wagen, sich mit dem großen rothaarigen Siebtklässler anzulegen. Crosby mochte es, sich in der Macht zu sonnen, die von Gavin auszugehen schien.

»Ach ja?«, sagte Gavin. »Wer, glaubst du, hat es ihr gesagt?«

Weiß Gavin es wirklich nicht?, fragte sich Crosby. *Oder tut er nur so, um mich auf eine falsche Fährte zu locken?*

Emma war auf dem Weg zum Computerraum, als jemand hinter ihr sagte: »Hey.« Sie drehte sich um. Es war Caleb. »Ich dachte, du hältst mir bei der Versammlung einen Platz frei«, sagte er.

Emma spürte, wie sie rot wurde. »Das habe ich. Ich habe dich gesehen, als du in die Sporthalle gekommen bist, aber du hast mich nicht bemerkt.« Das entsprach in gewisser Weise der Wahrheit. Aber da Mackenzie und Isabella dabei gewesen waren, hatte Emma gar nicht erst versucht, gesehen zu werden.

Caleb zog die Augenbrauen hoch. »Ich dachte, ich hätte überall geguckt.«

»Vielleicht hast du mich nicht gesehen, weil es so voll war«, sagte Emma lahm. Während der nächsten paar Schritte sagte keiner was. Emma fühlte sich schlecht. Sicherlich ahnte Caleb, dass sie nicht ganz aufrichtig war.

Wechsle im Zweifelsfall das Thema, dachte sie. »Ms Peterson hat gesagt, du hättest was mit der E-Sport-AG zu tun?«

Caleb erzählte ihr, wie er im letzten Frühjahr eine Reihe von Zeitungsartikeln über neu gegründete AGs in Schulen gesammelt und sie Ms Peterson gezeigt hatte. Und wie er den Förderantrag für die neuen Computer verfasst hatte.

»*Du* hast ihn geschrieben?«, fragte Emma und war überrascht, dass Caleb, der im letzten Frühjahr noch ein Sechstklässler gewesen war, so etwas zustande gebracht hatte.

»Klar«, sagte Caleb mit einem Grinsen. »Ich hatte

zwar etwas Hilfe von Ms Peterson und meinen Eltern. Aber die Leute, die diese Förderanträge lesen, haben keine Ahnung, wie alt du bist.«

Emma war beeindruckt. Einen Förderantrag zu schreiben, klang kompliziert. Aber das war genau die Art von Herausforderung, die Caleb übernehmen würde. Plötzlich lehnte er sich dicht zu ihr. »Weißt du was? Vielleicht wäre es besser, wenn du niemandem etwas von dem Antrag erzählst«, sagte er im Flüsterton. »Ich habe sowieso schon den Ruf, ein Streber zu sein.«

Emma schmeichelte sein Vertrauen. Sie fragte sich, ob es an ihrem Kunstprojekt lag, an dem sie letztes Jahr gemeinsam gearbeitet hatten. Ihre Aufgabe war es gewesen, mit Sprühfarbe Landschaften zu gestalten. Die meisten Kinder in der Klasse hatten nur die Materialien genutzt, die der Kunstlehrer zur Verfügung gestellt hatte, aber wie immer wollte Caleb auch damals darüber hinausgehen. Emma hatte seinen Enthusiasmus ansteckend gefunden und war froh gewesen, seine Partnerin in dem Projekt zu sein. Während der Rest der Klasse die üblichen Landschaften wie Wälder und Berge malte, schlug Caleb eine Unterwasserszene mit Korallen und Fischen, einem Schiffswrack und Meeresschildkröten vor. Sie hatten die Idee gemeinsam weiter recherchiert. Dann fand Caleb Schaumstoffpinsel und Spachtel, und Emma besorgte Sprühfarben in besonderen Tönen. Gemeinsam verwandelten sie ein alltägliches Kunstprojekt in etwas Außergewöhnliches. Und im Verlauf des Projekts hatte sie sich ein wenig in ihn verknallt.

Inzwischen waren sie fast beim Computerraum angekommen. »Also, äh, du gehst zum Gaming-Meeting?«, fragte Caleb. »Du bist eine Gamerin?«

»Wer ist das nicht?«, sagte Emma und war stolz, weil sie fand, dass das clever klang.

Caleb grinste. »Ja, oder?«

Es tat gut, dass Caleb ihren Humor mochte. Meistens war die einzige Person, die ihn schätzen konnte, Emma selbst. Denn nur selten sprach sie ihre witzigen Einfälle auch laut aus.

»Bist du aufgeregt, auf diesen Providias zu spielen?«, fragte Caleb.

»Ich bin aufgeregt, mit einer schnellen Verbindung zu spielen«, sagte Emma. »Bei uns zu Hause gibt es diesen Witz, dass unser Internet so langsam ist, dass …«

Sie gingen noch ein paar Schritte weiter. Caleb schaute sie an. »So langsam, dass was?«

»Das wissen wir nicht«, sagte Emma. »Wir warten noch darauf, dass es lädt.«

Ein Lachen platzte aus Caleb heraus. »Der war gut!«

Emma spürte, wie sie innerlich strahlte.

Als sie im Computerraum ankamen, war außer Ms Peterson nur Nathan da, der Neue. Caleb und Emma setzten sich an das vordere Ende des langen Tisches, auf dem die neuen PCs aufgestellt waren. Ms Peterson stand an der Tür und wartete, wer als Nächstes erscheinen würde.

»Kennst du noch jemanden, der kommen will?«, flüsterte Caleb Emma zu. Sie schüttelte den Kopf, genoss es aber, dass Caleb ihr immer neue Fragen stellte.

Als sich die Tür zum Computerraum öffnete und Gavin und Crosby hereinkamen, schrumpfte das Lächeln auf Ms Petersons Lippen zu einer schmalen Linie zusammen. Emma bezweifelte, dass einer der beiden Jungs es bemerkt hatte. Crosby ging sofort zu einem der Providia X-Master hinüber. Er schaute auf den großen Bildschirm und bückte sich dann, um den Tower unter dem Tisch zu begutachten. »Krass«, sagte er laut.

Gavin warf währenddessen Emma und Caleb einen teilnahmslosen Blick zu. Dann setzten er und Crosby sich an das andere Ende des Tisches und verstauten ihre Rucksäcke unter den Stühlen. Vielleicht bildete sie sich das nur ein, aber Emma hatte das Gefühl, dass die Frontlinien für den Kampf gezogen wurden.

Bis jetzt war der Tag für Caleb gut gelaufen. Er hatte dabei geholfen, Crosbys Betrug in der Mathearbeit zu verhindern, und die hart erkämpfte E-Sport-AG war Wirklichkeit geworden. Ohne Ms Petersons Hilfe hätte er das natürlich nicht geschafft. Deshalb schien ihm, als wäre er ihr etwas schuldig. Sollte Zach also tatsächlich in der AG auftauchen, hätte Caleb das Gefühl, sich bei ihr revanchiert zu haben.

Jedes Mal, wenn sich die Tür zum Computerraum öffnete, sah Caleb, wie Ms Peterson erwartungsvoll den Kopf drehte. Doch bis jetzt war die Person, die sie wirklich sehen wollten, noch nicht erschienen. Als Mackenzie und Isabella hereinkamen, spürte Caleb, wie er innerlich zusammenzuckte. Wann immer er sich die AG ausgemalt hatte, waren weder diese Zicken noch Typen wie Gavin und Crosby Teil davon gewesen. Calebs Nachmittage waren bereits vollgepackt. Fast jeden Tag hatte er nach der Schule eine Aktivität. Jahrbuch, Debattier-Club, Klavierunterricht, Chinesisch-AG. Einen Moment lang fragte er sich, ob er mit solchen Leuten überhaupt in der E-Sport-AG sein wollte. Aber er verdrängte den Gedanken schnell wieder. Die AG war seine Idee gewesen, und es ging dabei ums Gaming, nicht um Charaktereigenschaften. Dass Crosby und Mackenzie ihn hinter seinem Rücken Streber-Caleb nannten, war ihm zwar bewusst, doch vielleicht würde sich das ändern, wenn sie alle miteinander spielten.

Ms Peterson schaute währenddessen immer noch zur Tür. Caleb spürte seine eigene Enttäuschung darüber, dass Zach nicht aufgetaucht war. Und es ging ihm nicht nur darum, sich bei Ms Peterson für ihre Unterstützung bei der Gründung der E-Sport-AG zu revanchieren. Caleb war an diesem Nachmittag überrascht gewesen, als er mit Zach in der Bibliothek rumgehangen hatte. Zach mochte voller Unruhe und Ticks sein, aber er hatte auch etwas Kluges und Aufrichtiges an sich. Er versuchte nicht, cool zu wirken. Er tat nicht so, als wäre er etwas anderes als er selbst. Caleb fand das interessant. In gewisser Weise waren er und Zach Gegensätze.

Die Tür öffnete sich erneut, und ein Schüler namens

Tyler Phillips kam herein. Alles, was Caleb über Tyler wusste, war, dass er jemand war, der viel herumalberte. Als Tyler die neuen Computer sah, bekam er große Augen – wie ein Goldsucher, der gerade auf eine Goldader gestoßen war. »Mann, das ist unglaublich!«, entfuhr es ihm. »Solche Dinger habe ich noch nie in echt gesehen.«

Ms Peterson öffnete die Tür des Computerraums und blickte hinaus auf den Flur. Caleb spürte, dass sie nicht mehr viel länger mit dem Beginn der Besprechung warten konnte. Die Jugendlichen wurden langsam unruhig. Ms Peterson ließ die Tür zufallen und wandte sich der Gruppe zu. Sie zwang sich zu einem Lächeln. »Ich bin so froh, dass ihr alle gekommen seid. Ich glaube wirklich, wir werden … «

Sie hielt inne und drehte den Kopf. Zach stand am Türfenster und schaute hinein. Ms Peterson ging zur Tür und öffnete sie. Wie eine Maus, die nach Käse schnüffelte, steckte Zach seinen Kopf in den Raum.

»Komm rein, Zach«, sagte Ms Peterson. Zach, wie immer mit Rucksack und Skateboard, machte einen zaghaften Schritt und blieb dann stehen. Sein Blick schweifte umher, als wollte er die mögliche Gefahr im Raum abschätzen. Von irgendwo auf Gavins Seite des Tisches kam ein lautes Schnauben. Zach erstarrte.

»Setz dich einfach, Zach.« Ms Peterson legte ihm eine Hand auf die Schulter und führte ihn weiter in den Raum hinein, als fürchtete sie, er könnte es sich jeden Moment anders überlegen und wieder weglaufen.

Caleb beobachtete, wie Zach sich in die hinterste Ecke setzte – so weit weg wie möglich von Gavin und Crosby. Eigentlich hatte Caleb gedacht, dass er sich über Zachs Erscheinen freuen würde. Aber jetzt, wo Gavin und seine Kumpels da waren, verspürte Caleb etwas ganz anderes. Ein unerwartetes Gefühl, das ihm Unbehagen bereitete. Er war besorgt, dass er dabei geholfen hatte, Zach an die Wölfe zu verfüttern.

Als Mackenzie und Isabella den Computerraum betraten, zuckte Emma zusammen. Die beiden waren die letzten Menschen auf der Welt, mit denen sie in einer AG sein wollte. Aber der Gedanke, mit Caleb gemeinsam zu zocken, gefiel ihr einfach zu sehr. Und außerdem war es jetzt eh zu spät, um zu gehen. Ms Peterson eröffnete die Besprechung. Sie träumte davon, dass Ironville eines Tages in der Middle School E-Sports Liga gegen andere Schulen spielen könnte. Doch aktuell besaßen sie noch nicht die finanziellen Mittel dafür. Also sollten sie sich in zwei Teams aufteilen und gegeneinander spielen.

»Seht dieses Schulhalbjahr als Betatest für die AG«, sagte Ms Peterson. »Heute besprechen wir erst einmal, wie wir uns organisieren, die Teams einteilen und welches Spiel ihr spielen möchtet. Hat jemand einen Vorschlag?« Der Neue, Nathan, hob seine Hand. »Können wir ein Spiel der Kategorie M wählen?«

Ein Spiel der Kategorie M in der Schule spielen?, dachte Emma. Das war die Art von Frage, die nur jemand Neues stellen konnte. Die Schulbehörde würde das nie zulassen. Und Ms Peterson auch nicht.

Doch die Lehrerin fragte: »Welches Spiel?«

»*The Good War!*«, platzte Tyler heraus, bevor irgendjemand antworten konnte.

»Ja!«, stimmte Crosby zu. Die beiden drückten ihre Fäuste gegeneinander und grinsten.

The Good War war eines der angesagtesten Spiele überhaupt, und auch Emma hatte es schon mehrere Male gespielt. Man konnte leicht reinkommen, es war überaus spannend und machte Spaß. Aber wegen der Gewalt und des animierten Bluts lag sein Rating bei M.

»Also, geht das klar, Ms Peterson?«, fragte Tyler hoffnungsvoll.

Nicht in einer Million Jahren, dachte Emma. Und doch hielten die anderen den Atem an, als Ms Peterson Rezensionen zum Spiel googelte.

Emma erwartete das unvermeidliche »Natürlich nicht«, während sie Nathan dabei beobachtete, wie er die Lippen zusammenpresste und auf seinem Stuhl herumrutschte. Sie beschlich das Gefühl, dass *TGW* nicht das Spiel war, das er im Kopf gehabt hatte, als er nach dem M-Rating gefragt hatte. Aber als Neuer hielt er es wahrscheinlich für das Beste, nicht zu widersprechen. Er sah gut aus, hatte etwas längere braune Haare und eine schmale, gerade Nase. Sein Gang war aufrecht wie der eines marschierenden Soldaten.

Ms Peterson saß gedankenverloren am Pult. Dann nickte sie. »Ihr habt es wahrscheinlich eh alle schon gespielt. Also ja, warum nicht?«

»Und was ist mit der Schulbehörde?«, fragte Emma.

»Das ist eine AG, kein Unterricht«, sagte Ms Peterson.

»Mega!« Tyler und Crosby jubelten und klatschten sich ab. Emma war sehr überrascht.

Als Nächstes diskutierten sie das Spielformat. Sie einigten sich auf neun Runden pro Match. Wer fünf von diesen neun Runden gewann, galt als Sieger. Das Gleiche galt für das Halbjahr. Neun Wochen lang wollten sie sich treffen, und das Team, das fünf Matches gewann, würde der Champion vom Halbjahr sein.

Da spürte Emma etwas gegen ihren Oberschenkel drücken. Sie schaute nach unten. Caleb schob ihr einen … Papierzettel zu. *Wie retro!*, dachte sie, als sie ihn auseinanderfaltete. **NICHT ICH. DU,** hatte Caleb geschrieben.

Häh? Emma hatte keine Ahnung, was das bedeuten sollte. Sie sah ihn fragend an. Caleb nickte ihr zu, so als ob sie die Antwort noch früh genug erfahren würde.

Als Ms Peterson vorschlug, dass jedes Team einen Captain wählen sollte, sagte Crosby: »Gavin.«

Gavin runzelte die Stirn, aber Tyler und Mackenzie hielten beide die Daumen hoch. Als Nächstes wandte sich Ms Peterson Emmas und Calebs Tisch zu, und da verstand Emma Calebs Zettel. Er wollte, dass sie Teamcaptain werden würde. Aber wie hatte er wissen können, welche Teams es geben würde? Und wann war sie jemals Captain von irgendetwas gewesen?

Ms Petersons Blick richtete sich auf Caleb, als erwartete sie, dass er sich melden würde. Doch Caleb wollte vermutlich nicht zu sehr auffallen. Dennoch … diese Rolle anzunehmen, bedeutete für Emma, im Mittelpunkt zu stehen und Verantwortung zu übernehmen. Und beides wollte sie eigentlich vermeiden. Sie war der Typ Mensch, der nicht einmal ein Selfie postete, weil sie fürchtete, keine Likes zu bekommen. Sie konnte sich schon die bösartigen »Für wen hält die sich eigentlich?«-Kommentare von Mackenzie und Isabella vorstellen. Doch Caleb hatte sie darum gebeten, und er war wahrscheinlich sowieso schon enttäuscht von ihr wegen der Sache bei der Versammlung. Wollte sie ihn an einem Tag gleich zweimal enttäuschen?

Emma hob ihre Hand. Einen Moment lang konnte Ms Peterson ihren überraschten Gesichtsausdruck nicht verbergen, aber sie hatte sich schnell wieder unter Kontrolle. »Schön, Emma. Du wirst der Captain des anderen Teams sein. Und jetzt teilt euch auf.«

Für Caleb gab es keinen Zweifel daran, dass Gavin, Crosby, Tyler, Mackenzie und Isabella das eine Team bilden würden, weil sie alle in der gleichen Clique waren. Und er, Emma, Zach und dieser Neue, Nathan, würden das andere Team bilden, weil sie *nicht* zu dieser Clique gehörten.

Das Problem war, dass Zach seine Kapuze so tief über den Kopf gezogen hatte, dass sein Gesicht kaum zu sehen war. Seine Füße zappelten unaufhörlich, und seine Knie wippten auf und ab. Seine Hände steckten tief in den Taschen, und er atmete laut. Offensichtlich wollte Zach nicht hier sein, und wahrscheinlich würde er nicht wiederkommen, wenn er einmal weg war.

Sie richteten ihre Gaming-Accounts ein, und damit endete das Treffen. Das erste Match würde in der folgenden Woche stattfinden. Alle machten sich auf den Weg, um den letzten Bus zu erwischen, nur Zach trödelte in der hinteren Ecke des Computerraums herum. Dabei hatte Caleb gedacht, er würde als Erster aus dem Raum stürmen. Wollte er etwa nicht auf den Flur gehen, solange Crosby in der Nähe war?

Caleb packte seine Sachen. Er hatte gerade den Rucksack aufgesetzt, als er hörte, wie Ms Peterson sich räusperte. Ihr Blick hüpfte zu Zach und wieder zurück zu Caleb. Die Botschaft war klar: *Bring Zach zum Mitmachen.*

Kaum hatte sich Emma freiwillig als Teamcaptain gemeldet, bereute sie es auch schon. Vor allem, weil Mackenzie und Isabella im anderen Team waren. Eigentlich hatte sie auf dem Nachhauseweg mit Caleb reden wollen, doch als sie zur Haltestelle ging, um den Bus zu erwischen, hing er immer noch im Computerraum herum.

Im Bus saßen Gavin, Crosby, Mackenzie und Isabella in der hintersten Reihe, und die einzigen freien Plätze waren die direkt davor. Sobald Mackenzie Emma sah, wurden ihre Augen schmal, als rauschten ihr die Gemeinheiten nur so durch den Kopf und als könnte sie es nicht erwarten, den fiesesten Spruch rauszulassen.

Emma erschauderte, doch sagte sich sofort, dass sie nicht so ängstlich sein durfte. *Ich weiß doch, dass Mackenzie mich nicht mag, warum kümmert es mich also, was sie denkt und sagt?*, fragte sie sich. Etwa weil abfällige Bemerkungen wehtaten, egal von wem sie kamen?

Sie war inzwischen als Letzte in den Bus eingestiegen. Der Fahrer beobachtete sie im Rückspiegel und wartete darauf, dass sie sich hinsetzte und er endlich losfahren konnte. Emma ging widerwillig den Gang runter. Mackenzie rollte sich wie eine Viper zum Angriff zusammen. Sie erinnerte Emma an eine junge Excella Gionne aus *Resident Evil*. Emmas Magen verkrampfte sich. Dann bemerkte sie Gavin, der gegenüber von Mackenzie auf der anderen Seite des Ganges saß. Ihre Blicke begegneten sich. Im Gegensatz zu Mackenzie wirkte Gavin irgendwie traurig. Emmas und Gavins Eltern hatten sich schon gekannt, bevor sie und Gavin geboren wurden. Ihre Väter waren in der Highschool beste Freunde gewesen und hatten später gemeinsam im Stahlwerk gearbeitet. Als sie und Gavin klein waren, hatten sie zusammen gespielt und sich sogar denselben Laufstall geteilt. Aber ab der fünften Klasse hatten sie sich in unterschiedliche Richtungen entwickelt. Es war Jahre her, dass sie mehr als nur »Hi« zueinander gesagt hatten. Gavins Vater hatte sich vor wenigen Monaten den Rücken verletzt und war seitdem arbeitsunfähig. Emmas Vater hatte erzählt, dass Mr Morgensterns Genesung langsam voranschritt, weil er nur einmal pro Woche nach Franklin zur Physiotherapie fahren konnte. War das der Grund, warum Gavin so traurig aussah?

»Wie geht es deinem Vater?«, fragte sie ihn.

Gavin hatte gerade ein Bonbon ausgewickelt und es sich in den Mund gesteckt. Mit vollen Backen blinzelte er sie überrascht an. Wahrscheinlich, weil er und Emma sich in letzter Zeit kaum beachtet hatten, wenn sie sich in der Schule begegnet waren. »Oh, ähm … nicht so gut.«

»Das tut mir leid, Gavin«, sagte Emma und setzte sich. Der Bus fuhr los, und Emma wartete auf Mackenzies Kommentar. Aber es kam keiner. Lag es daran, dass Emma nett zu Gavin gewesen war und sich jetzt jede darauf folgende Gemeinheit geschmacklos anhören würde? Ein Lächeln breitete sich auf Emmas Gesicht aus. Im endlosen Streit mit der Meisterin der Mikroaggressionen fühlte sie sich, als hätte sie einen kleinen Sieg errungen.

»Ich mache das nicht für Ms Peterson«, sagte Caleb. Er und Zach hatten gerade das Schulgebäude verlassen, und Zach hatte Caleb gefragt, ob Ms Peterson ihn gebeten habe, ihn nach Hause zu begleiten. Denn Zach wusste, dass Caleb nicht in dieser Richtung wohnte. Er wohnte drüben in der Nähe vom Cardinal Lake, dem »schönen« Teil der Stadt. Als ob irgendein Teil von Ironville wirklich »schön« wäre.

»Also, warum gehst du dann in diese Richtung?«, fragte Zach.

»Schwer zu erklären«, sagte Caleb.

Zach bezweifelte das. Er vermutete, dass Caleb ihn anlog. Oder vielleicht hatten Calebs Eltern ihm aufgetragen, freundlich zu ihm zu sein. Immerhin wäre es nicht das erste Mal, dass jemand aus der Schule plötzlich Zachs Freund sein wollte. Aus heiterem Himmel lud dieser Jemand dann Zach zu sich nach Hause ein. So eine Verabredung war immer unangenehm. Zach hatte jedes Mal das Gefühl, dass der andere ihn nicht wirklich dahaben wollte. Die Verabredung beinhaltete üblicherweise einen Snack in der Küche, wobei die fremde Mutter in der Nähe herumschlich und so tat, als würde sie nicht mithören. Zach fühlte sich dann immer wie unter einem Mikroskop, unter dem alles, was er sagte und tat, genauestens überprüft wurde. Er verdächtigte seine eigene Mutter, dass sie die Verabredungen mit der Mutter des Mitschülers arrangierte.

Mit Streber-Caleb würde es nicht anders sein. Der wollte doch nur bei Ms Peterson Pluspunkte sammeln.

Mittlerweile waren sie an der alten Steinmauer angekommen. Weiter wollte Zach Caleb nicht mitgehen lassen. Er ließ sein Skateboard auf die Straße fallen und machte damit deutlich, dass er den Rest des Weges alleine fahren wollte. »Jetzt sag mal, Zach, was hältst du von der AG?«, fragte Caleb.

Da haben wir's, dachte Zach. Es gab keinen Grund, warum sich Caleb darum scheren sollte, was er von der AG hielt. Keinen Grund, warum es ihn kümmern sollte, ob Zach mitmachte oder nicht.

»Hör zu, Zach«, fuhr Caleb fort. »Du hast genauso viel Recht, in dieser AG zu sein, wie jeder andere auch. Also, wenn du wegen dieser Idioten Crosby und Gavin nicht mitmachen willst …«

Zach wollte gerade auf sein Skateboard steigen, hielt aber inne. War es *so* offensichtlich, dass Ratface Crosby und seine Clique der Grund waren, warum er nicht bei der E-Sport-AG mitmachen wollte?

»Denk heute Abend einfach drüber nach, okay?«, sagte Caleb.

Ein Streifenhörnchen huschte an der Steinmauer entlang und verschwand in einer Felsspalte. Zach verwirrten Calebs Worte.

»Wir seh'n uns morgen«, sagte Caleb und drehte sich um. Zach trat auf sein Board, stieß sich ab und machte einen Frontside Boardslide, doch blickte kurz zurück zu Caleb, der so zügig ging, als hätte er es eilig. Als hätte er gerade eine Aufgabe erledigt und hastete nun, um noch weitere zu erledigen. In Wahrheit fand Zach es durchaus verlockend, *The Good War* auf einem Providia X-Master mit schneller Internetverbindung zu zocken. Ohne Lags oder flimmerndes Bild. Das wäre awesome. Aber was noch wichtiger war: Wollte er wirklich den Rest seines Lebens in Angst leben?

Zum Abendessen gab es Hühnchen aus Freilandhaltung ohne Knochen, ohne Haut und ohne Geschmack. Dazu Grünkohl, Quinoa-Salat und Süßkartoffeln. Caleb wünschte sich, er könnte nur einmal seine Zähne in einen Bacon-Cheeseburger versenken. Doch seine Eltern würden lieber hungern, als etwas Leckeres und Ungesundes zu essen, und das Gleiche erwarteten sie auch von ihm.

Ebenso erwartet wurde sein heutiger Tagesbericht. Neben dem Abwasch, der Mülltrennung, der Verwendung von Zahnseide, dem Klavierüben, dem Gassigehen mit Cooper und dem Aufsammeln ihrer Kacke musste Caleb stets seine Eltern darüber informieren, was in der Schule passiert war.

»Hast du einen Fotografen für das Jahrbuch gefunden?«, fragte seine Mutter.

Caleb war verantwortlich für die Fotos im Jahrbuch. Wenn er sich gut anstellte, konnte er damit rechnen, im nächsten Jahr das gesamte Jahrbuchteam leiten zu dürfen. In den letzten Wochen hatte er verschiedene Fotografen für die Schülerporträts getroffen. »Ich denke schon. Er ist neu und viel billiger als die anderen.«

Calebs Vater nahm seine dicke schwarz gerahmte Brille ab und putzte sie mit einer Serviette. »Billiger ist nicht immer besser. Woher weißt du, dass er gute Arbeit leisten wird?«

»Seine Mappe war cool«, sagte Caleb. »Außerdem sagt Ms Dean, unsere Betreuerin für das Projekt, dass das Budget nicht ausreicht, um den Fotografen vom letzten Jahr zu nehmen.«

»Und wie war das erste Treffen der E-Sport-AG?«, fragte seine Mutter. Das Treffen war erst an diesem Morgen angekündigt worden, aber seine Mutter wusste schon Bescheid. Überraschend war das nicht. Sowohl seine Mutter als auch sein Vater waren an das *elterliche Helikopternetz* angeschlossen, wie Caleb es nannte. Es bestand aus Schulankündigungen, Lehrer-Eltern-Mails, Texten, Gerüchten … alles, was Helikopter-Eltern wie seinen half, den Überblick darüber zu behalten, was ihre Kinder täglich, wenn nicht gar minütlich, taten.

Caleb antwortete, das Treffen sei gut verlaufen.

»Wundervoll, was du da für die Schule getan hast«, sagte seine Mutter. »Aber ich hoffe, das bedeutet nicht, dass du von nun an nur noch Computerspiele spielen wirst.«

»Na, und wenn schon«, sagte Mr Arnett. »Wenn er gut genug wird, könnte er damit ein College-Stipendium bekommen.«

»Die Topspieler verdienen Millionen«, fügte Caleb hinzu.

»Denkst du wirklich darüber nach, ein professioneller Gamer zu werden?«, fragte seine Mutter mit einem Stirnrunzeln. Das tat Caleb nicht. Den Förderantrag zu schreiben und dadurch die Providias und die schnelle Internetverbindung zu bekommen, war gut für die E-Sport-AG und für die Schule gewesen, und für ihn hatte es eine neue Herausforderung bedeutet. Vielleicht würde es sogar sein Zeugnis aufbessern, denn seine einzige Schwachstelle war Sport.

Aber trotz allem, was er erreicht hatte, fühlte sich Caleb nicht zufrieden. Heute Nachmittag hatte er für einen kurzen Moment das Schulleben durch Zachs Augen gesehen. Und das beschäftigte ihn. In Zach steckte definitiv mehr als nur ein seltsamer Schüler, den man auf dem Flur dabei beobachtete, wie er rückwärtslief oder komische Geräusche machte. Caleb erschreckte es, dass manche Kids tatsächlich Angst davor hatten, an einer AG teilzunehmen oder in einen Bus zu steigen. Es war schon schlimm genug, dass sie jedes Mal, wenn sie in der Schule eine Sicherheitsübung hatten, daran erinnert wurden, dass die Welt voller Verrückter mit halbautomatischen Waffen war, die in die Schule einbrechen könnten. Warum musste Zach oder irgendjemand anderes Angst vor Leuten haben, die bereits *in* der Schule waren?

Crosby war schon ganz aufgeregt wegen der E-Sport-AG. Er spielte *The Good War* seit Monaten und war mit den Maps vertraut. Er kannte sogar die geheimen Orte und Glitches, mit denen sein Team einen Vorteil haben würde. Und über diesen Vorteil würde Gavin sich freuen.

Als Crosby mit *TGW* angefangen hatte, hatte er gegen zufällig ausgewählte Spieler auf der Grundlage ihrer Elozahlen gespielt. Mit der Zeit hatte er einige Spieler besser kennengelernt, sodass er sie mittlerweile als seine Freunde betrachtete. Sie bildeten Teams, wenn sie gleichzeitig online waren. Sie hatten sogar ihren eigenen privaten Discord Channel. Ein Typ, den er besonders mochte, hatte den Usernamen 88Rising. Er hörte Crosby immer aufmerksam zu.

»Mary, die nervige Schwester meiner Freundin, war zum Abendessen da«, erzählte Crosby an diesem Abend 88Rising. Crosby hatte keine Freundin. Aber 88Rising hatte eine tiefe Stimme, er musste sicherlich schon über zwanzig sein. Also tat Crosby so, als wäre er älter. In Wirklichkeit war Mary seine Tante, die regelmäßig vorbeikam, weil Crosbys Mutter schwer krank war. Tante Mary war Krankenpflegerin in Franklin, aber an drei bis vier Abenden in der Woche fuhr sie nach Ironville, um Abendessen zu kochen und bei der Betreuung seiner Mutter zu helfen.

»Was ist denn an ihr nervig, CrossBow?«, fragte 88Rising. CrossBow war Crosbys Username.

»Sie redet ständig über Frauenrechte, wie Frauen unterdrückt werden und all so 'nen Quatsch.«

»Ach ja, dieser Typ Frau«, sagte 88Rising abfällig.

»Also, beim Abendessen habe ich E-Sport erwähnt«, fuhr Crosby fort. »Ich wollte mich einfach nur unterhalten, verstehst du? Aber Mary ist sofort ausgerastet. Nach dem Motto, wie kann meine Freundin danebensitzen, während ich zocke? Weiß sie denn nicht, dass alle Gamer frauenfeindlich sind? Hat sie denn noch nie vom Gamergate gehört?«

»Gamer was?«, fragte 88Rising.

»Wusste zuerst auch nicht, was das sein soll«, sagte Crosby. »Aber hab's gegoogelt. Ist vor ein paar Jahren passiert. Ein paar Schwachköpfe haben sich mit Softwareentwicklerinnen gestritten. Und dann ist es ausgeartet, weil diese Typen gefakte Terrordrohungen gegen sie abgesetzt haben. Die Polizei stürmte dann die Häuser der Frauen, um sie vermeintlich zu retten.«

»Sie haben Rettungseinsätze ausgelöst?«, fragte 88Rising.

»Genau«, bestätigte Crosby. »Seitdem werden Gamer für komische Typen gehalten, die ihre Freizeit damit verbringen, Frauen zu attackieren.«

»Das ist bescheuert, Bro«, sagte 88Rising.

»Und wie!«, stimmte Crosby zu. »Aber verteidigt mich meine Freundin etwa? Nein! Sie starrt mich an, als ob sie denkt: Ist das wahr? Und ich dann: Natürlich nicht. Und Mary dann: Wart's ab. Sie sagt zu meiner Freundin, je länger ich in dieser ›misogynen Gaming-Kultur‹ bin, desto eher werde ich als echter Frauenhasser enden.«

Das waren genau die Worte, die seine Tante Mary benutzt hatte.

»Misogy… was?«, fragte 88Rising.

»Eben«, Crosby kicherte. Genau das mochte er an 88Rising. Er gab nicht vor, ein Superhirn zu sein. Er wollte einfach Spiele spielen und Spaß haben. »Und dann sagt meine Freundin doch tatsächlich, dass ich vielleicht weniger zocken sollte. Kannst du dir das vorstellen?«

Das war genau das, was Crosbys Mutter gesagt hatte.

»Verdammt, so ist das«, sagte 88Rising. »Willkommen in der realen Welt, CrossBow. Frauen, Ausländer, Minderheiten … die wollen immer die weißen Männer verantwortlich machen für alles, was in ihrem Leben falsch läuft.«

Mittlerweile war es nach Mitternacht, und Crosby war todmüde. Er hatte fast fünf Stunden *TGW* gespielt, und seine Handgelenke fingen an wehzutun. Er sagte zu 88Rising, dass er Schluss machen und morgen wieder am Start sein werde. 88Rising verabschiedete sich immer mit *RaHoWa 14/88,* was auch immer das bedeuten mochte.

Crosby kroch ins Bett. Obwohl seine Augenlider schwer waren, dachte er über das nach, was heute in Mathe passiert war. *Könnte wirklich Gavin derjenige sein, der mich verpfiffen hat?* Die Situation machte Crosby fertig. Gavin sollte sein Freund sein. Er *brauchte* Gavin als Freund. Aber wenn Gavin Ms Peterson wirklich nichts von seinem Betrugsplan erzählt hatte, woher hatte sie es dann wissen können? Wer sonst hatte ihn verraten?

Während Crosby über dieses Geheimnis nachgrübelte, schlief er ein. Fast vier Stunden später wachte er mitten in der Nacht plötzlich auf. Er hatte die Antwort.

TEIL ZWEI

WOCHE VIER

Spielstand

Gavins Team: 3
Emmas Team: 0

Sie befanden sich in *TGW* in einer gefährlichen Lage. Emma schlich an den grauen Betonwänden des Bunkers vorbei. Sie spürte, dass ein Schusswechsel bevorstand.

»Pass auf«, warnte Caleb. »Hier ist's eng. Kein leichter Winkel zum Pushen.«

»Kein Problem, Mann. Läuft alles bestens«, erwiderte Nathan.

»Hab 'n neues Visier für meine Springfield '03 bekommen.«

»Bin im Bunker«, sagte Emma in ihr Headset. »Wo sind diese Typen?«

»Sie kehren gerade zu ihrem Spawnpunkt zurück«, antwortete Zach. »Sie gehen zur Treppe.«

Emma fühlte sich wie im Rausch, als sie sich zu ihrem Team stellte. Am oberen Ende der Treppe gingen sie in Deckung. Drei Matches hatte die E-Sport-AG im letzten Monat schon bestritten, und bisher war immer Gavins

Team als Sieger hervorgegangen. Doch heute lagen sie nach vier Runden gleichauf. Und während sie sich auf den finalen Clash vorbereiteten, spürte Emma die Chance auf ihren ersten Sieg.

Genau wie Zach es vorhergesehen hatte, kam Gavins Truppe die Treppe hinauf. »Da sind sie! Bringen wir's zu Ende«, brüllte Nathan in sein Headset.

»Warte. Warte noch«, hielt ihn Caleb, wie immer vorsichtig, zurück. Aber es war zu spät. Nathan begann zu schießen, und die anderen stiegen mit ein. Sie feuerten mit aller Kraft auf Gavins Truppe, die sich schnell in Deckung flüchtete.

»Wieso ist er nicht tot?«, hörte Emma Nathan schreien.

»Zach, was machst du da mit dem Messer?«, rief Caleb.

»Hab ich euch, ihr Nazischweine!« Nathan brüllte so laut, dass der Ton in Emmas Kopfhörer übersteuerte.

»Sprache, Nathan«, warnte Ms Peterson. Normalerweise konnte die andere Gruppe nicht verstehen, worüber sie sich online austauschten, aber Nathan steigerte sich so hinein und schrie so laut, dass jeder im Raum ihn hören konnte. Und dafür hatte Nathan einen guten Grund. Er hatte gerade die Runde mit einem unglaublichen Triple Kill für sich entschieden! Emmas Team hatte das Match gewonnen!

Emma nahm ihr Headset ab, und sie und ihre Gruppe klatschten sich mit einem breiten Grinsen ab. Sogar Zach machte mit, ohne seine übliche Unsicherheit. Alle klopften Nathan auf die Schulter. Emma war besonders aufgeregt. Im Verlauf des letzten Monats war ihr bewusst geworden, wie viel Spaß es machte, Teil einer Gruppe zu sein. Sie war schon vorher in Teams gewesen, etwa beim Fußball oder Softball, aber sie hatte sich immer unbedeutend gefühlt, weil sie nicht besonders hervorstach. Doch in der E-Sport-Mannschaft war sie eine von nur vieren. Ihr Spiel machte ein Viertel der Teamleistung aus. Und als Teamcaptain war ihre Rolle sehr wichtig.

Währenddessen lehnte sich Gavins Team auf der anderen Seite des Tisches in seinen Stühlen zurück, nahm die Kopfhörer ab und sah mürrisch aus.

»Wisst ihr, mein Bruder sagt, die waren gar keine Nazis«, brummte Mackenzie. Heute war Emmas Team die Alliierten und Gavins Team die Achsenmächte gewesen.

»Wie bitte?«, sagte Emma. Mackenzies Kommentar war wie aus dem Nichts gekommen. Jedenfalls beinah. Mackenzie musste immer das letzte Wort haben.

»Wir haben darüber geredet«, fuhr Mackenzie fort. »Wenn man auf der Seite der Achsenmächte ist, ist man die Wehrmacht. Die deutsche Armee. Die deutschen Soldaten waren nicht dasselbe wie die Nazis. Sie versuchten nicht, alle Juden auszurotten. Sie haben nur ihre Pflicht getan. Also sei besser vorsichtiger, wen du als Nazi bezeichnest.«

Emmas Gruppe wurde still. Keiner konnte dazu etwas sagen. Aber es fühlte sich so an, als ob ihr Triumph getrübt worden wäre. Mackenzie lächelte. Wenn Mackenzies Team das Spiel schon nicht gewinnen konnte, dann bestand anscheinend die nächstbeste Möglichkeit darin, die anderen ihren Sieg nicht genießen zu lassen.

Als Captain wollte Emma, dass sich ihre Teammitglieder wohlfühlten. Sie wünschte sich, sie könnte etwas entgegnen. Doch selbst wenn ihr etwas einfiele, bezweifelte sie, dass sie es sagen würde. Mackenzie war im Spiel nur okay. Emma war besser. Aber sie fühlte sich immer noch eingeschüchtert von Mackenzie und von Isabella, die nach der ersten Woche aus der AG ausgetreten war. Emma hatte immer noch Angst vor den verletzenden Dingen, die sie sagen könnten, wenn sie in ihr Radar geriet. Sie war zwar Teamcaptain, doch sobald ein Match vorbei war, war sie die alte ängstliche Emma.

Da für die siebte Klasse das Thema europäische Geschichte erst im nächsten Jahr dran war, hatten sie den Zweiten Weltkrieg im Unterricht noch nicht ausführlich behandelt. Deswegen interessierte es Ms Peterson, was die Mitglieder der AG außerhalb der Schule gelernt oder gehört hatten.

Es hatte sie überrascht, als Mackenzie heute die anderen über den Unterschied zwischen den deutschen Soldaten und den Nazis belehrt hatte. Ms Peterson war sich selbst in diesem Punkt nicht sicher und würde das nachprüfen müssen. Aber Ms Summers würde es bestimmt gefallen, wenn die E-Sport-AG auch lehrreich für die Schülerinnen und Schüler war.

Aber das war nicht die einzige gute Nachricht, die Ms Peterson der Schulleiterin überbringen wollte. Während der Mittagspause im Lehrerzimmer kam Mr Parnes, der Englischlehrer, auf sie zu. Man hatte ihn dafür ausgewählt, ihr zu danken, wie er erklärte. Ms Peterson schaute von ihrer Tupperdose mit gehacktem Rosen- und Weißkohl auf. »Sehr gerne, Mr Parnes. Aber für was?«

»Für die Veränderung von Zach Cook«, sagte Mr Parnes. Er war ein hagerer Mann mit gebückter Haltung, dessen gesamte Garderobe aus karierten Hemden und Khakihosen bestand. Seine Leidenschaft war Shakespeare, und jedes Jahr führte er bei der Schulaufführung Regie.

»Es ist jetzt auch nicht so, dass er plötzlich ein Musterschüler geworden ist«, fügte Ms Orlean hinzu, die Sozialkunde unterrichtete. »Aber wir haben alle eine Veränderung festgestellt.«

»Dank Ihnen sticht er nun heraus«, sagte Mr Parnes.

»Und das endlich auf positive Weise«, ergänzte Ms Orlean, die braune Haare und einen Pony hatte und es liebte, kurze sarkastische Bemerkungen von sich zu geben.

Ms Peterson war sich der Verbesserung von Zachs Verhalten bewusst. Er verhielt sich nicht mehr ganz so unruhig und abgekapselt wie früher. Aber sie selbst hatte mit niemandem darüber gesprochen. Vielmehr hatte sie darauf gewartet, dass jemand anderes es bemerken würde. Und das war nun passiert.

Die Wahrheit war: Caleb hatte damit gerechnet, heute erneut zu verlieren. Glücklicherweise hatte Nathan die entscheidende Runde mit einem spektakulären Triple Kill beendet. Aber es gab etwas, was Caleb noch mehr überrascht hatte, und er bezweifelte, dass es sonst jemandem im Team aufgefallen war: Zach hatte diesen Triple Kill für Nathan eingefädelt.

Nun waren er und Zach auf dem Weg nach Hause. Es war für sie zur Routine geworden, nach der AG gemeinsam zu gehen. Für Caleb war es eine große Umstellung gewesen, denn davor hatte ihn immer das Gefühl angetrieben, möglichst schnell nach Hause zu eilen, um Hausaufgaben und andere Pflichten zu erledigen. Außerdem war er froh, nicht den Bus nehmen zu müssen. Im letzten Monat hatte Crosby angefangen, ihm böse Blicke zuzuwerfen. *Liegt es nur daran, dass wir in gegnerischen Teams sind? Oder geht es um mehr?*, fragte sich Caleb.

Crosbys Feindseligkeit schien unbegründet zu sein, zumal dessen Team bis heute alle Matches gewonnen hatte. Doch vielleicht hatte Crosby irgendwie herausgefunden, dass Caleb eine der beiden Personen war, die Ms Peterson von seinem Betrugsplan in der Mathearbeit erzählt hatte. Aber wie? Caleb hatte nur mit Ms Peterson darüber gesprochen. Und sie wiederum hätte es Crosby nicht verraten, oder?

Wie auch immer, es bereitete Caleb keine Freude, Crosbys Zielscheibe zu sein. Jedes Mal, wenn er Crosby sah, spannte er sich an. Kaum vorstellbar, wie es für Zach war, von Typen wie Crosby seit Jahren schikaniert zu werden.

Doch auf dem Heimweg gingen Caleb andere Dinge durch den Kopf. »Also, heute in der letzten Runde«, begann er. »Die, die für unseren Sieg entscheidend war – woher wusstest du da, dass Gavins Team sich zu seinem Spawnpunkt zurückzieht?«

»Nach fast vierzig Runden gegen diese Typen weiß man ungefähr, wie sie ticken«, sagte Zach.

»Und als sie dann die Treppe hochkamen, bist du direkt vor sie getreten«, sagte Caleb. »Du wusstest, dass sie dich sehen würden. Du hast dich zur Zielscheibe gemacht, damit sie Nathan nicht bemerken.«

»Meine Gesundheit war total niedrig«, sagte Zach.

Caleb starrte ihn an. »Aber woher wusstest du, dass Nathan einen Triple Kill schaffen würde?«

»Es gab eine Wahrscheinlichkeit«, sagte Zach. »Er hatte seine Panzerfaust als Ersatzwaffe.«

Caleb blieb stehen. »Du behältst bei allen den Überblick über ihre komplette Ausrüstung?«

Zach nickte stumm.

Er hatte gewusst, dass Nathan die nötige Waffenstärke für den Triple Kill hatte, und er hat sich selbst geopfert, um ihm die Gelegenheit dazu zu geben, dachte Caleb. Das war definitiv etwas, was viele andere Gamer nicht tun würden. Nathan würde sich nie selbst opfern. Er war zu sehr darauf fokussiert, Kills zu sammeln. Doch noch spannender war, dass Zach offenbar so präzise das Spielgeschehen verfolgte und sich dennoch darum bemühte, seine eigenen Fähigkeiten zu *verstecken*. Während des Spiels schien Zach zu einer anderen Person zu werden. Wer hätte gedacht, dass er diese ganz andere Seite an sich hatte?

Wie jedes Mal, wenn sie nach einem Spiel nach Hause gingen, hielt Zach an der alten Steinmauer an und ließ sein Skateboard auf die Straße fallen. »Bis morgen«, sagte er zu Caleb und stieß sich ab. Caleb wunderte sich, dass Zach ihn nie weiter als bis zu dieser Stelle mitgehen ließ. Was hatte er wohl noch zu verbergen?

»Siehst du?«, sagte Mrs Crane mit einem breiten »Ich bin so stolz auf dich«-Lächeln, nachdem Nathan ihr erzählt hatte, wie er den Sieg der Alliierten an diesem Nachmittag mit einem seltenen Triple Kill besiegelt hatte. Er erzählte ihr auch, dass er der beste Gamer im Team sei.

»Da haben sich also die ganzen Stunden gelohnt, in denen ich gezockt habe. Das wusste ich schon immer«, stichelte Nathan.

Das stolze Lächeln seiner Mutter wandelte sich langsam.

»Stimmt doch, Mom«, sagte Nathan. »Du hast dich immer beschwert, aber genau das ist es jetzt, was ich an dieser blöden Schule endlich mag.«

Der Spaß an der E-Sport-AG reichte trotzdem nicht aus, um seiner Mutter zu verzeihen, dass sie ihn gezwungen hatte, seine Freunde zu verlassen und durch das halbe Land in dieses Kaff mit zwei Haltestellen zu ziehen. Zu Beginn hatte es ihm noch gefallen, wenn seine Mutter sagte: »Mach dir keine Sorgen, Nate, du wirst neue Freundschaften schließen.« *Ja, genau! Als ob das das Einfachste der Welt wäre.* »Lächle einfach und stell dich vor«, hatte sie gesagt. *Klar, Mom,* dachte er inzwischen. Wem sollte er sich vorstellen? *Weißt du, wer mit dir befreundet sein will, wenn du an einer Schule neu bist? Die Loser wollen das.*

Seine Mutter verstand nicht, dass es nicht nur darum ging, neue Freunde zu finden. Es ging auch darum, dass er sich neu etablieren musste. Er hatte nicht nur seine alten Freundschaften verloren, als er und seine Mutter nach Ironville zogen. Er hatte seinen Platz, seine Stellung verloren. An seiner alten Schule war er beliebt gewesen. Ein Gewinnertyp. Jemand, der eingeladen wurde. Jemand, mit dem die anderen beim Mittagessen zusammensitzen wollten.

Jetzt musste er wieder von vorne anfangen. Er hatte sogar damit beginnen müssen, ein neues Computerspiel zu spielen. Im letzten Monat hatte er jede Nacht *TGW* trainiert. Das hatte sich heute mit dem Triple Kill und dem Sieg seines Teams endlich ausgezahlt.

Aber für Nathan war das nur der erste Schritt zu einem viel größeren Ziel. Das Problem mit der E-Sport-AG war, dass er dort mit niemandem wirklich befreundet sein wollte. Caleb schien ziemlich schlau zu sein, aber er war zu zugeknöpft und zu brav für Nathans Geschmack. Teamcaptain Emma war okay, doch außerhalb der AG war sie sehr still und verschlossen. Definitiv nicht eine von der beliebten Sorte. Und dieser seltsame Typ, Zach? Nathan hatte ihn in dem Moment abgeschrieben, in dem er ihn zum ersten Mal gesehen hatte.

Was diejenigen aus dem anderen Team anging, so war Crosby nur ein Anhängsel von Gavin, der Nathan wie der letzte Typ vorkam, dem man auf einer dunklen Straße begegnen wollte. Tyler war zu sehr ein Klassenclown, um ihn lange ertragen zu können. Und dann blieb noch Mackenzie, die sowohl stylisch genug als auch gemein genug war, um beliebt zu sein. Doch irgendwie schien sie keinen Kontakt zu den populären Schülerinnen des siebten Jahrgangs zu haben, wie Nathan beobachtet hatte. Schülerinnen wie Bethany Willis und Tanisha Proctor, die Nathan bisher nur vom Sehen kannte, aber besser kennenlernen musste, wenn er zu den Angesagten gehören wollte. Die E-Sport-AG war bestenfalls ein Anfang und kaum mehr als die erste kleine Sprosse einer langen, langen Leiter.

Eines der Dinge, die Emma an sich selbst sowohl mochte als auch nicht mochte, war ihr Drang nach Wissen. Auf eine Weise war sie stolz darauf, dass sie immer eine Antwort finden musste, wenn sie auf etwas Unbekanntes stieß. Aber das konnte auch lästig sein. Besonders bei Fragen, auf die es keine offensichtlichen Antworten gab. Zum Beispiel, wie hat sich Leben entwickelt? Und wie war das Universum entstanden? Und warum gab es Mädchen wie sie, die mit trockenen, dünnen, lockigen Haaren leben mussten? Und gab es irgendetwas, das sie tun konnte, um weniger ängstlich und dafür selbstbewusster und aufgeschlossener zu werden? Vielleicht war die Antwort auf die letzte Frage: *Hör auf, so ein Nerd zu sein und immer alles nachzuschlagen!*

Aber heute Abend konnte Emma nicht anders. Sie recherchierte zum Thema Nazis. Jeder wusste, dass Nazis böse waren. Jeder wusste, dass Adolf Hitler ihr Führer gewesen war und dass die Nazis während des Zweiten Weltkriegs Millionen Juden getötet hatten. Aber jetzt, wo sie im Internet suchte, war alles verwirrend. Jede Quelle enthielt eine andere Schätzung. Waren es elf Millionen Menschen, die getötet worden waren? Oder 17 Millionen oder 21 Millionen? Wenn von allen Ermordeten etwa sechs Millionen Juden waren, wer waren dann die anderen? Und warum waren *sie* getötet worden?

Sie unterbrach ihre Nachforschungen, als der Rest des Teams online kam, um das heutige Spiel zu bereden. Während des letzten Monats hatten sie nach jedem Spiel eine Nachbesprechung durchgeführt, und Emma hatte begonnen, ein Muster zu erkennen. Zach war fast immer schweigsam. Nathan redete viel, meistens darüber, wie großartig er war und wo die anderen noch Verbesserungsbedarf hatten. Das konnte nervig sein, aber Nathan war ihr bester Schütze, also fanden sie sich damit ab.

An diesem Abend hörte Emma nur halb zu, als Nathan bis ins kleinste Detail erzählte, wie er den Triple Kill zustande gebracht hatte. Caleb hatte offenbar ebenfalls nur halb zugehört, denn mitten in Nathans selbstgefälligem Geschwafel schrieb er ihr im Privatchat: *Zach hat den Triple Kill eingefädelt.*

Emma war überrascht. Wie kam Caleb darauf? Aber wie immer hatte Caleb ihre Frage bereits vorhergesehen. Er schickte eine weitere Nachricht: *Lange Geschichte, aber der Punkt ist: Zach erkennt das große Ganze. Er sieht in die Köpfe des anderen Teams hinein. Weiß, was sie tun werden. Ich denke, er sollte unser Truppentaktiker sein.*

Abgesehen davon, dass Emma Teamcaptain war, war dies das erste Mal, dass über bestimmte Posten im Team gesprochen wurde. Emma verstand, warum Caleb diesen Vorschlag machte. Ihr war auch schon aufgefallen, dass Zach einen besseren Überblick über die Geschehnisse in einer Runde hatte als der Rest. Aber Nathan würde es alles andere als gut finden, wenn Zach die Strategien vorgab. Und überhaupt sollte es doch als Captain ihre Entscheidung sein, ob es einen Taktiker gab oder nicht. Kurz war Emma versucht, genau das Caleb an den Kopf zu werfen. Wenn er Zach als Taktiker haben wollte, warum löste er sie dann nicht einfach ab und wurde selbst Teamcaptain, um derartige Entscheidungen zu treffen? Aber Emma wurde schnell wieder klar, wie sehr sie ihre Rolle mochte. Den ganzen Tag in der Schule waren es Mitschülerinnen wie Mackenzie, die auf Leuten wie Emma herumhackten. Doch einmal in der Woche, für ein paar Stunden während der E-Sport-AG, konnte Emma Mackenzie im Spiel zerreißen. Und das durfte ihr nicht weggenommen werden.

Während Crosby darauf wartete, dass 88Rising an diesem Abend online kam, dachte er an die Niederlage seines Teams zurück. Überrascht hatte es ihn nicht. Gavin hatte sich früh abschießen lassen. Offensichtlich hatte der große rothaarige Junge an dem Spiel kaum Interesse. Er war schon den ganzen Tag schlecht drauf gewesen. Beim Mittagessen hatte Tyler eine Pommes von Gavins Teller stibitzt, und Gavin hatte ihn daraufhin so fest auf den Arm geschlagen, dass Tyler Tränen in die Augen traten. Aber Tyler war ein Schwachkopf. Er hätte wissen müssen, dass man Abstand hält, wenn Gavin in düsterer Stimmung war.

Die Tränen in Tylers Augen erinnerten Crosby daran, wie viel Glück er hatte, auf Gavins Seite zu stehen. Crosby war erleichtert gewesen, als er vor einem Monat herausgefunden hatte, woher Ms Peterson von seinen Betrugsplänen für die Mathearbeit wusste. Er war mitten in der

Nacht aufgewacht, und ihm war klar geworden, wer vor ihm und Gavin im Bus gesessen hatte. Es waren diese beiden Sechstklässler, die immer sofort die Klappe hielten, wenn sich Gavin und Crosby hinter sie setzten. Und wer saß vor den Sechstklässlern? Streber-Caleb. Manchmal vergaß Crosby, auf seine innere Stimme zu hören. Aber dann hatte er sich daran erinnert, wie Caleb aus dem Fenster gestarrt hatte, mit dem Ohr in ihre Richtung. Also hätte Caleb ihn definitiv belauschen können. Und es würde zu Caleb passen, ihn bei Ms Peterson zu verpetzen.

88Rising kam online und unterbrach Crosbys Gedanken. »Hey, CrossBow.«

»Hey, Bro, du bist spät dran. Wo warst du so lange?«, fragte Crosby.

»Ich hing in 'nem Gespräch mit so 'nem Idioten fest«, sagte 88Rising. »Das wird dir auch gefallen, CrossBow. Der Typ hat mir von den Illuminati erzählt, so 'ner Organisation, die die Weltherrschaft anstrebt. Rate mal, wo ihr geheimes Hauptquartier sein soll? Unter dem Flughafen von Denver.«

»Was?«, fragte Crosby lachend.

»Verrückt, oder?«, sagte 88Rising. »Aber so ist das Internet. Hier wimmelt es nur so von verrückten Verschwörungstheorien. Lektion Nummer eins: Glaub nicht alles, was du hörst.«

»Genau«, stimmte Crosby zu, obwohl er in Wahrheit noch nicht viel darüber gehört hatte. »Da fragt man sich, woran man überhaupt glauben kann.«

88Rising schwieg eine Weile. Dann sagte er: »Du kannst daran glauben, worüber wir schon gesprochen haben, CrossBow. Dass Amerika als ein weißes Land für Menschen mit europäischen Wurzeln gegründet wurde. Ich sag ja nicht, dass Amerika zu hundert Prozent weiß sein muss. Ich mag mexikanisches Essen genauso gerne wie jeder andere. Aber ich denke nicht, dass Amerika wirklich Amerika ist, wenn wir so weitermachen wie bisher. Es ist so schlimm geworden, dass du nicht einmal mehr ›frohe Weihnachten‹ sagen kannst, ohne dass die Leute durchdrehen. Du hast erzählt, du arbeitest im Versand, stimmt's?«

»Äh, ja«, antwortete Crosby. Er hatte 88Rising erzählt, er würde in einem Amazon-Lager arbeiten. Das hatte sein Vater getan, bevor seine Eltern sich getrennt hatten.

»Stell dir vor, wie es wäre, wenn alle deine Mitarbeiter schwarz, braun oder gelb wären«, sagte 88Rising. »Stell dir vor, dein Chef wäre ein brauner Typ, der einen bescheuerten Turban trägt. Denkst du, dass du dich in so einer Situation wohlfühlen würdest?«

Crosby hatte keine Ahnung, wie er sich fühlen würde. Er war sich nicht einmal sicher, ob er überhaupt schon jemanden gesehen hatte, der einen Turban trug. Aber er spürte, welche Antwort 88Rising von ihm erwartete. »Ich denke nicht«, sagte er.

»Siehst du? Genau das mag ich an dir, CrossBow«, sagte 88Rising. »Du bist schlau, und du bist ehrlich. Du sagst es so, wie du es siehst. Da uns die Linken im Nacken sitzen, müssen Menschen wie du und ich zusammenhalten.«

Crosby richtete sich im Stuhl auf und lächelte. Das hörte er gerne.

»Weißt du was, CrossBow?«, sagte 88Rising. »Vielleicht sollten wir uns mal unsere richtigen Namen verraten. Was meinst du dazu?«

Crosby war überrascht. Das war ein großer Schritt. Man gab im Internet nur dann seinen echten Namen preis, wenn man sich eng miteinander verbunden fühlte.

»Ich bin Dave«, sagte 88Rising.

»Ich heiße Crosby.«

»Freut mich, Crosby. Was hältst du davon, wenn wir jetzt ein bisschen *TGW* spielen?«

Sie zockten, bis ihn seine Tante Mary zum Abendessen rief. Als Crosby in die Küche kam, fühlte er sich gut. Als hätte er gerade einen neuen Freund gefunden. Einen echten Freund. Seine Mutter saß mit einem alten rosa Bademantel am Küchentisch und hatte einen blauen Schal um den Kopf gewickelt. So bemerkte man kaum, dass sie wegen der Chemotherapie keine Haare mehr hatte. Sie lächelte ihn schwach an. Sie war dünn, und ihre Haut war kränklich grau. Crosby spürte, wie sich alles in seinem Körper zusammenzog. Er konnte sich nicht daran gewöhnen, sie so zu sehen. Jedes Mal musste er gegen Tränen ankämpfen.

Während Crosbys Mutter immer schlank und sanftmütig gewesen war, war ihre Schwester, Crosbys Tante Mary, klein, stämmig und aufdringlich. Sie war jemand, der zu allem immer eine Meinung hatte und diese auch verkündete. An diesem Abend hatte Tante Mary ihm Spaghetti mit Hackfleischsoße gemacht. Das Abendessen von Crosbys Mutter bestand aus einem Nahrungsergänzungsshake mit Kakaogeschmack und einer Handvoll bunter Pillen. Crosby war ein Einzelkind, und er hatte seinen Vater seit Jahren nicht gesehen. Er war sich nicht einmal sicher, wo sein Vater war. Manchmal wachte Crosby mitten in der Nacht auf und fragte sich, was passieren würde, wenn seine Mutter nicht mehr zu Hause wohnen könnte. Was würde dann mit ihm geschehen? Wo würde er leben?

Sie hatten gerade angefangen zu essen, als Tante Mary fragte, ob er noch in dieser E-Sport-AG sei. Weil seine eigene Mutter jetzt zu schwach war, versuchte sie, wie eine Mutter für ihn zu sein. Aber Tante Mary hatte keine eigenen Kinder, also war sie eine echte Niete darin.

»Ja, und übrigens sind in dieser AG auch Mädchen«, sagte Crosby, weil er ahnte, was sie als Nächstes gefragt hätte.

»Gut«, sagte Tante Mary. »Und wie ist das, wenn du zu Hause online bist?«

»Weiß nicht«, sagte Crosby. »Ich spiele einfach mit Leuten.«

»Weißt du, wer die sind?«

»Normalerweise nicht«, sagte Crosby. »Das ist egal.«

»Oh, ist es nicht«, sagte Tante Mary in ihrem üblichen anklagenden Tonfall. Als ob sowieso alles falsch wäre, was er tat. »Es gibt alle möglichen Arten von Verbrechern, die Spiele nutzen, um Jungen kennenzulernen. Darüber habe ich gelesen. Hat dich schon mal jemand nach einem Foto von dir gefragt?«

»Du musst mich wirklich für dumm halten«, fuhr Crosby sie an.

»Crosby, bitte«, sagte seine Mutter sanft.

»Tut mir leid, Mom.« Crosby wandte sich zu seiner Tante. »Es hat noch nie jemand danach gefragt, und wenn es jemand tun würde, würde ich ihm niemals eins schicken.«

»Sagen manche Leute rassistische Dinge?«, fragte Tante Mary. »Oder sexistische?«

»Eigentlich nicht«, sagte Crosby.

Seine Tante beugte sich vor. »Eigentlich?«

Crosby wusste, dass er einen Fehler gemacht hatte. »Ich meine, nein, nie«, behauptete er, obwohl das nicht ganz stimmte.

»Das ist schwer zu glauben, wenn man bedenkt, dass das Internet voll von Sexismus ist«, sagte Tante Mary zu Crosbys Mutter. »Männer sehen im Grunde jede Technologie als ihr Territorium an und daher als einen Ort, an dem Frauen nicht gleichberechtigt sein können. Einen Ort, an dem sie nicht *wollen*, dass Frauen gleichberechtigt sind.« Sie wandte sich wieder Crosby zu. »Du folgst bestimmt professionellen E-Sport-Teams. Gibt es da auch Gamerinnen?«

»Ein paar«, sagte Crosby.

»Eine kleine Minderheit«, entgegnete Tante Mary.

Crosby war ihre Einstellung so leid. »Du würdest also sagen, dass es auch in professionellen Footballteams Frauen geben sollte?«

»Nein«, sagte Tante Mary. »Das können sie nicht. Ihre

Physiologie ist anders. Männer haben ein größeres Skelett und mehr Muskelmasse als Frauen. Und selbst bei den Männern ist nur etwa einer von tausend so herausragend, dass er professionell Football spielen kann. Aber dass es so wenige Gamerinnen gibt, liegt nicht an ihrem Körperbau. Es liegt daran, dass sie sich nie selbst auf dem Bildschirm sehen. Schau dir die Helden der meisten Computerspiele an, und was siehst du? Einen starken weißen Mann mit einem schnellen Auto und einer verdammt gut aussehenden Freundin.«

»Und was ist mit Lara Croft, Zelda, Calamity?«, schoss Crosby zurück.

»Lass mich raten. Alles dünne Frauen mit großen Brüsten und hübschen Gesichtern?«, konterte Tante Mary.

»Bitte. Ich glaube, wir haben heute Abend genug darüber gestritten«, sagte Crosbys Mutter müde.

Crosby lehnte sich auf seinem Stuhl zurück. Sein Blick begegnete dem seiner Tante, und sie waren sich sofort einig. Wenn es eine Sache gab, in der sie übereinstimmten, dann war es die, dass diese ganze Streiterei seiner Mutter nicht guttat.

WOCHE FÜNF

Spielstand

GavinsTeam: 3
Emmas Team: 1

Als Caleb in den Bus zur Schule stieg, war er besorgt, gestresst und aufgeregt. Er war besorgt, weil der Jahrbuchfotograf, der nun seit einer Woche an der Schule war, unorganisiert und zerstreut wirkte. Reflektorschirme fielen mitten im Shooting um. Der Fotograf verwechselte die Namen der Schüler. Er stolperte über Stromkabel. Hatte Calebs Vater recht gehabt, als er sagte, billiger bedeute nicht immer besser? War es ein Fehler gewesen, ihn auszuwählen? Das würde eindeutig seine Chancen verringern, im nächsten Jahr das Jahrbuchteam leiten zu dürfen.

Aber Caleb war auch aufgeregt. Gestern Abend war ein Reporter der lokalen Fernsehstation, Ironville TV, zu ihnen nach Hause gekommen, um ihn und seine Eltern über die E-Sport-AG zu interviewen. Und heute würde ein Fernsehteam die AG in Aktion filmen. Die Story sollte sich darum drehen, dass Caleb, ein Schüler aus dem siebten Jahrgang, die treibende Kraft hinter der Gründung der E-Sport-AG und der Fördermittel für die Providia-Computer gewesen war.

Caleb war klar, dass Ironville TV nur Haushalte in Ironville erreichte. Aber immerhin: Wie viele Siebtklässler gab es, über die schon einmal eine Reportage gemacht worden war?

Als Gavin und Crosby ein paar Haltestellen später in den Bus stiegen, trugen sie identische rote T-Shirts mit kleinen, gezackten weißen Blitzen auf der Vorderseite. Sicherlich hatten diese T-Shirts etwas mit dem Match am Nachmittag zu tun. Crosby blieb direkt hinter Calebs Platz stehen und sagte zu den Sechstklässlern, dass sie sich verziehen sollten. Hastig erhoben sich die zwei von ihren Plätzen, und Gavin und Crosby rutschten hinein.

Einen Moment später spürte Caleb Crosbys warmen Atem an seinem Ohr. Crosby wollte ihm Angst machen. Caleb drehte sich um. Crosbys Gesicht war so nah, dass Caleb die Mitesser auf seiner Stirn sehen konnte.

»Weißt du, warum ich dich seit einem Monat nicht mehr aus den Augen lasse?«, fragte Crosby. »Weil ich herausgefunden habe, wer mich bei Ms Peterson verpetzt hat. Du warst das.«

Es kostete Caleb all seine Willenskraft, nicht zu blinzeln oder wegzusehen. Crosby konnte das unmöglich wissen. Caleb vertraute Ms Peterson. Sie hätte Crosby nie verraten, woher sie von seinem Plan wusste. Außerdem hatte Ms Peterson ihm gesagt, dass noch jemand anderes ihr davon erzählt hatte. Crosby musste bluffen. Er behauptete das nur, um zu sehen, wie Caleb reagieren würde.

»Wovon redest du?«, fragte Caleb. Crosbys Augen wurden schmal. Er blickte zu Gavin, dann wieder zu Caleb. »Pass lieber auf dich auf.«

»Letzten Freitag sind drei Schüler auf dem Flur ganz aufgeregt auf mich zugekommen und haben gefragt, ob es an der Schule wirklich eine E-Sport-AG gibt«, sagte Ms Peterson im Computerraum zur Schulleiterin. »Ich hätte sie fast gefragt, wo sie denn vor vier Wochen waren, als wir die Infoveranstaltung hatten.«

Ms Summers seufzte. »Egal was wir tun, die Hälfte der Schülerinnen und Schüler hört bei den Morgendurchsagen nicht zu.«

»Also erzählte ich ihnen, dass es tatsächlich eine AG gibt«, fuhr Ms Peterson fort, »und dass wir die Idee im Moment erst einmal testen, um zu sehen, was funktioniert und was nicht. Wenn es gut läuft, können wir das Angebot im nächsten Halbjahr hoffentlich erweitern.«

»Es gibt also wachsendes Interesse?«, fragte Ms Summers.

»Und es kann sogar noch weiter zunehmen, wenn der Fernsehbericht von Ironville TV ausgestrahlt wird«, sagte

Ms Peterson und erinnerte die Schulleiterin damit daran, dass am Nachmittag ein Fernsehteam die E-Sport-AG besuchen würde. »Aber jetzt kommt das Interessante. Die drei Schüler haben nicht nach der AG gefragt, weil sie selbst spielen wollen. Sie haben gefragt, weil sie Kommentare abgeben und die Matches auf Twitch streamen wollen.«

Die Schulleiterin runzelte die Stirn. »Wie bitte?«

Gaming war zwar nicht Ms Petersons Fachgebiet, aber Twitch kannte sie. Sie erklärte, dass die Schüler die Spiele online übertragen wollten, damit andere zuschauen konnten.

»Menschen wollen anderen Menschen beim Computerspielen zusehen?«, fragte Ms Summers verblüfft.

»Wie bei jeder anderen Sportart auch«, sagte Ms Peterson.

Die Augenbrauen der Schulleiterin hoben sich.

Sie schlenderte an dem Tisch entlang, auf dem die Providia-Monitore standen. »Nun, alles, was die Schülerschaft mit einbezieht, ist gut«, sagte sie. »Aber wie ist es mit unserem Bildungsauftrag? Benutzen die Jugendlichen diese Computer auch für lehrreiche Dinge?«

»Ich möchte Ihnen etwas zeigen.« Ms Peterson setzte sich an einen der Computer und startete eine Animation. »Erinnern Sie sich an die Modelle des Sonnensystems, die wir früher aus Pappmaschee und Kleiderbügeldraht gebastelt haben?«

»Oh ja.« Ms Summers lächelte bei der Erinnerung. »Was für ein Chaos.«

»Und außerdem total ungenau«, sagte Ms Peterson. »Das Sonnensystem ist nicht einfach so da. Es bewegt sich mit ungefähr achthunderttausend Kilometer pro Stunde durch den Weltraum.« Sie drehte den Monitor, damit die Schulleiterin die Animation sehen konnte, in der die Sonne in einer geraden Linie durch den Weltraum zog, während sich der Rest des Sonnensystems um sie drehte. »So sieht unser Sonnensystem *wirklich* aus. Die Grafikkarten in den Providias machen Projekte wie dieses möglich. Unsere Schülerinnen und Schüler hätten das auf unseren alten Computern nie erstellen können.«

»Dieses Video wurde von einer Schulklasse erstellt?«, fragte Ms Summers erstaunt.

»Ja«, sagte Ms Peterson. »Sie lernen nicht nur Programmieren, sondern wenden das Gelernte auch direkt in anderen Fächern an. Wie hier in Naturwissenschaften.«

Ms Summers lächelte. »Versprechen Sie mir, dass Sie das erwähnen, wenn das Fernsehteam heute Mittag kommt. Das muss jeder erfahren.«

»Selbstverständlich«, sagte Ms Peterson.

Die Schulglocke läutete, und Ms Peterson machte sich auf den Weg in den Unterricht. Innerlich jubelte sie. Nicht nur, dass das Interesse an der E-Sport-AG zunahm, und nicht nur, dass Ironville TV sie an diesem Nachmittag als Leiterin der AG interviewen würde – sie hatte auch soeben bewiesen, wie nützlich die neuen Computer für den Unterricht waren.

Doch leider war ihr Jubel nur von kurzer Dauer. Als sie das Klassenzimmer betrat, stutzte sie. Gavin und Crosby trugen identische rote T-Shirts mit dem Logo weißer Blitze. Was hatte das zu bedeuten?

Nach der zweiten Stunde fand sich Emma auf dem Flur hinter Gavin und seinen Anhängern wieder. Schulter an Schulter marschierten diese voran und bildeten dabei eine geschlossene Linie. Sie alle trugen rote T-Shirts. Mackenzie, die nach Gavin die Zweitgrößte war, passte das T-Shirt perfekt. Nur dass sie ihrem Outfit eine goldene Kette hinzugefügt hatte. Während sie den Flur hinunterstapften, schien Gavins Truppe es zu genießen, dass alle um sie herumlaufen mussten.

Als sie am Hausmeisterzimmer vorbeigingen, zeigte Tyler darauf. »Ah, waas ist daas?«, fragte er in einer lauten Imitation eines deutschen Akzents.

»Daas ist dah Broom Room, mein Freund«, antwortete Crosby.

»Jawohl«, sagte Tyler. Seine Leute gluckten anerkennend. In diesem Moment blickte Tyler über seine Schulter zurück und bemerkte, dass Emma hinter ihnen ging. Er stieß Crosby an.

Crosby und die anderen blieben stehen. Sie bildeten eine menschliche Mauer, an der Emma nicht vorbeikonnte. Sie drängten sich so dicht an Emma heran, dass sie nur die Hand ausstrecken musste, um sie zu berühren. Ein Schauer lief ihr über den Rücken.

»Bereite dich darauf vor, heute vernichtet zu werden, alliiertes Weichei«, sagte Crosby mit seinem albernen deutschen Akzent. »Ab jetzt wollen wir immer die Achsenmächte sein. Und nicht mehr hin- und herwechseln.«

»Jawohl«, schaltete sich Tyler mit seinem neuen deutschen Lieblingswort ein. »Niemand kann der Kraft der Achsenmächte entkommen.«

»Und dann können wir während des ganzen Halbjahres einen Überblick über unsere Siege und Niederlagen behalten«, fügte Crosby hinzu.

Es fiel Emma schwer, zu begreifen, was sie sagten, während sie ihr so nah waren und sich um sie scharten wie ein Rudel Mario Bros. Koopas. Es war ihr klar, dass das Mobbing war. Aber würden sie wirklich wagen, ihr hier im überfüllten Flur etwas anzutun? Eine Schülerin anzugreifen, die halb so groß war wie Gavin? Sie wusste nicht, was in sie gefahren war, aber sie stellte sich aufrecht hin und sagte entschlossen: »Würdet ihr bitte alle einen Schritt zurücktreten?«

Für einen kurzen Moment verstummte die Truppe. Crosby und die anderen wirkten erstaunt darüber, dass Emma sich ihnen entgegengestellt hatte. Doch jetzt wurde es Emma mulmig zumute. Sie konnte nicht abschätzen, was als Nächstes passieren würde. Würden sie lachen und ihre Aufforderung ignorieren? Oder noch enger an sie heranrücken? Nichts von beidem geschah. Stattdessen trat Gavin einen Schritt zurück. Und als er das tat, schlossen sich Crosby und die anderen an.

»Also, ähm, was hältst du davon, wenn wir feste Seiten einnehmen?«, fragte Crosby ohne sein vorheriges aufgeblasenes Getue.

»Ich werde mein Team fragen, was es davon hält«, antwortete Emma.

»Ich dachte, *du* bist Captain«, sagte Mackenzie. »Wieso entscheidest du das nicht einfach selbst?«

»So machen wir das in unserem Team nicht«, antwortete Emma und versuchte, sich größer zu machen – na ja, soweit das mit ein Meter fünfzig möglich war – und Mackenzie direkt in die Augen zu sehen.

Es regnete, also blieben sie beim Sportunterricht drinnen. Ms Patrick forderte alle auf, sich auf den Boden zu setzen. Sie trug einen blauen Trainingsanzug und hatte eine Trillerpfeife um den Hals hängen.

»Ich habe gehört, dass Geld aus den Schließfächern der Sporthalle verschwunden ist«, sagte sie. »Wie oft muss ich euch noch sagen, dass ihr eure Fächer abschließen sollt, nachdem ihr euer Sportzeug angezogen habt? Deshalb heißen sie ja Schließfächer, Leute. Weil ihr sie *abschließen* sollt. Und jetzt wählt die Spielführer für *Capture the Flag.*«

Bei *Capture the Flag* gab es vier Spielführer, und Caleb

war einer von ihnen. Solange Caleb denken konnte, war Zach immer einer der Letzten gewesen, der in eine Mannschaft gewählt wurde. Es spielte keine Rolle, dass er wendig und schnell war. Niemand wollte ihn. Es stimmte zwar, dass Zach sich leicht ablenken ließ und manchmal zu vergessen schien, was gerade passierte. Aber sobald Ms Patrick ihn ansprach, war er sofort wieder voll im Spiel.

Doch heute ließ Caleb Zach nicht warten, bis er übrig blieb, sondern wählte ihn als einen der Ersten. Zach zuckte erschrocken zusammen. Caleb war perplex. Er hatte gedacht, dass Zach sich freuen würde, wenn er früh in eine Mannschaft kam. Warum verhielt er sich so, als wünschte er, überhaupt nicht gewählt worden zu sein?

Manche Schülerinnen mochten den Sportunterricht nicht, weil sie dabei schwitzten oder ihre Haare und ihr Make-up durcheinanderbrachten. Emma machte sich darüber keine Gedanken. Sie sorgte sich eher darüber, mit ihrer sechs Jahre älteren Schwester Sarah verglichen zu werden. Mittlerweile studierte Sarah mit einem Fußballstipendium, aber sie glänzte in jeder Sportart. Daher hatte Emma die meiste Zeit ihrer Schullaufbahn im direkten Vergleich zu ihrer herausragenden Schwester gestanden, und das war nicht immer leicht gewesen.

Außerdem hatte Emma eine besondere Abneigung gegen *Capture the Flag*. Es war ein Spiel, bei dem Schläge, Stöße und Schubsereien an der Tagesordnung waren, und Ms Patricks Augen konnten nicht überall gleichzeitig sein.

Emma hatte oft genug gesehen, wie sich Mitspieler gegenseitig wehtaten, wenn die Sportlehrerin nicht hinsah. Nervös scannte sie die Menge und versuchte, diejenigen auszumachen, denen sie aus dem Weg gehen musste. Glücklicherweise hatte Mackenzie wie immer eine Ausrede gefunden, um nicht am Sportunterricht teilnehmen zu müssen. Zusammen mit ein paar anderen saß sie in ihrer Schulkleidung auf der Tribüne. Zumindest eine gute Nachricht.

Das Spiel begann, und alle rannten durcheinander und versuchten, einander die Flaggen zu stehlen. Während die Sportlichen sich sofort einen Weg zu den Flaggen bahnen wollten, hielten sich die anderen zurück und warteten darauf, dass sich eine Lücke auftat, durch die sie sich anschleichen konnten. Oder, wenn sie wie Emma waren, taten sie nur so, als ob sie eine Lücke suchten, und warteten in Wahrheit darauf, dass die Unterrichtsstunde zu Ende ging.

Plötzlich war Ms Patricks Pfiff zu hören. Ein Mädchen namens Carrie kauerte auf dem Boden und umklammerte ihr Knie. Tränen liefen ihr über das Gesicht. Ms Patrick bat jemanden, ein Kühlpack aus ihrem Büro zu holen, und hockte sich dann neben Carrie, um sie zu trösten. Die ganze Klasse schien zuzusehen, aber im

Augenwinkel bemerkte Emma, wie Crosby und Tyler Zach mit dem Rücken gegen eine Wand drückten.

Nathan wartete darauf, dass seine Mutter ihn nach der Schule abholte. Eigentlich sollte er glücklich sein. Emmas Team hatte erneut gewonnen, und er hatte die zweite Woche in Folge einen fantastischen Kill Streak gehabt. Noch dazu war ein lokales Fernsehteam vor Ort gewesen, um das Match aufzuzeichnen, was bedeutete, dass er im Fernsehen zu sehen sein würde! Außerdem war alles live auf Twitch gestreamt worden. Die Zuschauer hatten sehen können, wie gut er gespielt hatte.

Aber Nathan war nicht glücklich. Obwohl er eindeutig der Star bei den Alliierten war, hatte das Fernsehteam die Kamera nur auf Caleb gehalten. Außerdem ärgerte es Nathan, dass Emma Zach zum Truppentaktiker ernannt hatte. *Warum brauchen wir einen Taktiker?*, fragte er sich. Sie mussten nur weiterhin besser spielen als Gavins Achsentruppe. Und noch etwas störte Nathan. Jede Person, die Ironville TV schaute, würde ihn neben Zach, dem Spinner, sitzen sehen. Jemand Bekanntes wie Caleb musste sich keine Sorgen machen, neben wem er gesehen wurde. Aber fast niemand aus der Ironville Middle School kannte Nathan. Wenn sie ihn also mit Zach zusammen sahen, könnten sie Nathan ebenfalls als einen Spinner abstempeln.

Klingt das gemein?, dachte Nathan. *Tja, sorry. Es ist einfach die Wahrheit.*

»Hey«, sagte jemand.

Nathan drehte sich um. Zwei Jugendliche kamen auf ihn zu.

»Gutes Spiel«, sagte das Mädchen.

»Du hattest ein paar fantastische Headshots«, sagte der Junge.

»Ihr habt den Stream gesehen?«, fragte Nathan erstaunt.

»Ja«, meldete sie sich zu Wort. »Wir hatten Glück. Unsere Runde *Magic: The Gathering* war früher zu Ende. Und unser Freund Alex hat das Match übertragen, also haben wir zugesehen.«

»Es war cool«, schaltete sich der Junge ein. »Du bist voll der Killer.«

Ein Wagen hielt an, und die beiden stiegen ein. Während Nathan zusah, wie sich das Auto zum Schultor entfernte, fühlte er sich schon viel besser. Er war der Kill Streak King!

Auf dem Heimweg tat Zach so, als würde er das Match kommentieren: »Caleb Arnett, der einzigartige Streber, ist das neue Zehn-Millionen-Dollar-Gesicht von *The Good War*, dem unglaublich beliebten Strategiespiel über den Zweiten Weltkrieg mit mehr als hundert Millionen aktiven Spielern pro Tag. Die Eltern von Streber, dem ehemaligen Star-Gamer der Alliiertenmannschaft der Ironville Middle School, haben ihm kürzlich erlaubt, die Schule zu verlassen, damit er zehn Stunden pro Tag *TGW* spielen kann. Immer mit dabei: seine Fans, die dafür bezahlen, um ihn spielen zu sehen.«

Er und Caleb fühlten sich nach dem zweiten Sieg in Folge gegen Gavins Team wie im Rausch.

»Darüber hinaus nimmt er an Turnieren auf der ganzen Welt teil und hat bereits zahlreiche Werbedeals abgeschlossen«, fügte Caleb hinzu.

»Genau!«, rief Zach. »Die Reichweite von Streber ist atemberaubend. Mehr als zwölf Millionen Follower auf Twitch, fast zwanzig Millionen auf Instagram und fast vier Millionen auf X.«

»Er war auf dem Titelblatt von *ESPN The Magazine* zu sehen. Wo auch immer er hingeht – er wird von schwärmenden Fans umringt«, ergänzte Caleb. »Gerüchten zufolge wird Nike seinen neuesten E-Sport-Schuh nach ihm benennen.«

»Eine komplette Kollektion«, lachte Zach.

»Gaming-Jacken«, schlug Caleb vor. »Sportunterhosen!«

Beide brachen in Gelächter aus.

Als sie bei der alten Steinmauer ankamen, wollte Zach nicht, dass Caleb wegging. Sie hatten gerade so viel Spaß. Ein Teil von Zach wünschte sich, sie könnten zusammen den ganzen Weg bis zu ihm nach Hause gehen. Aber ein anderer Teil von ihm blieb unsicher.

Caleb war in den letzten Monaten netter zu ihm gewesen als jeder, den Zach je gekannt hatte. Nicht nur hatte Caleb ihn heute bei *Capture the Flag* als einen der Ersten gewählt, sondern Caleb war auch zu ihm geeilt, als er von Tyler und Ratface Crosby bedrängt wurde. Er hatte ihnen gesagt, dass sie ihn in Ruhe lassen sollten.

Aber es fiel Zach immer noch schwer, Caleb als echten Freund zu akzeptieren. Er hatte einfach zu viele schlechte Erfahrungen gemacht. Deshalb, das hatte Zach gelernt, musste er besonders vorsichtig sein.

Sie standen für eine Weile wortlos neben der Steinmauer. Dann sagte Caleb: »Tut mir leid, was heute in der Sporthalle passiert ist. Tyler und Crosby sind totale Idioten.«

Zach zuckte mit den Schultern. Es war nicht so, dass er sich daran gewöhnt hatte, schikaniert zu werden. Das war etwas, woran man sich nie gewöhnen konnte. Aber er war an einem Punkt angelangt, an dem das nur noch eines von vielen lästigen Dingen war, wie Impfungen und Zahnarztbesuche, eine der vielen Tatsachen des Lebens, an die er lieber nicht erinnert werden wollte. Zach wechselte das Thema. »Wie ist das so, wenn ein Fernsehbericht über dich gemacht wird?«

»Nicht nur über mich«, sagte Caleb. »Über die E-Sport-AG.«

»Aber sie haben sich lange mit dir unterhalten«, sagte Zach.

»Wir werden's sehen, wenn die Reportage im Fernsehen läuft«, sagte Caleb. Dann blickte er in die Richtung, in die er normalerweise weiterging.

Zach wollte nicht, dass Caleb fortging. Aber vermutlich hatte Caleb andere Dinge zu erledigen. Doch dann sagte Caleb: »Ich habe bemerkt, was du heute in der letzten Runde gemacht hast. Mit den Rauchgranaten.«

Zach freute sich, dass es jemandem aufgefallen war. »Nach letzter Woche dachte ich, wir müssen mal etwas anderes ausprobieren.«

»Den Boden kontrollieren«, sagte Caleb.

»Wenn Gavins Team sich das Match heute Abend anschaut, werden sie es durchschauen«, sagte Zach. »Für nächste Woche müssen wir uns also wieder etwas Neues einfallen lassen.«

Caleb musterte ihn eine Weile. Das machte Zach nervös. Er begann zu blinzeln und zu zappeln.

»Du denkst über diese Sache wirklich viel nach, nicht wahr?«, fragte Caleb.

Zach starrte auf den Boden. »Das ist ja gerade das, was Spaß macht, oder?«

»Vor allem, wenn man Idioten wie Gavin und Crosby besiegt«, sagte Caleb.

Zach grinste. Er und Caleb drückten ihre Fäuste gegeneinander. Und er traf eine Entscheidung.

»Das gibt's doch nicht«, murmelte Caleb ungläubig. Zachs Zimmer war ein Schrein für Skateboarden, Surfen und Gamen. Drei Skateboards standen in einem Holzständer. Helme waren mit Haken an der Wand aufgereiht. Auf einem kleinen Schreibtisch standen mehrere Monitore nebeneinander. An den Wänden hingen Plakate von Surfern und Skatern.

Fast alles in dem kleinen Raum sah selbst gemacht aus. Der Schreibtisch schien einst ein Teil einer Tür gewesen zu sein. Das Bücherregal war aus zusammengewürfelten Sperrholzstücken gebaut. Selbst die Skateboards sahen aus, als wären sie in Handarbeit hergestellt worden.

Caleb war noch nie in einem Trailer Home gewesen. In Wahrheit hatte er nicht einmal gewusst, dass es einen Trailerpark in Ironville gab. Seine Anwesenheit machte Zach offensichtlich nervös. Zach blinzelte ständig, stocherte mit einem Finger in seinen Haaren herum und räusperte sich immer wieder lautstark. Caleb hatte gelernt, dass es Zach beruhigte, wenn man ihn zum Reden brachte. Sein Blick wanderte zur Decke, an der ein Surfbrett in einem Gestell hing, das mithilfe eines Seils an einem Flaschenzug befestigt war.

»Du surfst?«, fragte er.

Zach schüttelte den Kopf. »Hab ich im Müll gefunden. Aber vielleicht irgendwann mal.«

Caleb griff nach oben und berührte das Gestell, an dem das Surfbrett hing. »Wie funktioniert das?«

Zach löste das Seil des Flaschenzugs aus einer Klemme und ließ es durch seine Finger gleiten. Das Gestell senkte sich langsam, bis es auf Hüfthöhe hing. Jetzt konnte Caleb erkennen, warum jemand das Brett weggeworfen hatte. Eine der Finnen war gebrochen, und die Oberfläche aus Fiberglas war rissig und löste sich vom darunter liegenden Schaumstoff. Zach zog an dem Seil, und das Gestell hob sich wieder zur Decke. Die Konstruktion war selbst gebaut und genial.

»Vor einem Monat hätte ich noch gefragt, wer das konstruiert hat«, sagte Caleb. »Aber jetzt bin ich mir sicher, dass ich das bereits weiß.«

Zach hörte auf zu blinzeln und lächelte. Seltsamerweise war jetzt Caleb derjenige, der angespannt war. Er wandte sich dem selbst gebauten Bücherregal zu, in dem reihenweise Taschenbücher standen. Die Taschenbücher waren alt, hatten rissige Buchrücken und zerfledderte Einbände. Caleb schaute sich die Titel an: *Snow Crash*, *Neuromancer*, *Feed*, *Ready Player One*, *Träumen Androiden von elektrischen Schafen?*. Er kannte keines der Bücher. Und sie gehörten auch nicht zum Schulstoff.

»Du liest aus Spaß?«, fragte er.

Zach nickte. »Meistens Cyberpunk. Ich kaufe die gebraucht.«

Caleb zog *Träumen Androiden von elektrischen Schafen?* aus dem Regal und blätterte durch die steifen, vergilbten Seiten. »Ich hätte vermutet, dass du eher E-Books liest«, sagte er. Er erwartete, dass Zach antworten würde, er würde gedruckte Bücher mögen, weil seine Augen eine Pause vom Bildschirm bräuchten. Oder dass

E-Books zu teuer seien. Aber stattdessen sagte Zach: »Ich schaue sie mir gerne an. Manchmal nehme ich sie nicht einmal aus dem Regal. Ich schaue mir nur die Buchrücken an und stelle mir eine Szene vor, die mir besonders gut gefallen hat. Kennst du den Film *Blade Runner*?«

Caleb nickte. Er hatte davon gehört.

»Er basiert in etwa auf dem Buch, das du gerade in der Hand hältst«, sagte Zach. »Philip K. Dick ist wahrscheinlich mein Lieblingsautor.«

Caleb schob das Buch zurück ins Regal. Wie viele aus ihrer Stufe hatten wohl einen Lieblingsautor? Kannte *er* überhaupt welche? Was die meisten hatten, war eine Rolle, eine Fassade, eine Maske, die sie für den Rest der Welt aufsetzten, um auf eine bestimmte Weise gesehen zu werden. Der eine war tough. Der andere wollte mit allen befreundet sein.

Mr Parnes hatte ihnen im Unterricht einmal ein Zitat von Shakespeare vorgelesen: »Die ganze Welt ist Bühne, und alle Frauen und Männer sind nur Spieler.«

Tief in seinem Inneren wusste Caleb, dass das auch auf ihn zutraf. Die meiste Zeit verhielt er sich so, wie er glaubte, sich verhalten zu müssen. Aber Zach war anders. Wenn man ihn besser kannte, verblasste viel von dem seltsamen Verhalten, und der echte Zach kam zum Vorschein. Er war jemand, der wirklich wusste, was los war, wenn sie *TGW* spielten. Jemand, der sich für sein Team aufopferte. Und dann dieses Zimmer mit den Skateboards, dem Surfbrett und den Büchern. Es fühlte sich alles so echt und authentisch an. Es ging ihm nicht um Anerkennung. Zach versuchte nicht, irgendwen zu beeindrucken. So war er nun mal.

Zach zeigte auf den Holzständer mit den Skateboards. »Fährst du auch?«

Caleb zuckte mit den Schultern. »Hab's ein paarmal probiert.«

Ein Grinsen breitete sich auf Zachs Gesicht aus. Er griff nach zwei Brettern. »Schnapp dir einen Helm. Let's go.«

Emma hatte erwartet, dass sie es hassen würde, gestreamt zu werden. Es war eine fürchterliche Vorstellung, dass Fremde ihr beim Spielen zuschauten und beobachteten, wie sie Fehler machte. Zu allem Überfluss hatte das Fernsehteam eine Kamera im Computerraum aufgestellt, um die Spieler in Echtzeit zu zeigen. Aus Angst, etwas falsch zu machen, hatte Emma an diesem Nachmittag sehr vorsichtig gespielt. Aber nach der ersten Runde hatte sie Zachs Stimme in ihrem Headset gehört: »Leg einfach los, Emma. Halt dich nicht zurück.«

Zach hatte ihre zögerliche Spielweise bemerkt. Sie erinnerte sich an das, was Caleb über Zach gesagt hatte – darüber, dass Zach alles mitbekam, was während eines Matches passierte. Die meisten Spieler waren so sehr damit beschäftigt, ihre Kill/Death-Ratio zu verbessern, dass sie nicht darauf achteten, was ihre Teamkollegen taten. Aber Zach war anders.

Emma hatte begonnen, aggressiver zu spielen. Und am Ende hatte sie ihre Sache gut gemacht und ihren Beitrag zum Sieg geleistet. Und das Verrückte war, dass sie ausnahmsweise keine Angst haben musste, mit ihrer perfekten älteren Schwester verglichen zu werden. Denn Sarah hatte sich für Gaming nie interessiert.

Es war noch früh am Abend, und Emma hatte ihre Hausaufgaben erledigt. Sie hätte YouTube oder Netflix schauen können, aber stattdessen entschied sie sich für eine Recherche auf Google. Vor einer Woche hatte sie auf eigene Faust begonnen, über die Nazis zu lesen und über die Millionen von Menschen, die sie während des Zweiten Weltkriegs getötet hatten. Nun las sie, dass Adolf Hitler das jüdische Volk für eine minderwertige Rasse und eine Bedrohung der deutschen Rassenreinheit hielt. Hitler glaubte an die Überlegenheit der germanischen Völker, die er die arische »Herrenrasse« nannte. Für Hitler war der ideale »Arier« blond, blauäugig und groß. Dies hatte etwas Ironisches, denn Hitler selbst war klein und hatte sehr dunkles Haar. Und doch bestand er darauf, dass die deutsche Rasse rein bleiben müsse, um eines Tages die Herrschaft über die Welt übernehmen zu können.

Emmas Handy vibrierte. Das war ungewöhnlich. Sie bekam fast nie Nachrichten. Sie öffnete Instagram … und erstarrte. Es war ein Foto, das jemand während des Matches an diesem Nachmittag gemacht hatte. Es zeigte sie, wie sie Caleb zwischen zwei Runden verträumt ansah. Sie hatten Emma wie einen Hund aussehen lassen, dem die Zunge heraushing. Die Bildunterschrift lautete: *Oh, Caleb, du bist mein Held.*

Crosby trommelte ungeduldig mit den Fingern und wartete darauf, dass sein Computer endlich hochfuhr. Es war zum Kotzen, dass die Achsenmächte heute wieder verloren hatten, aber letztendlich war das nichts weiter als eine dumme Schul-AG. Apropos Schule: Was ihn noch mehr ärgerte als das verlorene Spiel, war das, was in der Sporthalle bei *Capture the Flag* passiert war. Er und Tyler hatten Zach, den Spinner, in die Zange genommen, während Ms Patrick sich um ein Mädchen kümmerte, das sich am Knie verletzt hatte. Sie waren kurz davor gewesen, ein wenig Spaß zu haben, als Streber-Caleb sich einmischte. Daraufhin blies Ms Patrick in ihre Pfeife und befahl ihm und Tyler, in ihr Büro zu gehen und dort auf sie zu warten.

Hätte sie ohne Calebs Einmischen etwas bemerkt? Warum konnte sich dieser Idiot nicht um seine eigenen Angelegenheiten kümmern?

Später in ihrem Büro hatte Ms Patrick ihn und Tyler zurechtgewiesen, weil sie Zach geärgert hatten.

»Es war nicht so gemeint«, hatte Crosby gesagt. »Es war doch nur Spaß.«

»Wir hatten nicht vor, ihm wehzutun oder so«, hatte Tyler hinzugefügt.

»Wie oft muss ich euch noch sagen, dass man jemandem nicht wehtun muss, damit es Mobbing ist?«, hatte Ms Patrick wütend gefragt. »Einschüchterung ist auch Mobbing. Sich mit anderen gegen jemanden verbünden ist eine Form von Mobbing.«

Die Pause war zu Ende, und Ms Patrick musste zurück in die Sporthalle. Sie entließ Crosby und Tyler und verwarnte sie. Beim nächsten Vorfall würde sie sie direkt zur Schulleiterin schicken.

Später erzählte Crosby Gavin beim Mittagessen, was geschehen war. »Das ist das zweite Mal, dass Streber-Caleb mich verpfiffen hat. Zuerst bei Ms Peterson wegen der Mathearbeit. Und jetzt diese Sache in der Sporthalle. Ich schwöre, Bro, es ist an der Zeit, etwas gegen ihn zu unternehmen.«

Gavin packte ein braunes Bonbon aus und steckte es sich in den Mund. Er sagte nichts, aber für Crosby war es offensichtlich, dass er einverstanden war.

Nun, bei sich zu Hause, war Crosbys Computer endlich hochgefahren. Er war froh, als er sah, dass Dave online war. In den letzten Tagen hatte er sich nicht gemeldet, und das hatte Crosby zum Nachdenken gebracht. Hatte er etwas gesagt, das Dave verärgert hatte? Mit Dave zu reden, gab ihm ein gutes Gefühl. Es gab ihm das Gefühl, Teil von etwas zu sein. Dave hörte ihm zu und respektierte ihn. Nicht wie seine Tante Mary und Ms Patrick und all die anderen Sojamilch trinkenden Feminazis mit ihren dummen, politisch korrekten Ideen.

»Hey, Dave«, sagte Crosby.

»Hey, Croz«, sagte Dave. Der Spitzname war neu. Crosby fand das sofort gut. Gute Freunde gaben sich gegenseitig Spitznamen. Sie fingen an zu reden, und Crosby vergaß das verlorene E-Sport-Match und Caleb, den Verräter.

»Wo bist du gewesen, Bro?«, fragte Crosby.

»Waffenausstellung«, sagte Dave. »Hab eine Anderson AM-15 und ein Doppeltrommelmagazin gekauft. Wenn du noch einen Gewehrschaft und einen Lauf aus Molybdänstahl dranhängst, hast du eine höllisch gute Kanone. Und das ganze Ding ist so legal, wie der Tag lang ist. Was für eine Waffe trägst du mit dir rum, Croz?«

Crosby war einen Augenblick lang sprachlos. »Ähm, eine Bren.«

Dave lachte. »Ich spreche nicht von deiner Waffe aus dem Computerspiel. Ich meine dein Alltagsgerät, Bro.«

»Oh, ähm, eine Glock.« Jetzt war es Crosby gelungen, sich an einen Namen zu erinnern.

»Aha. Altbewährt«, sagte Dave. Das Gespräch verstummte für einen Moment. »Wie alt bist du noch mal, Croz?«

»Neunzehn.«

»Woher hast du die Glock?«

»Aus einem Waffenladen«, sagte Crosby.

Wieder schwieg Dave. Crosby fragte sich, ob er etwas

Falsches gesagt hatte. Wurden Glock-Pistolen nicht mehr hergestellt?

»Na ja, du weißt ja, wie man so schön sagt«, sagte Dave schließlich. »Nutze sie und bleibe gesund.« Er gluckste, als wäre das ein Witz, also gluckste Crosby auch. »Aber ernsthaft jetzt, auf der fundamentalen Ebene«, fuhr Dave fort, »ist das alles Teil des Kampfes, Croz. Es geht nicht nur um das Recht, Waffen zu tragen, sondern auch um das Recht, unsere persönliche und religiöse Identität zu bewahren, stimmt's? Das Recht, unser Land so zu erhalten, wie es sich unsere Gründerväter vorgestellt haben. Zu lange haben diese Snowflakes uns das weggenommen. Ich meine, hier und jetzt, Croz. Direkt vor unserer Nase. Es passiert überall, wo man hinschaut: Ehe für alle, Abtreibungen, Moslems im Kongress. Irgendwann muss man Stellung beziehen. Denn was kommt als Nächstes, wenn wir es nicht tun? Weißt du, was ich meine?«

Crosby dachte, er wüsste es. *Na ja, zumindest vielleicht.*

»Ich muss wissen, dass wir uns auf dich verlassen können, wenn es so weit ist, Croz«, sagte Dave.

»Auf jeden Fall«, bestätigte Crosby, obwohl er noch immer nicht ganz verstand, was Dave meinte.

»Gut zu wissen«, sagte Dave.

Danach spielten sie *TGW*, bis Dave sagte, dass er Schluss machen müsse. Sobald er sich ausgeloggt hatte, googelte Crosby nach dem Mindestalter für den Kauf von Waffen. Erst mit einundzwanzig Jahren durfte man in den USA legal eine Pistole in einem Waffengeschäft kaufen. Er kam sich dumm vor. Dave musste gewusst haben, dass er wegen der Glock gelogen hatte. Aber seltsamerweise wäre es völlig in Ordnung gewesen, wenn Crosby gesagt hätte, dass er ein halbautomatisches Sturmgewehr vom Typ AR-15 gekauft habe. Denn das Mindestalter für Gewehre war achtzehn. Aber vielleicht war es ja gar nicht so dramatisch. Crosby konnte weiterhin so tun, als wäre er neunzehn. Viel wichtiger war ohnehin: Selbst nachdem Dave ihn ertappt hatte, hatte er ihm immer noch wichtige Dinge anvertraut. Dave hatte immer noch wissen wollen, ob er sich auf Crosby verlassen konnte.

Für Crosby war die Sache klar: Auf ihn war definitiv Verlass.

»Warum warst du so lange in der Schule?«, fragte Calebs Mutter, während sie nach Hause fuhren. Die Sonne schimmerte als orangefarbener Ball knapp über den Baumwipfeln.

»Ich musste eine Deadline für das Jahrbuch einhalten«, log Caleb. In Wahrheit hatte Zach ihm gezeigt, wie man auf dem Skateboard fuhr. Anfänglich war es verwirrend gewesen, weil Zach Goofy Foot, also mit dem rechten Fuß vorne auf dem Board, fuhr, während Caleb den linken Fuß auf dem Board behielt und sich mit rechts abstieß. Zach hatte ihm gezeigt, wie man sich richtig abstieß und lenkte, und schon war Caleb über den Asphalt geschwebt. Es war unglaublich! Als wäre man von der Schwerkraft befreit. Am liebsten hätte Caleb nie wieder angehalten. Aber er musste zurück zur Schule, damit seine Mutter ihn abholen konnte.

»Hast du die Deadline eingehalten?«, fragte seine Mutter im Auto.

Caleb bejahte. Er mochte es nicht, sie anzulügen. Aber wenn er immer so leben würde, wie sie es sich vorstellte, hätte er kein richtiges Leben mehr.

»War Ironville TV in der Schule?«, fragte seine Mutter als Nächstes.

»Ja, waren sie«, sagte Caleb. »Sie haben viele Fragen gestellt, aber ich denke, wir müssen jetzt abwarten, welche sie davon in dem Bericht verwenden.«

»Vergiss nicht, die Aufzeichnung an deine Großmutter zu schicken«, sagte Mrs Arnett. Ironville TV wurde nur von ein paar Tausend Menschen in der Umgebung empfangen, doch wenn der Fernsehbericht erst einmal den Großeltern in die Hände fiel, konnte man davon ausgehen, dass es in Dauerschleife in den Seniorenheimen von Florida bis Arizona laufen würde.

»Haben sie gesagt, wann der Bericht im Fernsehen zu sehen sein wird?«

»In ein paar Tagen«, sagte Caleb und schaute aus dem Fenster, während sie an dem alten Stahlwerk vorbeifuhren. Heutzutage war es eine dunkle, leere Backsteinhülle hinter einem rostigen Zaun. Seine beiden Großväter hatten dort gearbeitet und auch einige seiner Onkel. Die meisten sagten, mit der Schließung des Werks hätte sich das Leben in Ironville verändert. Menschen zogen weg, und diejenigen, die blieben, fanden nur schwer wieder Arbeit. Caleb war stolz darauf, die Providia-Computer für die Schule besorgt zu haben. Er hatte es nicht nur für sich getan. Es war etwas, was anderen zugutekam. Und Caleb entdeckte gerade erst, wie gut sich das anfühlte.

WOCHE SECHS

Spielstand

Achsenmächte: 3
Alliierte: 2

Zum ersten Mal seit der Auflösung des Footballteams spürte Ms Peterson eine Begeisterung in der Luft. Es war zwar nicht die Art von Euphorie, die die Schule am Tag eines großen Footballspiels erfasste, aber es herrschte definitiv eine gewisse Aufregung in den Gängen. Das Match vor einer Woche war gestreamt worden. Wenige Tage später hatte Ironville TV den Bericht über sie, Caleb und die E-Sport-AG ausgestrahlt. Die Schüler waren aufgeregt gewesen, ihre Lehrerin im Fernsehen zu sehen, und sprachen auf den Fluren darüber, dass sie im Frühjahr auch der AG beitreten wollten.

Nicht alles verlief immer reibungslos. »Ich habe zwei Anrufe von Eltern erhalten, die sich über die roten T-Shirts von Gavins Team beschwert haben«, sagte Mr Parnes im Lehrerzimmer am Tag nach der Ausstrahlung von Ironville TV. »Sie sagten, dass die Blitze sie an ein SS-Zeichen erinnern.«

Ms Peterson spürte einen Schauer. Mr Parnes hatte recht. Die SS war eine grausame Eliteeinheit der Nazipartei während des Zweiten Weltkriegs gewesen. Als Zeichen hatten sie zwei weiße Blitze gehabt.

»Und ist jemandem aufgefallen, dass sie sich mit einem deutschen Akzent unterhalten?«, fragte Ms Dean, die Mathematik unterrichtete und außerdem das Jahrbuch betreute.

»Sie spielen ein Zweite-Weltkrieg-Spiel zwischen den Achsenmächten und den Alliierten«, erklärte Ms Peterson. »Gavins Team vertritt die Achsenmächte. Trotzdem hätte ich die Blitze früher bemerken müssen.«

Mr Parnes nahm seine Brille ab und putzte sie mit dem Ärmel seines karierten Hemdes. »Meinen Sie nicht, dass sie das Ganze vielleicht ein bisschen zu ernst nehmen?«

»Ich bin mir nicht sicher, wie ich dazu stehe«, sagte Ms Orlean, die Sozialkundelehrerin. »Wenn das Spiel *Der Unabhängigkeitskrieg* hieße und Gavin und seine Freunde rote Mäntel tragen und so tun würden, als hätten sie einen britischen Akzent, wäre das dann etwas anderes?«

Mr Parnes trommelte mit seinen langen, knochigen Fingern auf die Tischplatte. »Ich kann mich nicht erinnern, irgendwo gelesen zu haben, dass die Briten Völkermord befürworteten.«

Nach der Mittagspause traf Ms Peterson die Schulleiterin auf dem Flur. Sie besprachen die Situation und entschieden, dem Achsenteam die T-Shirts zu verbieten.

Danach sprach Ms Peterson mit Gavin, der völlig geschockt aussah, als er erfuhr, wofür die Blitze standen.

»Glauben Sie mir, Ms Peterson«, sagte er. »Ich habe nichts gegen jüdische Menschen. Ich kenne nicht einmal welche.«

Er würde die anderen Mitglieder des Achsenteams sofort darüber informieren. Ms Peterson dachte, dass die Sache damit erledigt sei. Doch nachdem der Bericht über die E-Sport-AG tagelang auf Ironville TV wiederholt wurde, erhielt sie E-Mails von Eltern, die sich über die T-Shirts beschwerten und die Idee von E-Sport in der Schule grundsätzlich hinterfragten. Ms Peterson beantwortete jede einzelne Mail und entschuldigte sich für die T-Shirts. Außerdem erinnerte sie die Eltern daran, dass sie die Computer und das neue High-Speed-Internet kostenlos bekommen hatten und beides sowohl für akademische Zwecke als auch fürs Gaming benutzt werden konnte. Nach und nach kamen weniger Beschwerden. Wochen später, als alles furchtbar aus dem Ruder lief, würde sich Ms Peterson an diese Mails erinnern und denken, dass sie das erste Anzeichen gewesen waren. Ein Anzeichen dafür, dass das, was sie taten, nicht nur ein Spiel war.

Am Tag, nachdem das Bild von Emma als Calebs Haustier auf Instagram aufgetaucht war, ging sie nicht zur

Schule. Noch am Morgen waren Bauchschmerzen ihre Ausrede gewesen, aber mittags waren sie so real wie jeder gequälte Atemzug. So real wie jeder neue Kommentar unter dem Post. »Schoßhündchen.« »Freak.« »Loser.« »Die sollten Händchen halten und von einer Brücke springen.«

Die Nachrichten quälten sie und verletzten sie, und doch konnte sie nicht aufhören, sie zu lesen. Konnte nicht aufhören, zu kontrollieren, ob noch mehr schreckliche Kommentare erschienen. Es war Folter.

Am späten Nachmittag hatten die Cyberspeere und -pfeile aufgehört zu fliegen. Die Jäger und Hater waren zu frischeren Zielen weitergezogen. Am nächsten Morgen wieder in die Schule zu gehen, war für Emma eine der schwierigsten Sachen, die sie je tun musste, aber niemand starrte sie an. Niemand zeigte mit dem Finger auf sie. Niemand nannte sie ein »Schoßhündchen«. Jeder schien die Sache bereits wieder vergessen zu haben.

Einige Tage später stand Emma in der Schlange für die Essensausgabe und fühlte sich erleichtert. Inzwischen war der Post von ihr als Hündchen längst Geschichte und von einer Milliarde neuerer Posts aus den Feeds weggespült worden. Sie wusste nicht, ob Caleb ihn gesehen hatte. Falls ja, hatte er nichts gesagt. Das Problem schien also weitergezogen zu sein, und Emma freute sich auf das Spiel am Nachmittag.

»Sieh an, sieh an, wer da ist«, sagte eine Stimme hinter ihr.

Emma überlief ein Schauer. Ihr Magen kribbelte, als

sie Mackenzie und Isabella hinter sich sah. Sie hätte alles darauf gewettet, dass Mackenzie hinter dem gemeinen Post steckte. Jetzt bereitete sie sich auf den unvermeidlichen grausamen, bissigen Kommentar von ihr vor. Sie war vielleicht eine bessere Gamerin als Mackenzie, aber in jeder anderen Hinsicht fühlte sie sich ihr unterlegen. Das war schon immer so gewesen. Und wahrscheinlich würde es auch für immer so bleiben.

»Ich wette, du genießt es, im selben Team wie dein Loverboy zu sein«, sagte Mackenzie spöttisch. Heute trug sie ein besticktes rosa Oberteil und eine goldene Halskette mit ihrem Namen.

Einen Moment lang war Emma sprachlos. Mackenzie rechnete sicherlich damit, dass sie alles abstreiten würde. Die Meisterin der Mikroaggressionen lechzte schon sehnsüchtig nach einer ihrer fiesen Zickereien. Doch dann wusste Emma auf einmal, was sie sagen wollte. »Ja, das tue ich«, antwortete sie, »aber mein Loverboy ist er nicht.«

Mackenzie und Isabella blinzelten beide überrascht.

»Aber du wünschst dir, dass er es wäre«, sagte Isabella.

Erneut überlegte Emma, was wohl das Letzte wäre, was sie jetzt von ihr erwarteten. »Wäre nicht gerade das Schlimmste auf der Welt. Erzähl mir nicht, dass du noch nie jemanden gemocht hast.«

Wie bei zwei Androiden klappten bei Mackenzie und Isabella die Münder auf. Sie schnappten nach Luft und kicherten. »Oh, ich kann es kaum erwarten, ihm das zu erzählen!«, rief Mackenzie.

Plötzlich befürchtete Emma, dass sie einen Fehler gemacht hatte – den Post von ihr als Schoßhund vor Augen. Sie hatte es überstanden, doch durchmachen wollte sie so etwas nie wieder. Sie nahm ihren letzten Rest Mut zusammen und sagte: »Was wird das schon für einen Unterschied machen?«

»Er wird wissen, dass du ihn magst«, antwortete Isabella.

Emma vermutete, dass Caleb es sowieso schon wusste. Und genauso wussten es natürlich alle, die den Post gesehen hatten. »Und? Was dann?«

Wie Fische, die an der Oberfläche eines Teiches nach Luft schnappten, bewegten sich nun ihre Münder, aber keine Worte kamen heraus. »Du wirst … es wird …«, stammelte Mackenzie. »Du wirst dich blamieren.«

»Wenn du das sagst«, erwiderte Emma und zuckte gleichgültig mit den Schultern. In Wahrheit war sie das nicht. Aber nach dem Post von ihr als Schoßhund – konnten sie sie wirklich noch mehr vorführen, als sie es bereits getan hatten?

Nach dem Match von letzter Woche hatte sich Nathan richtig gut gefühlt. Er war Kill Streak King genannt worden, und am nächsten Morgen an der Bushaltestelle hatten ihm ein paar andere ehrfürchtig zugenickt. Sie hatten den Stream offenbar auch gesehen. Sie hatten ihn erkannt!

Im Bus selbst wurde es dann noch besser. Nathan hörte, was die beiden Schüler vor ihm sagten.

»Hast du das Match gestern gesehen?«

Der andere fragte: »Welches Match?«

»Auf Twitch. Die E-Sport-AG.«

»Welche E-Sport-AG?«

»Wo warst du denn in letzter Zeit? Die spielen doch jetzt nach der Schule *The Good War.*« Er warf einen Blick zu Nathan. »Du bist dabei, stimmt's?« Nathan bestätigte es. Besser hätte es einfach nicht laufen können.

Doch dann war das Wochenende gekommen. Am Freitag hatte Nathan nach der Schule nichts zu tun gehabt. Bei ihm zu Hause gab es die Regel, dass er erst nach dem Abendessen an den Computer durfte. Es war ein warmer, sonniger Nachmittag, und Nathan wünschte sich, dass er mit jemandem etwas unternehmen könnte. Aber die Einzigen, die er zumindest ein wenig kannte, waren die anderen Mitglieder des Alliiertenteams. Er hätte es bei Caleb versuchen können, aber der hatte ständig irgendwelche Nachmittagsaktivitäten. Emma Lopez wäre Nathans zweite Wahl gewesen. Sie schien nett und klug zu sein, aber andere Mädchen machten sich über sie lustig. Mit ihr gesehen zu werden, könnte ihn schlecht aussehen lassen.

Und damit blieb nur noch Zach, der Spinner. Tatsächlich hatte Nathan die Spielfähigkeiten von Zach zu schätzen gelernt. Ihre Stile ergänzten sich sogar gegenseitig, denn Zach hatte so eine Art, den Feind direkt vor Nathans Visier zu treiben. In gewisser Weise erledigte

Zach die Arbeit, und Nathan erntete den Ruhm. Aber das lag natürlich vor allem daran, dass niemand schneller zielen konnte als Nathan. Ohne seine Schießkünste wären Zachs Strategien nutzlos.

Aber Zach war ein seltsamer Typ, und auf keinen Fall konnte Nathan sich erlauben, mit ihm gesehen zu werden. Und damit blieb niemand übrig, mit dem Nathan abhängen konnte. Er wusste, was seine Mutter dazu sagen würde. *Hab Geduld.* Vielleicht hatte sie ja recht. Jetzt, wo die Spiele gestreamt wurden, würde er immer mehr Aufmerksamkeit von anderen aus der Schule bekommen, und sie würden erkennen, was für ein guter Gamer er war. Bald würde er nicht nur Freunde haben, er würde auch die *richtigen* Freunde haben.

Aber bis es so weit war, gab es nicht viel zu tun. Nathan schaltete Ironville TV ein. Wieder einmal lief der Bericht über E-Sport, in dem Caleb mit seinen Eltern im Wohnzimmer saß. Caleb schilderte gerade, warum er beschlossen hatte, die E-Sport-AG zu gründen, und wie er mit der Hilfe von Ms Peterson das Förderprogramm für die Providias und die High-Speed-Internetverbindung erhalten hatte. Danach wechselte das Bild zu Ms Peterson. Sie stand im Computerraum und sprach darüber, wie die Schule von den neuen Computern akademisch profitierte. Am Ende wurde endlich ein Ausschnitt aus dem Match von letzter Woche gezeigt, in dem Caleb, Emma und Zach auf ihre Monitore starrten. Bei allen dreien flog eine Hand über die Tastatur, die andere Hand lag auf der Maus. Dann gab es einen Schwenk auf das Achsenteam mit ihren einheitlichen roten T-Shirts.

Obwohl der Bericht noch nicht zu Ende war, schaltete Nathan auf ein anderes Programm um. Er hatte den Bericht schon oft genug gesehen. Wie sich herausgestellt hatte, war seine Sorge, neben Zach gesehen zu werden, völlig unbegründet. Und warum? Weil Nathan in dem gesamten Bericht nicht ein einziges Mal auftauchte.

Truppentaktiker Goofy Foot bewegt sich unauffällig durch die Flure. Nur wenige wissen, dass er das geheime Genie hinter der jüngsten Siegesserie der Alliierten ist. Man hat ihn auf Ironville TV und in den Streams gesehen, und man nimmt an, dass er ein normales Mitglied der Alliierten ist. Doch heute muss sich Goofy Foot seiner bisher größten Herausforderung stellen. Streber-Caleb Arnett hat Goofy Foot beauftragt, sich den Alliierten anzuschließen … im verbotenen Land der Cafeteria.

Außer zum Nachsitzen in der Mittagspause hatte Zach die Cafeteria seit der sechsten Klasse nicht mehr freiwillig betreten. Aber Caleb hatte ihm vorgeschlagen, es wenigstens zu probieren, und wenn es ihm nicht gefiel, könnte er einfach wieder sein Mittagessen in der Bibliothek zu sich nehmen. Zach hatte widerwillig zugestimmt. Nun wartete er nervös draußen auf dem Gang, bis die anderen an ihren Tischen saßen und mit Essen und Quatschen beschäftigt waren. Erst dann betrat er die Cafeteria und steuerte direkt den Tisch an, an dem Caleb und Emma saßen.

Caleb und Emma begrüßten ihn mit einem Lächeln. Zach hatte gerade angefangen, sein Lunchpaket auszupacken, das er von zu Hause mitgebracht hatte, als Nathan mit einem Tablett ankam. »Also, was ist unsere Strategie für das heutige Spiel, Mr Oberstratege?«, fragte er in einem spöttischen Tonfall.

Zach zuckte unwillkürlich zusammen und bereute sofort, Calebs Vorschlag angenommen zu haben.

»Chill, Nathan«, sagte Emma. »Das muss nicht sein.«

Nathan rollte mit den Augen, um zu zeigen, was er von der Idee eines Truppentaktikers hielt. Doch dann wechselte er das Thema. »Das Achsenteam darf zwar nicht mehr diese roten T-Shirts tragen, aber alle Profiteams haben Trikots und Logos. Sollen wir uns auch welche besorgen?«

Caleb, der neben Zach saß, stützte die Ellbogen auf den Tisch und legte nachdenklich das Kinn in die Hände.

»Wir würden in den Streams professioneller aussehen«, fuhr Nathan fort. »Letzte Woche haben wohl auch welche aus anderen Schulen zugeschaut.«

Zach wurde neugierig. Glaubte Nathan tatsächlich, dass sie durch ihre Mitgliedschaft in einer Middle School E-Sport-AG berühmt werden würden? Und war Zach sich sicher, dass es nicht passieren könnte?

An diesem Nachmittag fiel das Match knapper als je zuvor aus. Das Alliiertenteam gewann nur mühsam. Das Achsenteam hatte besser und strukturierter gespielt als in den vergangenen Wochen. Nach dem Match bat Emma ihr Team, später online zu kommen, um noch einmal alles durchzugehen.

Doch das war erst für den Abend geplant. Im Moment war Caleb wieder bei Zach. Sie waren in Zachs »Werkstatt«, einer offenen Garage neben dem Trailer, die mit Holzresten und Werkzeugen vollgestopft war.

»Woher hast du das ganze Zeug?«, fragte Caleb und zeigte auf eine der größeren Maschinen zur Holzbearbeitung.

»Einiges davon habe ich gebraucht gekauft«, sagte Zach. »Die Bohrmaschine und die Tischsäge hat mir mein Onkel geschenkt, als er sich neue Maschinen angeschafft hat. Er hat mir gezeigt, wie man mit Holz arbeitet.«

Das erklärte die selbst gebauten Skateboards und Möbel in Zachs Zimmer. Caleb hob ein Set glänzender Schraubenzieher auf. Sie sahen unbenutzt aus. »Selbst wenn du ein paar der Sachen umsonst bekommen hast, muss der Rest eine Menge gekostet haben.«

Zach drehte das Sägeblatt der Tischsäge mit seiner Fingerspitze. Er räusperte sich unsicher und kaute auf seiner Lippe. Er konnte nicht einmal mehr in Calebs Augen schauen. Inzwischen hatte Caleb genug Zeit mit ihm verbracht, um zu wissen, warum.

»Ich werd's niemandem verraten, versprochen«, sagte er.

Zach schaute hinaus in den Wald, der den Trailer umgab. Die Blätter hatten begonnen, sich gelb und rot zu färben.

»Wettspiele.«

Was …? Fast hätte Caleb ihn gefragt, ob er noch ganz richtig im Kopf war, doch die Werkzeuge in dieser Werkstatt waren der Beweis. Bei Wettspielen zockten Gamer um Geld. Die Beträge lagen meist zwischen zehn oder zwanzig Dollar. Wenn du gut warst, konntest du in einer Nacht hundert Dollar verdienen. Aber dafür musste man *echt* gut sein, denn man spielte ja nicht gegen seine Freunde oder Gleichaltrige. Man spielte gegen zufällig ausgewählte Personen, und da *die* auch online wetteten, waren sie meistens wirklich sehr, sehr gut. Aber da gab es noch etwas, das Caleb nicht verstand. »Wenn du so Geld verdienen kannst, warum baust du dir dann deine Möbel und Skateboards selbst? Warum kaufst du sie nicht einfach?«

Zach legte die Stirn in Falten, als ob er die Frage sonderbar fände. »Weil ich gerne Dinge baue.«

Am Abend traf sich Emma mit dem Rest ihres Alliiertenteams online.

»Würde mir bitte jemand erklären, warum man ein Spiel, das wir gewonnen haben, noch einmal durchgehen sollte?«, brummte Nathan mürrisch.

»Wir hätten fast verloren«, sagte Emma.

»Haben wir aber nicht«, verteidigte sich Nathan. »Ich weiß ja nicht, wie es bei euch ist, aber ich habe Besseres zu tun.«

Emma missbilligte Nathans Einstellung, aber sie willigte ein, die Spielanalyse so schnell wie möglich durchzuführen. Außerdem gab es sowieso nur eine Sache, die sie dem Team verdeutlichen wollte: dass Nathan während des gesamten Spiels seine Position nicht eingehalten hatte, sondern ständig allein losgezogen war und eine Schießerei nach der anderen angefangen hatte. Sie werteten die einzelnen Runden aus. Die Achsentruppe hatte offensichtlich herausgefunden, wie sie Nathans Einzelaktionen für ihren eigenen Vorteil nutzen konnte, um den Alliierten Fallen zu stellen und sie in Hinterhalte zu locken.

»Wir müssen mehr wie eine Einheit spielen«, sagte Emma.

»Das finde ich auch«, sagte Caleb. »Eine Strategie funktioniert nur, wenn wir sie alle befolgen.«

Emma nahm an, dass Nathan wusste, wen sie meinten.

»Also, wisst ihr«, sagte Nathan, »wir haben die letzten drei Spiele gewonnen. Keine Ahnung, wo das Problem sein soll.«

Da meldete sich Zach zu Wort, obwohl er sonst bei diesen Besprechungen kaum etwas sagte. »Wir hätten heute fast verloren, weil die anderen eine Gegenstrategie entwickelt haben. Nächste Woche versuchen sie's bestimmt erneut, und dann werden sie gewinnen – wenn wir nicht besser spielen.«

»Wer hat dir denn 'ne Kristallkugel gegeben?«, blaffte Nathan ihn an.

Emma hätte Nathan am liebsten geantwortet, dass Zach das Spiel wahrscheinlich besser kannte als jeder andere und dass Nathan es bemerkt hätte, wenn er nicht immer nur mit seiner eigenen Performance beschäftigt wäre. Aber genau in diesem Moment ploppte etwas im Chatroom auf:

DROOF: Es lebe die Achsentruppe. Sieg Heil!

DROOF: Es lebe die Achsentruppe. Sieg Heil!

DROOF: Es lebe die Achsentruppe. Sieg Heil!

DROOF: Es lebe die Achsentruppe. Sieg Heil!

DROOF: Es lebe die Achsentruppe. Sieg Heil!

Emma wusste nicht, wer Droof war oder wie er ihren Chat gefunden hatte. Und warum hatte er *so was* geschrieben?

Die beiden letzten Wörter hatte sie tatsächlich schon einmal gehört. Es waren deutsche Wörter. »Weiß jemand, was das bedeutet?«

Caleb googelte. »Die Deutschen benutzten das im Zweiten Weltkrieg.«

Jetzt erinnerte sich Emma, wo sie diesen Satz gehört hatte. In einem Film namens *Schindlers Liste*. Die Nazis in dem Film hatten ihn gesagt.

»Was ist denn jetzt das Problem?«, fragte Nathan ungeduldig. »Kick ihn einfach raus.«

Emma warf Droof aus dem Chat. Aber sie war trotzdem beunruhigt über das, was der Troll geschrieben hatte. Warum »Sieg Heil«? Was hatte das mit ihrem Chat zu tun? Es konnte nur ein Zufallstreffer irgendeines blöden Idioten gewesen sein. Hoffentlich hörten sie nie wieder etwas von ihm. Doch plötzlich war Droof wieder da.

DROOF: Arbeit macht frei

DROOF: Arbeit macht frei

DROOF: Arbeit macht frei

»Okay. Jetzt sperr ihn«, sagte Nathan. »Das ist bescheuert.«

Während Emma den Troll blockierte, googelte Caleb »Arbeit macht frei«.

»Toll«, sagte Nathan, immer noch genervt. »Schlagen wir jetzt alles nach, was irgendein blöder Idiot schreibt?«

»Wartet«, sagte Caleb. »Beim Googeln habe ich dieses Bild gefunden.« Er schickte es in den Gruppenchat. Auf dem Foto war zu sehen, wie der Satz »Arbeit macht frei« über einem Metalltor stand. Hinter dem Tor waren alte Backsteingebäude.

»Und?«, fragte Nathan.

»Das ist der Eingang von Auschwitz«, sagte Caleb.

»Was ist das?«, fragte Nathan.

Ist es merkwürdig, dass Nathan nicht weiß, was Auschwitz ist?, fragte sich Zach. Oder war *er* seltsam, weil *er* es wusste? Es war ja nicht gerade so, als ob sie es in der

Schule gelernt hätten. Zach wusste es nur, weil er *Das Orakel vom Berge* gelesen hatte. Er erzählte dem Team, dass Auschwitz ein Konzentrationslager in Polen gewesen war, in dem mehr als eine Million Menschen ermordet worden waren. Die allermeisten von ihnen waren Juden gewesen. Wenn sie bei ihrer Ankunft im Konzentrationslager die Worte »Arbeit macht frei« lasen, sollten sie denken, dass sie irgendwann in die Freiheit entlassen werden würden, wenn sie hart genug arbeiteten.

»Aber sie hatten keine Chance«, sagte Zach. »Sie bekamen kaum zu essen und arbeiteten ununterbrochen, bis sie zu schwach oder krank waren, um weiterzuarbeiten. Und dann kam das Gas.«

»Das ist wahr«, sagte Emma. »Ich habe gelesen, dass Hitler es ›die Endlösung‹ nannte – die minderwertigen Rassen loswerden, damit die arische Rasse rein bleiben würde und die Welt beherrschen könnte. Echt krank.«

»Und es waren nicht nur jüdische Menschen«, sagte Zach. »Millionen von russischen und slawischen Menschen auch.«

»Ja«, sagte Emma, »und wenn sie nicht gerade Waffen und Munition für die deutsche Armee herstellten, hatten sie noch andere Jobs. Manche mussten zum Beispiel den Toten die Zähne herausziehen, weil die Nazis das Gold aus den Füllungen haben wollten.«

Niemand sagte etwas. Sie stellten es sich alle vor. Zach fragte sich, ob es nicht seltsam war, dass ein Treffen über Spielstrategien zu einer Diskussion über die schlimmsten Gräueltaten der modernen Geschichte geworden war.

Schließlich sagte Nathan: »Ist das nicht schon hundert Jahre her?«

»Eher achtzig«, erwiderte Caleb.

»Fast dasselbe«, sagte Nathan.

Es war fast zwei Uhr morgens. Crosby und Dave zockten schon seit Stunden *TGW*. Crosby spielte großartig. Er hatte eine Menge Kills eingesackt.

»War 'ne erfolgreiche Nacht für dich, Croz«, sagte Dave.

»Total«, sagte Crosby. »Als wäre heute schon Weihnachten.«

»Achtung«, sagte Dave. »Denk daran, was ich dir dazu gesagt habe. Wenn es nach denen ginge, dürften wir ›frohe Weihnachten‹ nicht mal mehr sagen.«

Crosby erinnerte sich vage. Vor ein paar Wochen hatte Dave über Weihnachten gesprochen. »Warum nicht?«, fragte er.

»Weil Juden und Moslems kein Weihnachten feiern«, erklärte ihm Dave. »Also sagen die Linken, es könnte die Gesellschaft spalten. Vergessen wir einfach, dass die Mehrheit der Amerikaner Christen sind. Jetzt sollen wir ›frohe Feiertage‹ sagen.«

Crosby versuchte, sich zu erinnern, ob er jemals in Ironville jemanden »frohe Feiertage« hatte sagen hören. Richtig erinnern konnte er sich daran nicht. Wahrscheinlich war es eine dieser Sachen, die einem erst bewusst wurden, wenn jemand wie Dave einen darauf hinwies.

»Weißt du, wer Obama war?«, fragte Dave. »Dieser moslemische Präsident, den wir hatten? Ohne Witz. Sein zweiter Vorname war Hussein. Genauso wie Saddam Hussein, die Witzfigur, die wir im Zweiten Golfkrieg bekämpft haben. Obama war auf jeden Fall ein Moslem. Willst du einen Beweis? In den ganzen acht Jahren, in denen er Präsident war, hat er auf seinen Weihnachtskarten nicht ein einziges Mal ›frohe Weihnachten‹ gewünscht.«

Crosby hatte schon von Präsident Obama gehört, aber nicht gewusst, dass er ein Moslem war.

»Wusstest du, dass man in manchen Gegenden in unserem Land keinen Weihnachtsbaum mehr an einem öffentlichen Ort aufstellen darf?«, fuhr Dave fort. »Oder einen Weihnachtsmann? Weil das Trigger sind. Weil sie die Gefühle von irgendeiner Snowflake verletzen könnten. Passiert so was auch da, wo du wohnst?«

Crosby sagte, er sei sich ziemlich sicher, dass das in Ironville kein Thema sei.

»Gut«, sagte Dave. »Aber halt die Ohren offen. Wenn du von so was hörst, dann sagst du mir Bescheid, okay?«

Crosby versicherte es ihm, und Dave verabschiedete sich mit seinem üblichen *RaHoWa 14/88*. Crosby stand auf, streckte sich und gähnte. In Momenten wie diesen dachte er, dass Ironville vielleicht gar kein so schlechter Ort zum Leben war. Klar, es war ätzend, dass die Middle School ihr Footballteam verloren hatte und dass es ein paar Feminazis wie seine Tante Mary in der Gegend gab. Aber die Stadt war größtenteils weiß, und die Leute konnten »frohe Weihnachten« sagen, sooft sie wollten, und niemand scherte sich darum, wo man einen Weihnachtsbaum oder einen Plastikweihnachtsmann aufstellte. Nach dem, was Dave ihm erzählte, bekam man den Eindruck, als wenn der Rest des Landes den Bach runterging.

WOCHE SIEBEN

Spielstand

Gavins Team: 3
Emmas Team: 3

»Caleb?«, rief Mrs Arnett. Sie klang erstaunt.

Mist, dachte Caleb. Fast wäre er an der Küche vorbeigekommen, ohne gesehen zu werden. »Sorry, Mom«, rief er zurück. »Ich muss den Bus erwischen.«

»Komm auf der Stelle zurück, junger Mann«, befahl sein Vater mit seiner ganzen Autorität.

Caleb betrat die Küche. Seine Eltern tranken gerade ihren Morgenkaffee und starrten ihn entsetzt an.

»Grüne Strähnchen?« Die Sorgenfalten auf der Stirn seiner Mutter vertieften sich.

In Wahrheit waren sie nicht wirklich grün. Und eigentlich waren es auch keine »Strähnchen«. Nachdem sie erfahren hatten, dass das Achsenteam beim heutigen Spiel neue Outfits tragen wollte, hatten sich die Alliierten darauf geeinigt, eine Haarsträhne olivgrün zu färben.

»Das ist nur für das Match«, erklärte Caleb. »Das wäscht sich mit Shampoo wieder raus.«

»Olivgrün, weil ihr als Alliierte spielt?«, schlussfolgerte Mr Arnett. Caleb verwunderte das. Seine Eltern mussten Überstunden im Helikopternetz gemacht haben. Er hatte ihnen jedenfalls nicht erzählt, dass Emmas Team für den Rest des Halbjahres als Alliierte spielen würde. Diese Info mussten sie von irgendwo anders bekommen haben.

»Färbt die Achsentruppe ebenfalls ihre Haare?«, fragte seine Mutter.

»Das wissen wir nicht«, sagte Caleb. »Wir haben erst gestern Abend gehört, dass sie graue Hemden tragen werden.«

»Graue?« Mr Arnetts Augenbrauen hoben sich über den schwarzen Rahmen seiner Brille.

Caleb nickte. »Die Farbe der Achsenmächte.«

Mr Arnett schüttelte den Kopf. »Nein, die japanischen Uniformen waren eher braun und die der Italiener hellbraun.«

»Äh, okay«, sagte Caleb. Sein Vater unterrichtete Geschichte am Ironville Community College, also konnte man ihm kaum widersprechen.

»Dann zieht sich die Achsentruppe an wie die Nazis«, sagte Mrs Arnett.

»Nein, nicht wie die Nazis«, entgegnete Caleb. »Wie die Wehrmacht, die deutschen Soldaten.«

»Und was genau soll der Unterschied sein?«, fragte sein Vater.

»Die Nazis waren diejenigen, die all diese Menschen in den Konzentrationslagern getötet haben«, sagte Caleb und wiederholte das, was er gehört hatte. »Die Wehrmacht waren einfach die deutschen Soldaten, die im Krieg kämpften.«

Mr Arnett runzelte die Stirn. »Dieser Mythos ist gründlich widerlegt worden. Fast alle Historiker des Zweiten Weltkriegs sind sich einig, dass die Wehrmacht bei der Ermordung der Juden mit den Nazis kooperierte. Ebenso wie viele deutsche Zivilisten, die ihre jüdischen Nachbarn verrieten.«

Ihren Gesichtern nach zu urteilen, nahmen seine Eltern das Thema viel zu ernst, fand Caleb. »Machen wir keine große Sache daraus«, sagte er. »Es ist doch bloß ein Computerspiel.«

»Mit Schülern, die sich als Nazis verkleiden«, fügte seine Mutter bissig hinzu.

Caleb hatte keine Lust, sich zu streiten. »Ich muss los, sonst verpasse ich den Bus«, sagte er und stürmte aus dem Haus. Er war es gewohnt, dass seine Eltern alles, was er tat, unter die Lupe nahmen, aber in diesem Fall lagen sie falsch. Es ging nur um ein Game in einer E-Sport-AG, die *er* mitgegründet hatte. Ein Game, das auf PCs gespielt wurde, für die *er* einen Förderantrag geschrieben hatte. Und bald würden ihn nicht mehr nur die Einwohner von Ironville auf ihren Fernsehern sehen. Bald würden es noch viel mehr sein.

Im Lehrerzimmer erzählte Ms Patrick, dass jemand die Schließfächer der Sporthalle durchwühlte und Geld stahl. »Ich weiß nicht, was ich tun soll«, sagte sie. »Ich bin die einzige Lehrerin dort, und ich kann nicht gleichzeitig in der Sporthalle und in der Umkleidekabine sein.«

»Das passiert auch an den Schließfächern auf den Gängen, habe ich gehört«, sagte Ms Dean, Mathematiklehrerin und Betreuerin für das Jahrbuch.

Sie waren sich einig, alle daran zu erinnern, ihre Schließfächer abzuschließen. Ms Peterson hatte gerade wieder angefangen, ihren Brokkoli-Salat zu essen, als sich Mr Bostwick, der Englisch in der achten Klasse unterrichtete, neben sie setzte. »Ich lasse meine LT-Schüler Ich-Erzählungen schreiben«, sagte er. »Die Hälfte will ihre in *The Good War* spielen lassen. Ich dachte erst, sie meinen den Zweiten Weltkrieg, aber sie reden anscheinend von einem Computerspiel. Geht es dabei um eine AG, die Sie betreuen?«

»LT« stand für »lower track«. Es handelte sich um unterdurchschnittliche Schülerinnen und Schüler, die wenig Interesse an der Schule zeigten. Die meisten wollten nur die Zeit rumkriegen, bis sie sechzehn wurden und die Schule verlassen konnten.

»Es ist ein Computerspiel, das im Zweiten Weltkrieg spielt«, erklärte Ms Peterson.

Mr Bostwicks Stirn legte sich in Falten. Ms Peterson erinnerte sich daran, dass er nie E-Mails schrieb und immerzu betonte, zu Hause keinen Computer zu besitzen. Wahrscheinlich würde er sich jetzt beschweren, weil er ein Computerspiel als Grundlage für eine persönliche Erzählung völlig inakzeptabel fand. Stattdessen sagte er: »Sie sind richtig begeistert von der Aufgabe. Und das sind Jugendliche, die sich sonst nie für schulische Dinge begeistern.«

»Dann sind Sie also erfreut?«, fragte Ms Peterson erstaunt.

»Verblüfft trifft es wohl eher«, antwortete Mr Bostwick.

Wieder einmal ärgerte sich Nathan über sein Team. Zwar hatten sie seiner Idee zugestimmt, sich eine Haarsträhne grün zu färben, aber Emma hatte trotzdem darauf bestanden, die Strategie für das Match zu besprechen. Das war so bescheuert. Sie verbrachten mehr Zeit mit Reden als mit Spielen. Solange sie siegten, brauchten sie keine Strategie. Ihm hörte ja nie jemand zu. Aber sie waren immer noch ein Team. Also hielt Nathan sich zurück.

Emma fing an: »Wir müssen jederzeit kommunizieren. Sprecht miteinander. Wir müssen wissen, von wo auf uns geschossen wird und von wie vielen Leuten. Und wo sie Rauchgranaten platzieren. Und wenn ihr den Schuss eines Scharfschützen hört, behaltet es nicht für euch. Sagt, wo ein Drohnenstörsender ist, ob er einen von uns ausgeschaltet hat und wo sie spawnen. Wir müssen sofort wissen, wenn jemand von der Seite angreift. Wartet nicht, bis ihr *glaubt*, dass ein Teammitglied es erfahren muss. Geht einfach davon aus, dass alle es immer wissen müssen.«

»Wie soll ich denn etwas hören, wenn ihr ständig quasselt?«, fragte Nathan skeptisch.

»Berichtet einfach, wer und wo«, antwortete Caleb. »Macht es kurz. Kein unnötiges Gequatsche.«

»Und haltet eure Positionen ein«, fügte Emma hinzu. »Wir können nur als Team weiter gewinnen.«

Nathan stöhnte innerlich. Es hatte keinen Sinn, sie noch einmal daran zu erinnern, dass sie *jetzt* schon immer gewannen. »Sonst noch was?«, brummte er.

»Ja, tatsächlich«, sagte Emma. »Dank Zach.«

Doch in diesem Moment vibrierte Nathans Telefon, und eine Instagram-Nachricht ploppte auf:

UnPlug2gether Sa 19 Uhr
@WillBet17 @CPtendo @ShaProctor05
Macht euch bereit!

Nathan starrte ungläubig auf sein Handy. Die Nachricht kam von Bethany Willis, Callie Potendo und Tanisha Proctor – den beliebtesten Mädchen des Jahrgangs.

»Hey«, sagte er zum Team. »Hat einer von euch gerade was auf Insta bekommen?«

Niemand sonst hatte etwas bekommen. Nathan betrachtete die Nachricht genauer, um sicher zu sein, dass sie kein Fake war. Aber sie schien echt. Er fühlte sich euphorisch. *Die angesagten Schülerinnen wissen, wer ich bin! Sie haben mich zu einer Party eingeladen!*

Es war in der Mittagspause, und Emma stand an ihrem Schließfach, als sie sah, wie Nathan mit Tanisha Proctor sprach. Tanisha war groß und gut aussehend und trug immer wunderschöne Klamotten. Sie verdrehte allen Jungs den Kopf. Und das wusste sie auch. Emma hatte gehört, dass sie einen Freund in der Highschool hatte!

Nathan hatte alle Haare grün gefärbt, nicht nur eine Strähne. Er bemerkte Emma und rief: »Hey, Emma, komm rüber.«

Emma ärgerte sich. *Bin ich etwa sein Hund?* Trotzdem ging sie zu ihnen. Tanisha lächelte ihr freundlich zu. Ihre Schließfächer lagen dicht beieinander, und sie waren schon ewig an derselben Schule. Tanisha hatte sich nie dafür interessiert, Emma außerhalb der Schule zu treffen, aber sie war immer nett zu ihr gewesen.

»Hast du das Achsenteam heute schon gesehen?«, fragte Nathan. »Sie tragen graue Hemden. Mit Orden.«

»Mit Orten?«, wiederholte Emma verwirrt. Sie hatte ihn kaum verstanden.

»*Orden.* Die Dinger, die man Helden verleiht«, fügte Nathan hinzu, als wäre sie schwer von Begriff. Natürlich wusste Emma, was ein Orden war. Nathan versuchte nur, Tanisha zu beeindrucken.

»Okay.« Emma sah ihm direkt in die Augen.

»Nein, das ist *nicht* okay«, blaffte Nathan sie an und setzte damit sein Theater fort. »Das wird uns albern aussehen lassen. Das Match wird auf Twitch gestreamt, und alle, die zuschauen, werden die Achse in Uniformen und mit Orden sehen und uns mit diesem blöden grünen Zeug in den Haaren.«

Offenbar wollte sich Nathan lieber nicht daran erinnern, dass die grüne Farbe *seine* Idee gewesen war. Doch wenn sie das erwähnte, würde sie ihn vor Tanisha bloßstellen. Und sosehr er es verdient hatte, blamiert zu werden, war es Emmas Aufgabe, die Gruppe zusammenzuhalten. Also sagte sie: »Lass uns in der Cafeteria darüber reden.«

»Aber … «, setzte Nathan an.

»Wir reden beim Mittagessen«, wiederholte Emma mit Nachdruck.

Es läutete. Nathan verzog das Gesicht und ging.

Emma öffnete ihr Schließfach und warf Bücher hinein. Als sie es wieder schloss, stand Tanisha neben ihr. Sie zwinkerte Emma zu und sagte: »Weiter so.«

Emma wurde rot. Hatte jemals jemand so etwas zu ihr gesagt? Wohl eher nicht.

Um auf das Match am Nachmittag vorbereitet zu sein, hatte Emma das Alliiertenteam gebeten, sich in der Freistunde zu treffen und zu üben. Als Caleb den Flur zum Computerraum hinunterging, beschäftigte ihn weit mehr als das: Würde er heute endlich von Brooke Ford hören?

Brooke Ford war berühmt. Sie war Reporterin bei KFKN, einem Partnersender von CBS in Franklin, und man konnte sie praktisch jeden Abend in den Sechs-Uhr-Nachrichten sehen. Vor ein paar Tagen hatte sie Caleb angerufen und gesagt, dass sie den ITV-Bericht gesehen hatte und gerne eine Reportage über ihn und die E-Sport-AG machen wollte. Bevor sie ihrem Chef die Idee vorschlug, wollte sie wissen, ob Caleb interessiert war und ob er glaubte, dass seine Eltern KFKN die Erlaubnis für ein Interview mit ihm geben würden. Caleb hatte ihr versichert, dass seine Eltern damit einverstanden sein würden. »Großartig«, hatte Brooke gesagt. Sie würde mit ihrem Chef sprechen und sich bald wieder bei Caleb melden. In der Zwischenzeit sollte Caleb niemandem etwas davon erzählen. Damit kein anderer Sender ihr zuvorkam.

Brooke Ford! Columbia Broadcasting System! CBS war einer der größten Fernsehkonzerne der USA. Jedes Mal, wenn Caleb daran dachte, wurde ihm schwindelig. KFKN erreichte *Millionen* von Zuschauern. Von Brooke Ford interviewt zu werden, wäre die größte Sache, die ihm je passiert war.

Als er im Computerraum ankam, waren Emma und Zach schon da. Nathan war nicht aufgetaucht. Caleb zwang sich, sich zu beruhigen und noch bis zum Beginn der AG konzentriert zu üben. Kurz nach dem Klingeln trudelte das Achsenteam ein. Jeder von ihnen trug ein schwarzes Eisernes Kreuz an der linken Tasche eines langärmeligen grauen Hemdes mit Schulterklappen. Tyler hatte sogar die Spielzeugfigur eines deutschen Soldaten mitgebracht, die er so auf den Tisch stellte, dass die Maschinenpistole der Figur auf das Alliiertenteam zielte.

Jetzt kam sich Caleb ein bisschen blöd vor, weil Emmas Truppe nur eine Haarsträhne grün gefärbt hatte. Er ermahnte sich selbst. Immerhin ging es darum, wer am besten spielte, und nicht darum, was sie anhatten.

Endlich tauchte Nathan auf, und Ms Peterson kam kurz nach ihm. Sie erstarrte, als sie sah, wie sich die Achsentruppe gekleidet hatte. »Stoppt den Livestream«, befahl sie sofort. Caleb spannte sich innerlich an. Ms Peterson klang sehr ernst.

Die Streamer schalteten die Kamera aus, und Ms Peterson wandte sich zur Achsentruppe. »Haben die Nazis nicht solche Orden getragen?«

»Tatsächlich gab es die schon lange vor dem Zweiten Weltkrieg, Ms Peterson«, antwortete Crosby schnell. »Sie gehen auf die Kreuzritter im Mittelalter zurück.«

»Und sie sind auch auf den Stoßstangen, die mein Vater für seinen Pick-up gekauft hat«, fügte Mackenzie hinzu.

Offensichtlich hatte sich die Achsentruppe auf Ms Petersons Reaktion vorbereitet. Mackenzie tippte etwas ein und drehte den Computerbildschirm so, dass der Rest der AG ihn sehen konnte. Sie hatte nach Bildern von Rittern aus dem Mittelalter gesucht, die weiße Gewänder mit schwarzen Kreuzen trugen.

Ms Petersons Stirn blieb gerunzelt. Alle schwiegen. Dann teilte sie den Streamern mit, dass sie das heutige Spiel zwar kommentieren und übertragen durften, die Teammitglieder aber nicht gezeigt werden sollten. Abschließend sagte sie: »Legt mit eurem Match los. Aber wenn ihr fertig seid, werde ich noch einiges dazu zu sagen haben.«

Crosby war stinksauer. Die vierte Woche in Folge hatte die Achsentruppe gegen einen Schleimer, ein Mauerblümchen, einen Spinner und einen halbwegs anständigen Spieler verloren.

Noch vor einem Monat hatte die Achsentruppe mit drei zu null in Führung gelegen, doch nun lag sie in der Gesamtwertung mit drei zu vier zurück. Am peinlichsten war, dass das Spiel trotz ausgeschalteter Kamera für alle auf Twitch gestreamt worden war. Alle hatten mitansehen können, dass das Achsenteam wie ein Haufen von Anfängern gespielt hatte. Und jetzt durften sie noch nicht einmal wie das Alliiertenteam nach Hause gehen, sondern mussten im Computerraum bleiben!

»Ich weiß, dass es Eiserne Kreuze schon seit Tausenden von Jahren gibt«, erklärte Ms Peterson ihnen. »Und wenn ihr nur die Kreuze tragen würdet, ohne die grauen

Hemden, wäre das vielleicht noch in Ordnung. Oder wenn ihr graue Hemden ohne die Kreuze tragen würdet. Aber beides zusammen zu tragen, erinnert einfach zu sehr an die Nazis. Ich möchte sicher sein, dass ihr euch darüber im Klaren seid, wofür diese Symbole stehen und wie verletzend sie für manche Menschen sein können. Versteht ihr, was ich damit sagen will?«

Die Achsentruppe wich ihrem Blick aus und nickte, wie man es tut, wenn man weiß, dass es von einem erwartet wird. Tyler spielte mit seinem deutschen Plastiksoldaten. Mackenzie saß mit fest verschränkten Armen da. Gavin starrte auf seinen Schoß. Crosby warf einen Blick auf die Uhr an der Wand. »Werden Sie uns so lange hierbehalten, dass wir den letzten Bus verpassen, Ms Peterson?«, fragte er.

Ms Petersons Gesichtsausdruck wurde noch finsterer. »Es geht hier um wesentlich wichtigere Dinge als darum, ob du einen Bus erwischst oder nicht, Crosby. Viele, viele Menschen, besonders solche mit jüdischer Abstammung, haben ihre Familie in den Konzentrationslagern der Nazis verloren. Du solltest verstehen, was das Eiserne Kreuz für diese Menschen repräsentiert. Diese Orden mögen auch in anderen Zeiten getragen worden sein, aber sie sind trotzdem ein Symbol für Hass, Antisemitismus und Terrorismus. Sie erinnern daran, dass die Nazis Millionen von unschuldigen Menschen ermordet haben, und zwar nur wegen ihrer Religion und ethnischen Zugehörigkeit. Diese Morde hatten nichts damit zu tun, dass man den Zweiten Weltkrieg gewinnen wollte. Die Nazis töteten Kinder, Frauen und alte Menschen, die keine Bedrohung für sie darstellten. Das war Völkermord.«

Ms Petersons Gesicht war ganz rot geworden. Sie war wirklich verärgert. Die Mitglieder der Achsentruppe blickten auf den Boden und versuchten, reumütig auszusehen. Aber Crosby hatte seine Zweifel. Vor einigen Tagen hatte Dave ihm etwas über die jüdische Bedrohung in den Vereinigten Staaten erzählt. Im Gegensatz zu Moslems und Mexikanern waren Juden weiß und konnten daher fast unbemerkt bleiben. Laut Dave waren die Juden zwar nur eine kleine Minderheit, kontrollierten aber einen großen Teil der Politik und des Bankwesens.

Ms Peterson redete immer weiter, und die Mitglieder des Achsenteams warfen heimliche Blicke auf die Uhr. Draußen begann es zu regnen. Wenn sie nun den letzten Bus verpassten, wäre das wirklich fies von Ms Peterson. Denn dann müssten sie im Regen nach Hause gehen oder ihre Eltern bitten, sie abzuholen.

Am Ende gab Ms Peterson ihnen auch noch eine Extraaufgabe. Jeder von ihnen sollte schriftlich die Bedeutung von Völkermord erklären und drei Beispiele aus der Geschichte nennen. »Und keine Logos, Orden oder irgendetwas anderes mehr, das auf die Deutschen im Zweiten Weltkrieg hinweist«, sagte sie zum Schluss.

Der Regenschauer war nur kurz gewesen, und hinter den Wolken strahlte es schon wieder blau. Auf dem Parkplatz trocknete die späte Nachmittagssonne den Asphalt zwischen den Pfützen. Als Ms Peterson die Schule verließ, sah sie Ms Summers mit einer braunen Schultasche.

Ms Peterson lief etwas schneller, um sie einzuholen und ihr von den grauen Hemden und den Eisernen Kreuzen zu berichten. »Ehrlich gesagt denke ich, wir sollten eine Versammlung zum Thema Hasssymbole abhalten«, sagte sie. »Die Jugendlichen scheinen sich nicht bewusst darüber zu sein, was diese Dinge bedeuten.«

Bei dem Wort »Versammlung« erblasste die Schulleiterin. »Nach allem, was bei der letzten Versammlung passiert ist?«, fragte sie.

»Dieses Mal würden wir jemanden nehmen, der die Schülerinnen und Schüler mehr anspricht«, sagte Ms Peterson. »Jemand Jüngeres. Jemanden, der besser passt. Vielleicht hilft eine PowerPoint-Präsentation oder ein Video. Bestimmt gibt es Organisationen, die solche Veranstaltungen kostenlos vermitteln oder durchführen.«

Ms Summers presste nachdenklich die Lippen zusammen. »Ich kann Ihre Sorgen verstehen, aber ich befürchte, dass wir die Sache zu sehr aufblähen. Wir reden hier nur über wenige Schüler, und solch eine Versammlung würde die gesamte Schülerschaft auf Hasssymbole aufmerksam machen. Auch diejenigen, die gar nicht wissen, dass solche Hasssymbole überhaupt existieren. Und wenn Sie rassistische Symbole thematisieren, müssen Sie dann nicht auch Galgen erwähnen? Und wenn man Galgen erwähnt, muss man auch über Lynchmorde sprechen. Ich bin mir nicht sicher, ob alle unsere Kinder und Jugendlichen reif genug dafür sind. Und beim Thema Antisemitismus müssen Sie natürlich auch den Holocaust und die Gaskammern ansprechen. Selbstverständlich müssen diese Dinge gelehrt werden, aber meinen Sie nicht, dass es besser wäre, sie in einem angemessenen historischen Rahmen zu behandeln? Also ja, sie müssen etwas über Lynchmorde lernen, wenn sie sich mit den Entwicklungen nach dem Bürgerkrieg beschäftigen. Und über den Holocaust, wenn sie den Zweiten Weltkrieg behandeln. Aber ich mache mir Sorgen, dass es sie verwirren wird, wenn man ihnen Hasssymbole ohne Kontext vorsetzt. Und besonders beunruhigt mich, wie ihre Eltern reagieren könnten.«

»Aber wenn sie hier an der Middle School mit Hasssymbolen konfrontiert werden, sollten wir sie dann nicht jetzt darüber aufklären?«, fragte Ms Peterson.

Ms Summers blickte auf die letzten dunklen Wolken, die über den Himmel zogen. »Ms Peterson, wir beide wissen, dass Jugendliche heutzutage so vielem mehr ausgesetzt sind, als wir es in ihrem Alter waren. Das Internet hat alles verändert. Hier in der Schule können wir unmöglich mit allem mithalten, was sie auf ihren Handys und Bildschirmen sehen. Wir müssen uns darauf verlassen, dass ihre Eltern sich auch kümmern.«

»Dann brauchen vielleicht die Eltern eine Versammlung«, sagte Ms Peterson. »Ich habe mich auch immer für politisch interessiert gehalten, aber ich hatte trotzdem keine Ahnung, was *RaHoWa* und *14/88* bedeuten.«

»Ich weiß auch nicht, was das bedeutet«, sagte die Schulleiterin.

Ms Peterson erklärte ihr, dass *RaHoWa* für *Racial Holy War* stand – etwas, in dem weiße Rassisten eine Lösung für das »Problem« der Minderheiten sahen. Die Zahl 14 stand für die vierzehn Wörter eines rassistischen Slogans, der weiße Vorherrschaft propagierte. Und 88 stand für »Heil Hitler«, weil »H« der achte Buchstabe des Alphabets ist.

»Und das sind nur drei dieser Parolen«, sagte Ms Peterson. »Es gibt noch viele mehr.«

In Ms Summers' Gesicht zeichnete sich Frustration ab. »Ich muss Ihnen nicht erklären, dass eines unserer Probleme hier in Ironville die geringe Mitwirkung der Eltern ist. Wir haben schon früher versucht, die Eltern mehr einzubinden, aber kaum jemand hat sich beteiligt. Diejenigen, die kommen, sind nicht diejenigen, die wir erreichen müssen, und diejenigen, die wir erreichen müssen, kommen nicht.«

»Es gibt also nichts, was wir tun können?«, fragte Ms Peterson irritiert.

»Doch, natürlich, und wir tun etwas«, betonte Ms Summers. »Wenn es einen Vorfall gibt, bei dem es um Hassreden oder Hasssymbole geht, schicken wir den Eltern eine Mitteilung und schlagen ihnen vor, mit ihren Kindern darüber zu sprechen.«

»Aber das ist reaktiv anstatt proaktiv«, wandte Ms Peterson ein. »Anstatt ihnen beizubringen, bei Hetze und Hate Speech nicht mitzumachen, wartet man, bis sie es tun, und reagiert dann darauf.«

Schulleiterin Summers nickte traurig. »Ich weiß, und es tut mir leid, Ms Peterson, aber es ist das Beste, was wir tun können.«

Caleb und Zach standen auf dem Kamm einer hügeligen, langen Straße. Sie setzten sich Helme auf und zogen Handschuhe an. Calebs Magen flatterte, als wäre er voller Schmetterlinge. »Bist du sicher, dass die Straße trocken genug ist?«, fragte er.

»Wirst du schon herausfinden«, sagte Zach. »Scheint aber kaum nasse Stellen zu geben.«

Caleb schaute die Straße mit ihrem sonnengetrockneten Asphalt hinunter. »Wie geht das noch mal mit dem Bremsen?«, fragte er.

Zach rollte in gespielter Verzweiflung mit den Augen. »Das haben wir doch schon tausendmal besprochen. Wenn du nicht zu schnell fährst, kannst du mit dem Fuß stoppen.«

»Ich nehme meinen Fuß vom Board und lasse ihn über den Boden schleifen«, wiederholte Caleb.

»Genau. Und wenn du dafür zu schnell bist, mach einen Glovedown-Slide. Dafür musst du etwas geneigt fahren und mit den Handschuhen auf dem Asphalt das Tempo drosseln.«

»Ähm … Kannst du mir das noch mal zeigen?«, fragte Caleb kleinlaut.

Zach seufzte. Caleb wollte nur Zeit schinden. In den letzten zwei Wochen hatten sie das Bremsen mit dem Fuß und das Sliden geübt. Caleb konnte beide Methoden, aber er hatte einfach Angst.

»Hör zu, wir müssen diesen Hügel heute nicht runterfahren«, sagte Zach. »Das wird niemand erfahren.«

Caleb war Zach zwar dankbar für das Angebot, aber Erfolge waren ihm wichtig. Und das hier war eine neue Herausforderung. Ja, er war supernervös, aber er wusste auch, dass er enttäuscht von sich selbst wäre, wenn er es nicht versuchen würde.

»Denk einfach daran«, sagte Zach. »Wenn du fällst: rund machen und abrollen.«

Caleb ging durch, was er tun musste. »Ellbogen anwinkeln, Knie anziehen und versuchen, über eine Schulter zu rollen.« Um es zu demonstrieren, ging er in die Hocke und legte die Ellbogen an.

»Genau«, sagte Zach. »Was du nicht willst, ist eine Vollbremsung. Aber du wirst nicht fallen. Du wirst deine Geschwindigkeit kontrollieren durch …?«

»Carving!«, antwortete Caleb. Letzte Woche hatte Zach ihm gezeigt, wie man an einem sanften Abhang carvt. Carving war cool. Surfer carvten. Snowboarder carvten. Und in wenigen Augenblicken, sagte sich Caleb, würde auch er carven.

»Wir sehen uns unten.« Zach stieß sich ab und schlängelte sich geschmeidig die lange von Bäumen gesäumte Straße hinunter, bis er weit unten um die Kurve verschwand.

Caleb blieb allein oben auf dem Hügel zurück. *Was nun?*, fragte er sich. Sein Herz pochte in der Brust. Irgendwie musste er auf jeden Fall den Berg hinunterkommen. Wenn er zu Fuß ging, würde das ewig dauern, und Zach würde wissen, dass er gekniffen hatte. Caleb wollte sich nicht wie ein Feigling fühlen. Außerdem gefiel es ihm, etwas einfach nur für den Nervenkitzel zu tun. Etwas, das nicht benotet wurde. Etwas, das er *just for fun* tat. Er wollte nur den Rausch und das Abenteuer spüren. Wann hatte er das letzte Mal etwas nur zum Spaß getan? Carving machte Spaß. Und schnell fahren sicherlich auch. Na ja, zumindest ein bisschen schnell.

Er blickte wieder den Hügel hinunter. Er war deutlich steiler und länger als der, auf dem er mit Zach geübt hatte. Sein Herz pochte noch immer. *Vielleicht ist das doch keine so gute Idee …*

Ach, komm schon, du Feigling. Versuch es wenigstens …

Er richtete das Board zum Abhang und stieß sich ab. Er rollte. Er lehnte sich nach rechts und carvte nach rechts, dann nach links. *Sieh mal, Ma, ich kann das!* Nach rechts carven und …

Oh-oh. Er wurde immer schneller. *Carven, um die Geschwindigkeit zu kontrollieren!*, sagte er sich.

Er versuchte zu carven, aber das Ergebnis war eher ein Wackeln. Der Wind blies ihm ins Gesicht. Er wurde noch schneller. Das Wackeln wurde wackeliger. Das Board ratterte unter seinen Füßen. Er wollte anhalten, aber er war schon zu schnell, um mit dem Fuß zu bremsen. Er wusste, was Zach sagen würde: Du musst … sliden.

Bei dieser Geschwindigkeit? Soll das ein Witz sein? Caleb konnte vielleicht einen Glovedown-Slide meistern, wenn er ihn an einem sanften Abhang bei langsamem Tempo übte, aber jetzt war er viel zu schnell. Zu schnell, um tief genug in die Hocke zu gehen, das Board zur Seite zu drehen und dann mithilfe der Reibung der seitlich gestellten Räder und des Handschuhs auf dem Asphalt anzuhalten. Wenn er das jetzt versuchte, würde er hundertprozentig das Gleichgewicht verlieren und auf den harten Asphalt krachen.

Er wurde schneller und schneller. Das Wackeln des Boards war unkontrollierbar. Der Wind schlug ihm so stark ins Gesicht, dass ihm die Augen tränten. Blut rauschte in seinen Ohren. Die Räder des Skateboards machten ein lautes heulendes Geräusch. Er fuhr bestimmt hundert Kilometer pro Stunde.

Ich werde sterben!

Emma suchte die Regale in Sarahs Zimmer nach diesem Buch über Anne Frank ab. Das Buch handelte von einem jüdischen Mädchen und den Nazis im Zweiten

Weltkrieg. Die ganze Sache mit den Nazis beschäftigte Emma. Mittlerweile wurde jedes Mal, wenn sich die E-Sport-AG traf, darüber gesprochen. Auch heute, nachdem Ms Peterson wegen der grauen Hemden und der Eisernen Kreuze fast durchgedreht war. Es fühlte sich seltsam an. Der Zweite Weltkrieg war seit fast achtzig Jahren vorbei. Das war, bevor Emmas *Großeltern* geboren waren. Bevor es *Farbfernsehen* gab. Dinge wie Smartphones, Direct Messages und Instagram lagen noch mindestens sechzig Jahre in der Zukunft. Es war eine Zeit, in der man von Mädchen und Frauen erwartete, dass sie jeden Tag Röcke und Blusen trugen. Es hätte genauso gut die Steinzeit sein können. Außerdem hatten die Alliierten den Krieg gewonnen. Nazideutschland und die Achsenmächte waren besiegt worden. Also wieso waren die Nazis nach all dieser Zeit immer noch in den Köpfen der Menschen?

Aber noch etwas anderes beschäftigte Emma. Erst die T-Shirts, jetzt die grauen Hemden und die Orden. Woher kam das Geld für all das? Seit dem Unfall von Gavins Vater musste seine Familie ihr Geld zusammenhalten. Und sie hatte den Eindruck, dass das auch auf Crosbys Familie zutraf.

Emma fand das Anne-Frank-Buch mit dem kastanienbraunen Einband und dem Schwarz-Weiß-Foto eines fröhlich aussehenden Mädchens mit schulterlangen dunklen Haaren. Sie erinnerte sich daran, dass Sarah das ganze Buch an einem Wochenende gelesen hatte. Sie hatte gelesen, gegessen, geschlafen und nichts anderes mehr getan. In kein anderes Buch war ihre Schwester je so vertieft gewesen.

Jetzt wollte sie herausfinden, warum.

Während Zach am Fuße des Hügels auf Caleb wartete, wanderten seine Gedanken zurück zu dem E-Sport-Match vom Nachmittag. Dieses Mal war es extrem knapp gewesen, und wieder einmal hatten die Teams bis zur letzten Runde gleichauf gelegen. Das Achsenteam hatte eine Gegenstrategie vorbereitet, und als sie die neunte und letzte Runde starteten, bezweifelte Zach, dass sie gewinnen könnten. Doch dann war Nathan zu einem seiner Alleingänge aufgebrochen – entgegen der Einschätzung vom Rest seines Teams, das solche Einzelaktionen kritisch sah.

Aber heute hatte es erneut geklappt. Und dank Nathan hatten die Alliierten den Sieg geholt. Wahrscheinlich hatten die Achsenmächte nicht damit gerechnet, dass Nathan noch einmal so ausrasten würde.

Eine Krähe landete auf der Straße und begann, an etwas zu picken. Caleb war noch immer nicht heruntergekommen. Zach konnte die Straße nicht bis zum Kamm des Hügels sehen, weil sie hinter den Bäumen eine Linkskurve machte. Aber Caleb hätte schon längst unten sein müssen.

Zach joggte die Kurve zurück. Am unteren Ende des

geraden Straßenstücks schaute er den Hügel hinauf. Keine Spur von Caleb. Zachs Magen zog sich zusammen, und sein Herz begann zu rasen. Wenn Caleb nicht auf der Straße war, dann konnte er nur irgendwo zwischen den Bäumen sein. Vielleicht sogar um einen Baum gewickelt. Er stellte sich vor, wie er den Notruf wählte. Er stellte sich vor, wie ein Krankenwagen kam und die Rettungssanitäter Caleb auf einer Trage wegrollten. Er stellte sich vor, wie Caleb in einem Krankenhausbett lag, eine Halskrause trug, einen Arm und ein Bein in Gips und das Bein durch ein Gestell hochgelagert.

Zach geriet in Panik. Wo war Caleb? In welchen von diesen Hunderten von Bäumen war er gekracht? Er rannte den Hügel hinauf und schaute nach links und rechts. Als er an einer Stelle mit hohem Gras vorbeikam, hörte er ein Lachen.

Caleb öffnete leise die Seitentür. Er schlich ins Haus und huschte auf Zehenspitzen über den Flur zu seinem Zimmer.

»Bist du das, Caleb?«, rief seine Mutter aus der Küche. »Abendessen ist fertig.«

»Bin gleich da«, rief Caleb zurück, verschwand in seinem Zimmer und schloss die Tür. Der Anblick, der sich ihm im Spiegel bot, war nicht schön. Er musste dringend ins Bad und sich waschen, bevor seine Mutter ihn sah.

Vorsichtig öffnete er seine Zimmertür und schlich zurück in den Flur …, wo seine Mutter schon wartete.

Ihre Augen weiteten sich. »Was um Himmels willen …?«

Caleb erstarrte. »Das ist nichts, Mom.«

»Nichts? Dein Gesicht ist voller Kratzer. Du bist *voller* Gras und Dreck. Wolltest du dich heimlich ins Bad schleichen, damit ich es nicht bemerke?«

»Nein«, log Caleb. Er trat einen Schritt zurück und zuckte zusammen, als ein schmerzhafter Stich durch sein Knie schoss.

»Humpelst du?«, fragte Mrs Arnett.

»Es geht mir gut, Mom.«

»Gut? Du siehst aus, als ob du dich geprügelt hättest. Was ist passiert?«

»Ich bin von einem Skateboard gefallen.«

Seiner Mutter fiel die Kinnlade herunter. »Seit wann fährst du Skateboard?«

»Na ja, ich …«

»Hast du einen Helm getragen? Hast du dich am Kopf verletzt?«

»Ich hatte einen Helm auf«, versicherte Caleb ihr. »Meinem Kopf geht's gut. Ich muss nur ins Bad.« Er machte einen Schritt und zuckte vor Schmerz zusammen.

»Du humpelst eindeutig«, sagte Mrs Arnett. »Zeig mir dein Knie.«

»Ist schon gut, Mom«, sagte Caleb. »Gib mir einfach ein Kühlpack, und es wird …«

»Und wenn du es verdreht hast?«, fragte sie. »Und ein Band gerissen ist? Du brauchst wahrscheinlich ein MRT. Ich rufe Doktor …«

»*Mom!*« Caleb wusste nicht, woher der Schrei kam. Nun, offenbar aus ihm selbst. Aber von *wo* in ihm?

Seine Mutter erstarrte. Caleb war sich sicher, dass sie beide das Gleiche dachten. Hatte er sie schon jemals angeschrien?

»Ich glaube, ich wüsste, wenn ich mir ein Band gerissen hätte«, sagte Caleb ruhig. »Gib mir einfach ein Kühlpack, okay? Mehr brauche ich nicht.«

Seine Mutter ging zurück in die Küche und holte eines der Kühlpacks, die sie für Notfälle im Gefrierschrank aufbewahrten. Caleb nahm es und humpelte dann ins Badezimmer.

Noch vor einer halben Stunde hatte er auf dem Skateboard gestanden und war viel zu schnell gefahren. Die Straße hatte eine Linkskurve gemacht, nur er war geradeaus gerast … geradewegs ins hohe Gras und in die Sträucher. Aber er hatte sich richtig abgerollt! Gut, nicht unbedingt absichtlich. Aber er hatte sich rund gemacht und war auf dem Rücken im nassen Gras gelandet. Er hatte schwer geatmet, und sein Herz hatte gehämmert. Das rechte Knie hatte gepocht und wehgetan. Er hatte gespürt, wie die Feuchtigkeit nach dem Regen seine Kleidung durchnässte. Doch während er in die weißen Wolken am blauen Himmel blickte, hatte er noch etwas anderes gespürt. Stolz. Er hatte etwas Neues und Beängstigendes ausprobiert, und es hatte Spaß gemacht.

Und das Verrückteste an der ganzen Sache? Auch wenn er die Kontrolle verloren hatte und gestürzt war, hatte es sich großartig angefühlt.

Im Badezimmer setzte sich Caleb auf den Rand der Badewanne und drückte das Kühlpack gegen sein Knie. In diesem Moment brummte sein Telefon. Es war eine Nachricht … von Brooke Ford! Sie hatte die Erlaubnis für die Story bekommen. Ein aufgeregtes Kribbeln durchlief ihn. Er würde bei KFKN zu sehen sein!

Dank des dämlichen Vortrags von Ms Peterson über die Nazis hatte das Achsenteam den letzten Bus verpasst. Gavin und Mackenzie liefen zu Fuß nach Hause. Aber Crosby und Tyler wohnten weiter weg und versuchten, eine Fahrgelegenheit zu organisieren. Tyler rief seine Mutter an, aber sie nahm nicht ab, also versuchte Crosby es bei seiner Tante. Weil seine Mutter so viele Medikamente nehmen musste, durfte sie selbst nicht fahren. Aber Tante Mary sagte, dass sie kommen werde.

»Sprich nicht übers Gaming mit ihr«, sagte Crosby zu Tyler.

Als Tante Mary mit ihrem Auto vorfuhr, starrte sie ihn und Tyler an. Crosby begriff sofort, warum: Sie trugen immer noch ihre grauen Hemden mit dem Eisernen Kreuz.

Hätten sie doch die Orden vorher abgenommen! Jetzt befürchtete er, dass sie etwas Peinliches sagen würde.

Die Jungen stiegen hinten ein. Während Tante Mary von der Schule wegfuhr, wartete Crosby auf ihre Bemerkung zu den Outfits. Stattdessen sagte sie: »Was ist mit dem Bus passiert?«

»Wir haben ihn verpasst«, sagte Crosby.

Tante Mary sah ihn im Rückspiegel an und kniff die Augen zusammen. Skeptisch, als wüsste sie, dass mehr hinter der Geschichte stecken musste. Jetzt gleich würde bestimmt ein abfälliges Urteil folgen. Und das auch noch vor Tyler.

Aber alles, was sie sagte, war: »Wo bringen wir dich hin, Tyler?«

»Wissen Sie, wo Old Oak Court liegt, Ma'am?«, fragte Tyler in der höflichen Art, die er für Erwachsene aufsparte.

»Ich glaube schon«, sagte sie.

Die nächsten fünfzehn Minuten fuhren sie schweigend. Auf dem Rücksitz spielte Tyler mit seinem deutschen Plastiksoldaten. Er zielte damit auf Crosby, der ihn an sich riss und auf den Hinterkopf seiner Tante zielte und so tat, als würde er abfeuern. Sie grinsten sich gegenseitig verstohlen an. Als sie am Old Oak Court ankamen, bedankte sich Tyler bei Crosbys Tante für die Fahrt. Tante Mary wartete, bis Tyler im Haus verschwunden war. Dann drehte sie sich zu Crosby um und fragte: »Was hast du da an?«

»Das war nur für die E-Sport-AG«, antwortete Crosby.

Tante Mary fuhr rückwärts aus Tylers Einfahrt und sagte dann: »Morgen früh rufe ich die Schulleiterin an.«

»Nicht nötig«, sagte Crosby. »Ms Peterson hat uns schon angebrüllt.«

Tante Mary schüttelte fassungslos den Kopf. »Ich kann nicht glauben, dass sie dich das in der Schule tragen lassen.«

Jetzt, wo sie allein waren, spürte Crosby, wie er immer ärgerlicher wurde. Warum musste seine Tante das sein, was Dave eine linke Snowflake nannte? Eine dieser Sojamilch trinkenden Weltverbesserinnen, die allen die Waffen wegnehmen wollten und für die jeder Winkel der Erde voller Trigger war.

»Weißt du, zufälligerweise ist dies ein freies Land«, sagte er.

»Ja, es ist ein freies Land«, wiederholte Tante Mary zornig. »Und deswegen darf mein Neffe herumlaufen wie ein Neonazi – ein Rechtsextremist, der an die weiße Vorherrschaft glaubt. Willst du *wirklich,* dass die Leute dich so sehen?«

»Ich bin kein Nazi, und Rechtsextremisten gibt es nicht«, schoss Crosby zurück und wiederholte damit etwas, das Dave gesagt hatte. »Ich bin Patriot.«

Augenblicklich bremste Tante Mary scharf und fuhr auf den Seitenstreifen. Er war schockiert. Sie starrte ihn an, das Gesicht gerötet. »Wo hast du das gehört?«

»Nirgendwo«, sagte Crosby.

»*Wo hast du das gehört?*« Nun schrie sie fast.

Crosby lehnte sich auf dem Autositz zurück, verschränkte die Arme und legte das Kinn auf die Brust.

»Ich will dir mal etwas sagen, junger Mann«, sagte sie. »Rechtsextremisten *gibt* es. Neonazis *gibt* es. Rassisten, Antisemiten und Homophobe *gibt* es. Und sie alle haben etwas gemeinsam. Sie hassen jeden, der anders ist. Jeden, der nicht so aussieht wie sie oder nicht an das glaubt, woran sie glauben. Und du fängst an, genauso zu klingen wie sie.« Sie lenkte den Wagen zurück auf die Straße und fuhr wieder los. »Das hast du irgendwo im Internet gehört.«

»Nein«, sagte Crosby.

»Wo dann?«

»Ähm, von jemandem in der Schule«, log Crosby.

»Von wem?«

»Kennst du nicht.«

»Ich brauche ihn nicht zu kennen«, sagte Tante Mary. »Ich möchte nur wissen, wer es ist.«

Crosby starrte aus dem Autofenster und antwortete nicht. Mit Tante Mary konnte man nicht vernünftig reden. Sie gehörte eindeutig zu den linken Feminazis und dachte wahrscheinlich, dass Männer überflüssig seien. Warum sonst hatte sie nie geheiratet? Im besten Fall war ihr einfach nicht zu helfen. Im schlimmsten Fall war sie der Feind.

Den Rest des Weges fuhren sie, ohne ein Wort miteinander zu sprechen. Sobald Crosby in seinem Zimmer war, erledigte er diese dämliche Hausaufgabe von Ms Peterson. Mehrere Webseiten sprachen von verschiedenen

Völkermorden, die es in der Geschichte gegeben hatte. Als sich die Europäer in Amerika niederließen, sei das ein Völkermord an der indigenen Bevölkerung gewesen. Nicht, dass die Indianer jemals etwas anderes mit dem Land gemacht hätten, als auf Pferden herumzureiten und Büffel zu jagen. Wenn man darüber nachdachte, war dann nicht praktisch jeder Krieg ein Völkermord? Ganz zu schweigen von der Hälfte aller Computerspiele, die er je gespielt hatte. Egal ob er darin eine ganze Armee oder eine außerirdische Rasse oder alle Dinosaurier auslöschen musste.

Als Zachs Nummer auf Calebs Handy aufblinkte, zögerte er. Zach und er hatten noch nie miteinander telefoniert. Sie hatten immer nur miteinander geschrieben oder online geredet. Telefonieren bedeutete ein neues Level an Vertrautheit. Es war etwas, das er für enge Freunde reserviert hatte. Eventuell *wurde* Zach gerade zu einem engen Freund. Aber Caleb war sich noch nicht sicher, ob er schon einer war oder nicht. Vermutlich rief Zach an, um zu fragen, wie es ihm nach dem Sturz ging – das schätzte Caleb sehr. Es war ein weiterer Beweis dafür, dass Zach ein guter Kerl war.

»Bist du okay?«, fragte Zach, als Caleb endlich abhob.

»Ja«, antwortete Caleb. »Bisschen angeschlagen. Aber mehr nicht.«

»Es tut mir wirklich leid«, sagte Zach. »Ich hätte dich nicht dazu drängen sollen, diesen Hügel zu versuchen. Du hättest mehr Übung gebraucht.«

»Nicht deine Schuld«, erwiderte Caleb. »Ich habe das gewollt.«

»Mann, als ich dich da auf dem Rücken im Gras gefunden habe und du gelacht hast«, erinnerte sich Zach, »wusste ich kaum, was ich denken sollte.«

»Du dachtest bestimmt, dass ich den Verstand verloren hätte«, sagte Caleb.

Bei der Erinnerung lachten sie gemeinsam.

»Wirst du es noch einmal versuchen?«, fragte Zach hoffnungsvoll.

»Ähm, sicher, bestimmt irgendwann«, antwortete Caleb. Er erwähnte nicht, dass er darüber nachdachte, zu einer weniger gefährlichen Sportart zu wechseln. Wie zum Beispiel Badminton.

Es fühlte sich an, als wäre das Gespräch damit beendet. Doch dann sagte Zach: »Bald ist Wochenende. Wollen wir was zusammen machen?«

Caleb erkannte einen bittenden Ton in Zachs Stimme. Zach hatte nicht viele Freunde in seinem Leben, Caleb hätte wirklich gerne etwas mit Zach unternommen. Aber er hatte nur am Samstag Zeit, und da war er schon mit seinen Cousinen aus Springdale im Einkaufszentrum verabredet. Sollte er Zach dazu einladen?

Doch es war schon eine Weile her, seit Caleb sie das letzte Mal gesehen hatte, und bestimmt gab es viel zu erzählen. Außerdem wusste er, wie unruhig Zach in

Gegenwart fremder Leute sein konnte. Es könnte für alle Beteiligten merkwürdig werden.

Er erzählte ihm von seinen Plänen mit seinen Cousinen und sagte ihm ab. Als Zach nicht reagierte, fühlte sich Caleb mies, also fügte er schnell hinzu: »Aber vielleicht können wir nächstes Wochenende zusammen abhängen, okay?«

»Ähm, ja, klar.« Zach versuchte, begeistert zu klingen.

»Also gut, ich muss los«, sagte Caleb. »Wir seh'n uns.« Er beendete das Telefonat, aber das ungute Gefühl ging nicht weg. Wann immer sie sich trafen, war Zach supernett und aufrichtig. Warum konnte er selbst nicht auch so sein?

Als Crosby sich an diesem Abend mit Dave traf, konnte er ihm nicht von seinem Tag erzählen. Über die E-Sport-AG konnte er auch nicht reden, denn er hatte Dave vorgegaukelt, dass er die Highschool abgeschlossen hatte und in einem Lagerhaus arbeitete. Bevor sie zockten, erzählte Dave ihm von einer geplanten Kundgebung in Franklin. War das nicht in der Nähe von Crosbys Wohnort? Das Event würde nächste Woche stattfinden. Organisiert wurde es von einer Gruppe, die daran glaubte, dass Amerika für weiße Europäer gegründet und geschaffen worden war. Die Kundgebung war nicht *gegen* etwas, sie wollte nur ihre Unterstützung *für* Weiße demonstrieren.

Aber natürlich hatte das die Blue-Piller, diese Snowflakes, nicht davon abgehalten, vor Gericht zu gehen, um sie zu verhindern.

Dave sagte zu Crosby, dass seine Brüder seine Unterstützung bräuchten und dass es toll wäre, wenn er zu der Kundgebung gehen und mit ihnen marschieren würde. Crosby wollte auf jeden Fall darüber nachdenken. Dann hatte er eine Idee. »Weißt du was, Dave? Ich habe selbst Probleme mit einem Haufen Blue-Pillern und Snowflakes. Ich habe seit Ewigkeiten mit denen gezockt, aber kaum sind die auf dem College, halten sie sich für was Besseres.«

»Colleges an der Ostküste, wette ich«, sagte Dave mit einem Kichern. »Also, was ist das Problem, Croz?«

»Beim nächsten Match verpasse ich ihnen einen Dämpfer. Hast du vielleicht Tipps?«, fragte Crosby.

»Oh ja«, sagte Dave und lachte. »Ich weiß genau das Richtige.«

Es war fast Mitternacht. Stundenlang hatte Emma gelesen, und nun konnte sie ihre Augen kaum noch offen halten. Aber gleichzeitig konnte sie nicht aufhören. Sie fühlte sich Anne Frank so nah. Als Anne schrieb, dass sie alles hatte, was sie im Leben brauchte – alles, bis auf einen wahren Freund –, hatte Emma das Gefühl, dass sie genau diese Worte selbst hätte verfassen können. Als

Anne schrieb, wie klug ihre Schwester Margot war, hatte Emma das Gefühl, dass sie ihre eigene Schwester Sarah beschrieb. Als Anne über ihren Groll gegenüber ihrer Mutter schrieb, weil sie Margot ihr vorzog, war das genau das, was Emma gegenüber ihrer eigenen Mutter empfand. Und so fand Emma viel von ihrer eigenen Familie in Annes Erzählung wieder. Als Anne sich mit ihrer Familie auf dem Dachboden verstecken musste, spürte auch Emma Angst. Gemeinsam mit Anne konnte sie nicht verstehen, warum die Nazis so entschlossen waren, jüdische Menschen zu töten. Sie spürte Annes Angst jedes Mal, wenn es an der Tür klingelte, weil sie fürchtete, es könnte die Gestapo sein, die sie abholen wollte.

Doch irgendwann konnte Emma ihre Augen keine Sekunde länger offen halten. Sie legte das Buch weg und schaltete das Licht aus. Aber als sie im Dunkeln lag und die Schwere der Müdigkeit sie überkam, wurde ihr endlich klar, was mit der E-Sport-AG nicht stimmte.

WOCHENENDE

Am Samstag traf sich Caleb mit seinen Cousinen im Einkaufszentrum. Sie gingen shoppen, aßen Pizza und plauderten über alles, was sie in letzter Zeit erlebt hatten. Nach dem Mittagessen testeten sie Sonnenbrillen, da stieß ihn seine Cousine Stephanie an und flüsterte: »Ich glaube, wir werden verfolgt.«

Caleb, der gerade eine Brille anprobierte, nutzte den Spiegel, um seine Umgebung zu checken. Und da war Zach. Er gab vor, sich für das Schaufenster von Sephora, dem Kosmetik- und Parfümgeschäft, zu interessieren. Caleb sagte seiner Cousine, dass er gleich zurück sein werde, und ging hinüber, um Hallo zu sagen.

»Oh, hi!« Zach tat so, als wäre er überrascht, Caleb zu sehen. Er wirkte genauso nervös und zappelig wie an dem Tag vor zwei Monaten, an dem Caleb ihn in der Bibliothek gefragt hatte, ob er der E-Sport-AG beitreten wolle. Obwohl Caleb nicht danach gefragt hatte, gab Zach eine

Erklärung dafür ab, warum er im Einkaufszentrum war. »Vor ein paar Monaten hat mir mein Onkel ein T-Shirt von Under Armour zum Geburtstag geschickt, aber es ist mir zu groß, darum tausche ich es um.«

Caleb nickte in Richtung des Sephora-Schaufensters. »Ich sehe da drin nicht viel Under Armour.«

Zach wurde rot. »Oh, ich, ähm, dachte, ich besorge noch ein paar andere Dinge, wenn ich schon mal hier bin.«

»Zum Beispiel sonnengeküsstes Körperöl?«, stichelte Caleb.

»Ähm, für meine Mutter«, antwortete Zach schnell und wechselte das Thema. »Und was machst du hier?«

»Ich bin mit meinen Cousinen unterwegs«, antwortete Caleb. »Ich habe dir doch erzählt, dass wir uns heute hier treffen wollen. Da bin ich mir sicher.«

»Ach, echt?« Zach schlug sich theatralisch auf die Stirn. »Muss ich wohl vergessen haben. Und was macht ihr so?«

Er musste genau wissen, was sie taten. Immerhin war er ihnen gefolgt. Aber Caleb wollte ihn nicht in Verlegenheit bringen, und ehrlich gesagt war er sogar fast bereit, Zach einzuladen. Das wollte er wirklich. Aber darum ging es heute nicht.

»Hör mal«, sagte Caleb. »Wir sehen uns in der Schule, okay? Ich freue mich schon aufs nächste Match. Bin schon gespannt, deine neue Strategie zu hören.«

Zach starrte auf den Boden. Er war nicht gut darin, seine Gefühle zu verbergen, und Caleb konnte sehen, wie enttäuscht er war. Dinge wie diese waren schwierig für Zach. Vielleicht sollte Caleb doch seine Meinung ändern und ihm vorschlagen, sich ihm und seinen Cousinen anzuschließen. Er warf einen Blick zum Sonnenbrillenstand, an dem die anderen standen. Als er sich wieder umdrehte, war Zach nicht mehr da.

Nathan hob den Türklopfer aus Messing an, aber ließ ihn nicht fallen. Er stand an der Haustür von Tanisha Proctor. *Bist du bereit dafür?*, fragte er sich. *Denn das, was in den nächsten Stunden passiert, wird entscheiden, wie dein Leben in den nächsten Jahren verlaufen wird.*

Nathan dachte, er sei bereit. Er hatte sich auf Tanishas *UnPlug2gether* vorbereitet. Vor dem Badezimmerspiegel hatte er geübt, Tanisha für die Einladung zu danken. Er hatte geübt, Callie Potendo ein Kompliment für ihr cooles Selbstporträt im Kunstunterricht zu machen. Er hatte geplant, Bethany Willis zu sagen, dass er ihr Wahlplakat für die Schülervertretung auf dem Flur gesehen hatte und dass er sie auf jeden Fall wählen würde.

Und er hatte eine Strategie. Er würde nicht zu viel lächeln, weil ihn das dümmlich aussehen ließ. Und wenn er nervös wurde, würde er nicht beginnen, unkontrolliert zu quasseln. *Bleib einfach cool und hör zu, was die anderen erzählen. Damit sie dich mögen, musst du Interesse an ihnen zeigen.*

Nathan ließ den Klopfer mit einem *Klack* gegen die Tür fallen. Wenige Augenblicke später empfing ihn eine Frau, vermutlich Tanishas Mutter. Ganz nach dem Motto »unplugging« musste er sein Handy in einen Briefumschlag mit seinem Namen stecken und ihn in einen Korb an der Eingangstür legen. Dann ging er hinunter in den Partyraum im Keller. Dort waren etwa zwanzig Leute, die Billard und Kicker spielten.

Weil er neu war, nahm Tanisha ihn unter ihre Fittiche und machte ihm einen Platz am Kickertisch frei. Purer Zufall, dass die anderen drei am Tisch Gavin, Crosby und Mackenzie waren. Tyler spielte hinten im Raum Billard, was bedeutete, dass das gesamte Achsenteam anwesend war. Nathan hingegen war der Einzige aus dem Alliiertenteam.

Nathan war angespannt, als er mit ihnen kickerte, aber Gavin verhielt sich anders, als in der Schule oder in der E-Sport-AG. Er wirkte entspannt und lächelte sogar ab und zu. Sie unterhielten sich über Sport, und es stellte sich heraus, dass ihre Väter beide Fans des Notre Dame Footballteams waren. Je weiter der Abend voranschritt, desto aufgeschlossener verhielten sich die Mitglieder der Achsentruppe ihm gegenüber. Sie lachten zusammen, als Gavin Ironville als »die Achselhöhle der Nation« bezeichnete, dann fragte Mackenzie Nathan, ob er beim nächsten Spiel ihr Partner sein wolle. Und vielleicht bildete er sich das nur ein, aber er hatte den Eindruck, dass sie ein wenig mit ihm flirtete. Später spielte er Billard gegen Tyler. Dieser begrüßte Nathan, indem er die Fersen zusammenschlug und seinen ausgestreckten rechten Arm hob. Das war der Gruß, den die Deutschen im Zweiten Weltkrieg verwendet hatten.

Das einzige Mitglied der Achsentruppe, das nicht freundlich zu ihm war, war Crosby. Der war wie Gavins Schatten. Egal welches Spiel Gavin spielte, Crosby versuchte entweder mitzumachen oder er stand daneben und schaute zu. Die anderen mussten auch schon längst bemerkt haben, wie anhänglich Crosby an Gavin klebte. Irgendwann sagte Gavin zu Crosby, er solle nach oben gehen, um Eis für die Getränke zu holen, und Crosby sprang sofort auf. *Was für ein Trottel.*

WOCHE ACHT

Spielstand

Gavins Team: 3
Emmas Team: 4

Caleb schlurfte übermüdet in die Küche. Er fühlte sich, als hätte er kaum geschlafen. Mit den Porträts für das Jahrbuch war der Fotograf mehr als eine Woche im Verzug, und Caleb machte sich Sorgen. Hatte er einen Fehler gemacht, diesen Typen auszuwählen? Das Jahrbuch lief nach einem engen Zeitplan. Wenn alle Schülerporträts noch einmal aufgenommen werden müssten, würde nicht nur ein weiterer Fotograf teuer sein, auch die Firma, bei der sie das Jahrbuch druckten, würde ihnen zusätzliche Gebühren für die Verspätung berechnen.

Zu sehr vertieft in eigene Sorgen, fiel Caleb nicht gleich auf, dass sein Vater allein am Küchentisch saß und Kaffee trank. Caleb ging zum Schrank und stellte sich vor, wie es wäre, wenn er ausnahmsweise eine nagelneue Packung Zimttoast-Knusper-Flakes finden würde. Aber die einzigen Cerealien waren Haferflocken und eine antioxidativ wirkende, ballaststoffreiche, glutenfreie Müslisorte mit

Pappgeschmack. Caleb schüttete etwas davon in eine Schüssel und übergoss alles mit Mandelmilch.

»Heute keine grünen Haare?«, fragte Mr Arnett.

Jetzt erst bemerkte Caleb, dass sein Vater allein war. Seine Mutter musste bereits zur Arbeit aufgebrochen sein, obwohl sie normalerweise immer zusammen losfuhren.

»Heute nicht«, sagte Caleb und erstickte fast an einem Löffel Müsli. Gab es eigentlich etwas Schlimmeres als matschige Pappe zum Frühstück?

»Gibt es Neuigkeiten von Brooke Ford?«, fragte sein Vater.

»Es wird dauern, bis sie mit der Arbeit an der Story beginnen kann«, sagte Caleb. Er fühlte sich aufgeregt und enttäuscht zugleich. Die gute Nachricht war: KFKN wollte nicht nur ein Fernsehteam an die Schule schicken, um die E-Sport-AG in Aktion zu filmen, sondern sie wollten auch, dass Caleb und seine Eltern in die KFKN-Studios kamen, um interviewt zu werden! Die schlechte Nachricht war: Brooke Ford hatte einen sehr vollen Terminkalender, und die Geschichte musste warten, bis sie Zeit dafür fand.

»Hast du über Fragen nachgedacht, die sie stellen könnte?«, sagte sein Vater.

»Zum Beispiel, warum ich es für eine gute Idee hielt, eine E-Sport-AG zu gründen?«, vermutete Caleb.

»Ich würde mich auf mehr als das vorbereiten«, riet sein Vater. »Mein Eindruck von Ms Ford ist, dass sie kontroverse Storys mag. Ein Siebtklässler, der für eine

E-Sport-AG kämpft, mag für Ironville TV ausreichen. Aber damit die Geschichte auf KFKN läuft, muss sie schon mehr Zündstoff enthalten.«

»Zum Beispiel, dass sie mich fragt, ob E-Sport für Schulen angemessen ist?«, fragte Caleb.

»Das hast du schon in der Ironville TV-Story beantwortet«, sagte Mr Arnett. »Aber was ist, wenn sie fragt, warum eins der Teams immer die deutsche Seite spielt?«

Nicht das schon wieder, dachte Caleb erschöpft. »Es ist doch nur ein Spiel, Dad.«

Mr Arnett rückte seine Brille zurecht. »Und warum diese Seite von Schülern gespielt wird, die Uniformen tragen, die an Nazis erinnern und dabei mit deutschem Akzent herumalbern.«

»Ach, komm schon«, sagte Caleb. »Das sind doch nur Scherze.«

Mr Arnett stützte seine Ellbogen auf den Küchentisch und beugte sich vor. »Du bist dir schon bewusst, dass in den letzten Jahrzehnten Hassreden und Hassverbrechen in diesem Land zugenommen haben, Caleb. Und allzu oft werden sie von Menschen verübt, die sich mit Rassisten oder mit den Nazis identifizieren und an eine weiße Überlegenheit glauben.«

Caleb legte einen Löffel mit pappigem Müsli an seine Lippen, hielt jedoch inne. Dies war kein zufälliges Frühstücksgespräch. Sein Vater hatte es eingefädelt. Deshalb war er auch noch nicht zur Arbeit gefahren. Aber vielleicht war das auch gut so. Manchmal gab es heikle Fragen, die man stellen wollte, aber zugleich gab es nur wenige Menschen, denen man sie auch wirklich stellen konnte. »Dad, warum sollte das die Leute hier interessieren? Ich meine, gibt es überhaupt Juden in Ironville?«

Mr Arnett nahm einen Schluck Kaffee. »Ich weiß es nicht, Caleb. Und das ist nicht der Punkt. Der Punkt ist, dass der Hass, den die Nazis symbolisieren, in diesem Land sehr lebendig ist. Nicht nur gegen Jüdinnen und Juden, sondern auch gegen Schwarze, Menschen mit anderer Hautfarbe, Muslime, Immigranten ... gegen jeden, der nicht weiß und christlich ist. Ganz ehrlich, Caleb, ich finde es unglaublich verstörend, dass jemand ein Spiel daraus macht. Und es dann noch *The Good War* nennt. Haben die Leute vergessen, was während des Zweiten Weltkriegs passiert ist? *Es war der größte dokumentierte Völkermord in der gesamten Geschichte der Menschheit,* Caleb. Sechs Millionen jüdische Menschen und Millionen von slawischen und russischen Menschen starben. Homosexuelle und Menschen mit Behinderungen. Irgendetwas zwischen *fünfzehn und zwanzig Millionen* Menschen, Caleb. Abgeschlachtet für keinen militärischen Zweck. Kannst du dir vorstellen, wie viele Vernichtungslager die Nazis brauchten, um so viele zu töten?«

Caleb schüttelte den Kopf. Darüber hatte er noch nie nachgedacht.

»Und diese lächerliche Annahme, dass es nur die Nazis waren, die das getan haben?«, fuhr Mr Arnett fort. »Dass die Wehrmacht – die normalen deutschen Soldaten – nichts davon gewusst haben sollen? Denk drüber nach, Caleb. Das Gebiet, in dem die meisten dieser Lager standen, war kleiner als der Staat Texas. Stell dir einmal vor, im Bundesstaat Texas gäbe es Hunderte von Konzentrationslagern. Stell dir vor, dass fast zwanzig Millionen Menschen über einen Zeitraum von fünf oder sechs Jahren hingerichtet werden. Glaubst du wirklich, dass du in Texas leben könntest, ohne davon zu wissen? Dass du es nicht durch einen Freund, eine Ladenbesitzerin oder einen Fremden erfahren würdest? Dass du nichts sehen würdest? Und nichts riechen würdest?«

»Riechen?«, wiederholte Caleb verunsichert.

»Millionen Menschen, die in den Gaskammern der Vernichtungslager getötet und anschließend verbrannt wurden«, sagte sein Vater. »Der Gestank von Tod muss in einigen Gegenden unerträglich gewesen sein.«

Calebs Magen drehte sich um. Gallenflüssigkeit stieg in ihm hoch.

»Nicht jeder Deutsche war ein Nazi, aber so gut wie jeder deutsche Soldat muss gewusst haben, was die Nazis taten«, sagte Mr Arnett. »Also ist eure Vorstellung – dass das Spiel in Ordnung sei, solange die Spieler die Wehrmacht nachahmen – einfach lächerlich.«

Mr Arnett schenkte sich Kaffee nach. »Caleb, die Leute, die heutzutage Nazisymbole am Leben halten, und diejenigen, die Hakenkreuze an Wände schmieren und die Flagge der Konföderierten schwenken, sind Hater und Rassisten. Es spielt keine Rolle, ob sie jüdische oder muslimische Menschen, Schwarze oder Hispanics hassen. Eine Rolle spielt, dass sie Hass auf andere Menschen verbreiten. Eine Rolle spielt, dass sie Lügen und Unwahrheiten verbreiten. Und damit schaden sie der ganzen Menschheit.«

Die Mandelmilch in Calebs Schüssel hatte durch das Müsli die graue Farbe von Beton angenommen. Aber das machte nichts. Ihm war der Appetit vergangen.

»Alle Menschen in diesem Land haben die gleiche Wahl, wie sie das deutsche Volk im Zweiten Weltkrieg hatte«, fuhr sein Vater fort. »Sie können zuschauen, Angst haben und glauben, dass sie nichts ausrichten können. Oder sie können etwas tun.«

In der Küche war es still. Mr Arnetts Worte hallten in Calebs Ohren wider. Sein Vater musste viel Zeit in die Vorbereitung dieser Rede investiert haben. Wahrscheinlich hatte er sogar recherchiert. Und wenn sein Vater so weit ging, bedeutete das, dass es viel ernster war, als Caleb hatte glauben wollen.

Als Caleb an diesem Morgen zu seinem Schließfach kam, wartete Emma bereits auf ihn. Vermutlich wollte sie die Strategie für das heutige Match besprechen. Doch damit lag er falsch.

»Hast du *Das Tagebuch der Anne Frank* gelesen?«, fragte sie.

Caleb runzelte die Stirn. »Warum sollte ich das Tagebuch von einem Mädchen lesen?«

»Es geht um den Nationalsozialismus«, sagte Emma.

»um ein Mädchen, das sich mit seiner Familie im Zweiten Weltkrieg vor den Nazis verstecken musste. Es ist wirklich erschreckend.«

Caleb wollte gerade nachfragen, was genau sie damit meinte, als Ms Dean den Flur herunterkam. »Caleb, der Fotograf hat sich gemeldet«, sagte sie. »Er schickt die Porträts heute Nachmittag. Wir gehen sie nach der Schule durch.«

»Ich kann nicht«, sagte er. »Ich habe E-Sport-AG.«

Ms Dean schaute ihn missbilligend an. »Das ist wichtiger als Computerspiele. Und es kann nicht warten. Wir müssen ja auch Zeit für eventuelle Neuaufnahmen einplanen.«

»Kann Ihnen nicht jemand anderes helfen, und ich komme dann nach, sobald die E-Sport-AG vorbei ist?«, fragte Caleb.

Es läutete. Emma machte sich auf den Weg in die Klasse und ließ Caleb bei Ms Dean zurück, die ihn nun mit einem finsteren Blick ansah.

»Das zeugt von schlechtem Urteilsvermögen, Caleb«, sagte die Betreuerin des Jahrbuchs, drehte sich um und marschierte davon.

Calebs Ohren glühten. So etwas hatte ihm noch nie jemand vorgeworfen. Plötzlich erdrückte ihn alles. Zach, die Nazis, seine Eltern, E-Sport, KFKN, das Jahrbuch … Druck. Aus allen Richtungen.

Mit ausgestrecktem Arm und angezogenen Fingerspitzen ging Nathan den Flur zum Computerraum runter. Seine Handgelenke mussten gelockert werden. Es war Spieltag, und er fühlte sich großartig. Ausnahmsweise hatte Emma keinen Aufstand wegen einer Strategie gemacht. Der Grund war ihm klar. Weil all die Strategien, die sie vor den letzten Kämpfen besprochen hatten, nichts mit ihren Siegen zu tun hatten. Sie hatten gesiegt, weil Nathan die Dinge selbst in die Hand nahm, wenn es eng wurde. Er hatte sich nicht wie ein Idiot verhalten. Er hatte nur das getan, was nötig war, um zu gewinnen.

Und er hatte vor, genau dasselbe heute wieder zu tun.

Emma war geschockt. Über ihre Kopfhörer hörte sie das gleichmäßige Stampfen von Truppen, die im Takt von dröhnenden Trommeln und Becken marschierten, und die Rufe von jemandem, der eine leidenschaftliche Rede auf Deutsch hielt. Auf ihrem Bildschirm war *The Good War* durch eine Flut von Eisernen Kreuzen, Hakenkreuzen, grünen Fröschen in Naziuniformen, der Zahl 14, brennenden Kreuzen, Galgenstricken und einem Dutzend weiterer Symbole ersetzt worden, deren Namen Emma nicht kannte. Es fühlte sich an, als hätte ein Dämon vom Computer Besitz ergriffen.

Dabei hatte das Spiel ganz normal begonnen. Das Alliiertenteam hatte zügig die erste Runde gewonnen.

Nathan hatte strategisch gespielt, aber Emma war sich nicht sicher, ob sich das noch ändern könnte. Zu Beginn der zweiten Runde waren die Alliierten erneut in Führung gegangen. Sie überwältigten die Achsentruppe. Doch dann war auf einmal alles drunter und drüber gegangen. Die verrückte Marschmusik. Die Flut von seltsamen Symbolen auf den Monitoren.

»Malware«, sagte Zach neben Emma.

Was …? »Woher? Von wem?«, fragte sie.

Zach nickte in Richtung des Achsenteams auf der anderen Seite des Tisches. Die meisten blickten mit verwirrten Gesichtern auf ihre Monitore. Aber Crosby grinste.

Plötzlich sprang Nathan auf und warf dabei seinen Stuhl um. Bevor jemand reagieren konnte, lief er um den Tisch herum, packte Crosby am T-Shirt, riss ihn hoch und begann, ihn anzuschreien.

Caleb war perplex. Warum hatte Nathan Crosby gepackt und schrie ihn an? Was war mit ihren Computern los? Gavin saß neben Crosby, also erwartete Caleb, dass er seinen Freund beschützte. Aber Gavin rührte sich nicht, sondern sah zu. Wenn niemand etwas unternahm, würde Nathan Crosby ordentlich verdreschen.

Ms Peterson schrie: »Stopp!«, aber Nathan und Crosby begannen, miteinander zu ringen. Alle schienen darauf zu warten, dass Gavin einschritt. Doch dann sprang

Zach auf, schlang von hinten seine Arme um Nathan und zerrte ihn weg. Jetzt fühlte sich Caleb auf andere Art schockiert. Dies war das erste Mal, dass er sah, wie Zach jemanden aus der Schule anfasste. Eine Sekunde später war Caleb auf den Füßen und half Zach dabei, Nathan und Crosby auseinanderzubringen.

»Er hat uns gehackt!«, brüllte Nathan.

»Wie hätte ich das tun sollen?«, schrie Crosby. »Ich war mitten im Spiel.«

»Und das hätte dich zurückgehalten?«, zischte Nathan, während Caleb und Zach ihn festhielten.

»Während ich spiele, kann ich keinen Malware-Angriff machen! Das wüsstest du, hättest du Ahnung vom Hacken«, schrie Crosby zurück. »Man braucht dafür einen anderen Server.«

Nathan verdrehte und verrenkte sich, um sich von Zach und Caleb loszureißen. Ms Peterson trat dazwischen. »Das reicht«, sagte sie eindringlich. »Beruhigt euch, oder das ist das Ende der E-Sport-AG.«

Nathan hörte auf, sich zu wehren. Alle atmeten durch. Nur Zach und Caleb blieben zwischen Nathan und Crosby, für den Fall, dass der Kampf wieder aufflammte. Schulter an Schulter mit Zach zu stehen, fühlte sich seltsam für Caleb an. Seit sie sich am Wochenende im Einkaufszentrum gesehen hatten, hatten sie nicht mehr miteinander gesprochen. Seitdem hatte Zach aufgehört, zum Mittagessen in die Cafeteria zu kommen. Der Vorfall musste ihn getroffen haben. Und je länger Caleb darüber nachdachte, desto mehr fragte er sich, ob Zach recht hatte. Vielleicht hätte Caleb etwas sensibler sein sollen. Es wäre nicht schwer gewesen, Zach zum Abhängen mit ihm und seinen Cousinen einzuladen. Eigentlich hatte Caleb gehofft, mit Zach wie üblich nach Hause zu gehen und alles einzurenken. Aber jetzt musste er sich nach dem Match um die Porträts für das Jahrbuch kümmern. Ein Gespräch mit Zach würde also warten müssen.

Warum ich?, dachte Crosby. *Das ist total unfair!* Ms Peterson marschierte mit ihm und Nathan in ihr Klassenzimmer. *Sie kann mir nichts nachweisen! Nathan ist derjenige, der angefangen hat.*

Ms Peterson forderte sie auf, sich zu setzen, und hielt dann die alte »Niemand löst etwas mit den Fäusten«-Lektion. Sie warnte sie, dass sie im Wiederholungsfall einen Vermerk in ihrer Akte bekommen und zu Ms Summers geschickt werden würden. Nathan bekam die Extraaufgabe, über Selbstbeherrschung zu schreiben und darüber, wie er die Situation anders hätte bewältigen können. Dann war er entlassen. Crosby konnte es nicht fassen. *Warum lässt sie ihn gehen und ich muss hierbleiben?*

Als Nathan weg war, wandte sich Ms Peterson an Crosby. »Was weißt du darüber, was passiert ist?«

»Nichts«, sagte Crosby.

Die Falten um Ms Petersons Augen vertieften sich. »Als Nathan dir vorwarf, du hättest das Spiel gehackt, war deine Antwort, dass du das nur über einen separaten Server hättest tun können. Du weißt also eindeutig etwas übers Hacken. Oder wie hast du es genannt … einen Hardware-Angriff?«

Jetzt erkannte Crosby seinen Fehler. »Malware«, sagte er leise.

»Und es passiert ausgerechnet, als das Achsenteam dabei war, eine weitere Runde zu verlieren«, fügte Ms Peterson hinzu.

Crosby biss sich auf die Unterlippe. Er wusste, wohin das führte. Gleich würde sie ihn beschuldigen, etwas mit dem Malware-Angriff zu tun zu haben, obwohl sie *keine Beweise* hatte.

»Und ich nehme an, es war nur ein Zufall, dass auf den Monitoren Eiserne Kreuze und Hakenkreuze erschienen sind?«, fragte Ms Peterson.

Crosby starrte an ihr vorbei auf ein großes gelbes Schild an der Pinnwand. Es forderte dazu auf, das zu hinterfragen, was man im Internet las: *Ist es wahr? Hilfreich? Inspirierend? Notwendig? Freundlich?* Er wollte wirklich nicht, dass die Schulleiterin involviert wurde. Wenn seine Mutter und Tante Mary von diesem Vorfall erfuhren, würde er vielleicht für immer Bildschirmverbot bekommen.

Er musste sich eine Ausrede einfallen lassen. Also erzählte er Ms Peterson, dass er online jemanden getroffen hatte, der angeboten hatte, der Achsentruppe zum Sieg zu verhelfen. »Als er sagte, er würde uns unterstützen, dachte ich, er würde uns eine Geheimwaffe oder so etwas geben. Ich schwöre, ich hatte keine Ahnung, dass er einen Malware-Angriff meinte, der das ganze Match sprengen würde.«

Ms Petersons Gesicht blieb ausdruckslos, als würde sie noch überlegen, ob sie ihm glauben sollte oder nicht. Crosby wurde immer nervöser. »Alle Gamer wissen doch, was Malware ist«, fuhr er fort. »Aber ich hatte keine Ahnung, dass der Typ das vorhatte.«

Ms Peterson reagierte immer noch nicht. Crosby begann zu verzweifeln. Wenn seine Mutter und Tante Mary davon erfuhren, war er erledigt. Es war Zeit für den letzten Ausweg – Wasserkunst. Er schniefte, wischte sich die Tränen weg und schwor erneut, dass er von diesem Angriff nichts geahnt hatte.

Ms Petersons Gesichtszüge wurden weicher. Sie zog ein Taschentuch aus einer Schachtel und reichte es ihm. Die Tränen hatten ihre Wirkung entfaltet. Schon häufiger hatte Crosby geheult, um aus heiklen Situationen herauszukommen. Und das Beste war, dass er sich bei Lehrern keine Sorgen machen musste, dass jemand Außenstehendes von seinen Tränen erfuhr. Nichts davon würde nach draußen gelangen.

Natürlich konnte Ms Peterson ihn nicht gehen lassen, ohne ihn über die Gefahren des Internets aufzuklären und ihn zu warnen, vorsichtig zu sein, mit wem er kommunizierte. Und natürlich tat Crosby so, als würde er ihr bei allem zustimmen. Am Ende erwartete er eine dumme

Extraaufgabe, so, wie Nathan eine bekommen hatte. Doch stattdessen stand sie auf und sagte, sie müsse zurück in den Computerraum.

Und Crosby durfte einfach gehen.

Bis auf das unablässige Tappen von Zachs Füßen war es still im Computerraum. Caleb war zu seinem Jahrbuchtreffen gegangen. Gavin, Mackenzie und Tyler saßen mit verschränkten Armen auf ihren Plätzen. Emma warf einen Blick zu Zach. Er hatte seinen Stuhl weggedreht und die Kapuze über die Stirn gezogen, sodass sie sein Gesicht verdeckte. Seine Knie pumpten wie Kolben. Immer wieder hatte Emma das Bild vor Augen, wie Zach als Erster in den Kampf eingegriffen hatte, um ihn zu beenden. Jahrelang war Zach schikaniert worden, und nie hatte er zurückgeschlagen. Doch wen hatte Zach vorhin beschützt? Crosby. Denjenigen, der ihn mehr fertiggemacht hatte als jeder andere.

Ms Peterson kam zurück und hielt ihnen allen eine Standpauke. Noch so ein Vorfall wie heute, und es würde keine E-Sport-AG mehr geben. Sie meinte es ernst. Sie durften gehen.

Für den letzten Bus war es noch zu früh, also mussten alle entweder in der Schule warten oder zu Fuß nach Hause gehen. Ms Peterson sagte, sie müsse Arbeiten korrigieren. Sie ging weg, ermahnte jedoch alle, die Computer nicht anzufassen. Vorher wollte sie einen Techniker rufen, um die Computer durchchecken zu lassen.

Die Achsentruppe brach auf. Zach blieb zurück, genauso wie Emma. Zach war sich nicht sicher, worauf er überhaupt wartete. Vielleicht insgeheim darauf, dass Caleb von seinem Treffen fürs Jahrbuch zurückkam, damit sie zusammen nach Hause gehen konnten? Gemeinsam mit Caleb nach der E-Sport-AG abzuhängen und zu skateboarden, war für Zach der Höhepunkt jeder Woche geworden.

Aber dann war die Sache im Einkaufszentrum passiert, und bei Zach waren Zweifel aufgekommen. Warum hatte Caleb ihm nicht angeboten, mit seinen Cousinen abzuhängen? Ein Teil von ihm sagte, das beweise, dass Caleb kein echter Freund sei. Aber ein anderer Teil sagte, es sei normal, dass Caleb mit ihnen alleine unterwegs sein wollte. Vor allem, weil er sie nicht so oft sah. Tief in seinem Inneren wollte Zach wirklich mit Caleb befreundet sein. Aber er hatte in der Vergangenheit Kids gekannt, die nur so getan hatten, als wären sie befreundet. Und nichts war schlimmer als das. Bei der Wahl zwischen einem falschen Freund und keinem Freund war es besser, keinen zu haben. Das hatte er auf die harte Tour lernen müssen.

»Zach?« Emmas Stimme holte ihn aus seinen Gedanken zurück.

Er hob den Kopf, überrascht, dass sie ihn angesprochen hatte.

»Weißt du, wie wir gehackt werden konnten?«, fragte sie.

Das war eine gute Frage. Zach kannte die typischen Hacks und Spams, wie wenn jemand im Chat trollte oder ein Witzbold ein simples Userscript benutzte, um den Bildschirm mit beleidigenden Nachrichten zu überfluten. Aber imagebasierten Spam hatte er noch nie erlebt.

»Ich bin mir nicht sicher«, sagte Zach. »Müsste es recherchieren.«

Genau in diesem Moment kam Nathan herein. »Was recherchieren?«, fragte er und schnappte sich seinen Rucksack.

»Wie dieser Malware-Angriff passiert ist«, sagte Emma.

»Was spielt das für eine Rolle?«, fragte Nathan. »Die haben sich wie Idioten benommen. Beim nächsten Spiel hacken wir sie zurück. Gehen ihnen an die Gurgel. Killen sie, sobald sie spawnen.«

Emma schien von Nathans Kurzschlussreaktion nicht überrascht zu sein. Ganz nach dem Motto: Wenn dich jemand schlägt, dann schlag zurück. Vielleicht würde man am Ende den Kampf gewinnen. Vielleicht auch nicht. Aber so oder so würde man nicht unversehrt zurückkommen, sondern Wunden oder blaue Flecken davontragen. »Und dann hacken sie uns erneut. Und bald ist es kein Spiel mehr, sondern ein regelrechter Hackathon.«

»Ach ja? Und was schlägst *du* vor?«, fragte Nathan sie herausfordernd.

Warum verhielt sich Nathan immer wie ein aggressiver Trottel? Zach verstand das nicht. Er fragte sich auch, ob Emma das Gleiche dachte. Es gab viel, worüber sie nachdenken mussten. Nicht nur darüber, wie die Malware gelauncht worden war, sondern auch über all die Hasssymbole. Warum *diese* Bilder? Wer hatte sie ausgewählt?

Zach war so in Gedanken versunken, dass er nicht bemerkte, dass Nathan mit ihm sprach. »Und was ist mit *dir,* Mr Oberstratege? Du bist doch hier der Gaming-Experte. Was sollen wir *deiner* Meinung nach tun?«

Blinzelnd und schniefend griff Zach nach seinem Rucksack und seinem Skateboard. Emma war sich sicher, dass er flüchten wollte. Sollte sie eingreifen und ihn verteidigen? Bevor sie sich entschieden hatte, stand Zach auf … und stellte sich direkt vor Nathan. Er stand stocksteif da. Plötzlich gab es kein Zucken oder Schniefen mehr. Nathan blinzelte überrascht, als wäre das das Letzte, was er erwartet hatte. Dann sagte Zach mit ruhiger Stimme: »Ich denke, wir sollten sie uns hacken lassen, so viel sie wollen.« Wieder herrschte Stille im Computerraum. Emma beeindruckte nicht nur *was,* sondern *wie* Zach das gesagt hatte. Selbstbewusst und ohne die übliche Nervosität und Unbeholfenheit.

»Das ist das Dümmste, was ich je gehört habe«, widersprach Nathan. »Was hat das für einen Sinn?«

Aber Emma sah den Sinn. Es war nicht dumm. Es war klug und weitsichtig. »Er hat recht«, sagte sie. »Wozu ist eine AG gut, wenn alle mit unfairen Mitteln spielen?«

Nathans Gesicht verzerrte sich. Er ärgerte sich, weil Zach recht hatte. Doch das würde Nathan niemals zugeben. Stattdessen drehte er sich um und ging durch die Tür, ohne sich zu verabschieden.

Emma und Zach blieben allein im Computerraum zurück. Draußen schien die Sonne, und Emma entschied, heute zu Fuß nach Hause zu gehen. Als sie aufstand, warf Zach ihr einen neugierigen Blick zu. Emma wurde bewusst, dass sie in all den Wochen, die sie zusammen als Alliiertenteam verbracht hatten, noch nie nur zu zweit gewesen waren.

»Wollen wir zusammen gehen?«, fragte sie.

Zach begann unkontrolliert zu blinzeln, fing sich dann aber. »Ähm, okay, sicher.«

Sie verließen den Computerraum. Der Unterricht war zwar vorbei, aber leer war das Gebäude nicht. Wie aus dem Nichts kamen vier Modellautos auf sie zugerast. Emma und Zach sprangen zur Seite, als die kleinen Autos mit aufheulenden Elektromotoren an ihnen vorbeiflitzten. Die Autos wendeten an einem orangefarbenen Kegel am Ende des Flurs. Eines nahm die Kurve zu schnell und überschlug sich, aber die anderen drei rasten zurück, fuhren wieder an Emma und Zach vorbei, bevor sie um eine Ecke schleuderten und verschwanden. »Funkgesteuert«, sagte Zach. »Mit Minikameras.«

Während sie nach weiteren kleinen Hochgeschwindigkeitsfahrzeugen Ausschau hielten, gingen sie zur Eingangshalle. Wieder einmal fing Zach damit an, sich zu räuspern und geräuschvoll Luft durch die Zähne zu saugen. In der Hoffnung, ihn zu beruhigen, sagte Emma: »Was du vorhin zu Nathan über den Malware-Angriff gesagt hast, war wirklich schlau.«

Zach antwortete nicht. Dann blieb er plötzlich stehen. Er war in Gedanken versunken und starrte ins Nichts. »Ich muss zurück«, sagte er und joggte den Flur hinunter.

Als Caleb das Büro betrat, saßen Ms Dean und Callie Potendo zusammen vor einem Computerbildschirm und gingen die Schülerporträts durch, die der Fotograf geschickt hatte. Callie gehörte eigentlich zu den Redakteurinnen des Jahrbuchs, aber Ms Dean musste sie für die Durchsicht der Porträts eingespannt haben.

»Okay, bin da«, kündigte Caleb sich an. Er erwartete, dass Ms Dean ihn kühl empfangen würde und dass Callie froh sein würde, von der Schufterei erlöst zu werden. Beide sahen ihn an.

Und lächelten!

»Caleb, sie sind wunderbar!«, schwärmte Ms Dean.

»Die Beleuchtung, die Mimik, der Bildausschnitt … Sie sind fabelhaft!«

Caleb war völlig überrumpelt. »Müssen wir Nachaufnahmen machen lassen?«

»Vielleicht zwei oder drei«, sagte Callie. »Aber das ist alles. Und wir sind fast fertig.«

»Du brauchst nicht zu bleiben«, sagte Ms Dean. »Wir sind gleich durch.«

Caleb verließ das Büro und war verwirrt. Also brauchte er sich keine Sorgen zu machen, dass man ihm ein schlechtes Urteilsvermögen vorwerfen würde. Solange Ms Dean und Callie die Porträts großartig fanden, war es egal, dass der Fotograf unorganisiert gewirkt hatte. Vielleicht schaffte er es sogar noch, Zach einzuholen und mit ihm nach Hause zu gehen, aber vorher musste er noch einen Zwischenstopp bei Ms Peterson einlegen. Nach dem heutigen Malware-Vorfall befürchtete er, dass sie Bedenken wegen der E-Sport-AG haben könnte. Dabei hatte er so viel Zeit und Energie investiert, um sie ins Leben zu rufen. Er musste sie am Laufen halten – besonders jetzt, da das Interview mit Brooke Ford vor der Tür stand. Ms Peterson saß im Klassenzimmer und korrigierte Arbeiten. Als sie ihn bemerkte, winkte sie ihn herein.

»Keine Sorge«, sagte sie, als hätte sie seine Gedanken gelesen. »Die AG wird nicht aufgelöst.«

Caleb fiel eine Last von den Schultern.

»Aber ich muss dir ehrlich sagen«, fuhr Ms Peterson fort, »dass ich sehr beunruhigt bin. Ich dachte, wir könnten das beenden, indem wir die Uniformen und Eisernen Kreuze verbieten. Aber nach dem heutigen Tag fühlt es sich nicht mehr wie ein Spiel an. Was das Böse nur vortäuschen sollte, ist in die reale Welt gesickert. So fühlt es sich an.«

Caleb widersprach nicht. Er sagte, dass die Lösung genau darin liegen könnte, was sie vorhin angesprochen habe: über die Dinge zu reden.

»Würdest du damit anfangen und Nathan heute Abend anrufen?«, schlug Ms Peterson vor. »Um die Wogen zu glätten?«

Begeistert war Caleb von dieser Idee nicht. Nicht nur zwischen Nathan und Crosby gab es Spannungen, sondern auch zwischen Nathan und dem Rest des Alliiertenteams. Im Klassenzimmer wurde es still. Ms Peterson klopfte mit ihrem Bleistift auf das Pult und blickte auf die Arbeiten, die sie gerade korrigierte. Caleb spürte, dass sie an einem »Gibt es sonst noch etwas, worüber wir reden müssen?«-Punkt angekommen waren. Aber bevor er ging, hatte er noch etwas zu sagen: »Ich weiß, dass die Dinge nicht so laufen, wie wir gehofft haben. Aber es ist der Betatest, oder? Es gibt immer ein paar Stolpersteine auf dem Weg, wenn man etwas Neues ausprobiert.«

Ein dünnes Lächeln bahnte sich seinen Weg auf Ms Petersons Lippen. »Da hast du recht. Danke, dass du mich daran erinnerst. Und es gibt ja nicht nur schlechte Nachrichten. Was denkst du darüber, dass Zach heute den Kampf beendet hat?«

»Das war unglaublich«, sagte Caleb. Ms Petersons Lächeln wurde breiter. »Ich weiß, es ist ein Klischee, zu sagen, dass jemand aus seinem Schneckenhaus herausgekommen ist, aber ich kann dir nicht genug dafür danken, was du getan hast. Er ist wirklich ein neuer Mensch geworden.«

Sie hatte recht. Und deshalb fühlte sich Caleb noch schuldiger, denn wie er Zach im Einkaufszentrum behandelt hatte, war nicht korrekt gewesen. Es war egoistisch und unfreundlich gewesen. Er hoffte noch immer, dass er es wiedergutmachen konnte.

Auf dem Weg zum Computerraum dachte Zach an die ferngesteuerten Autos, die unerwartet den Flur entlanggerast waren. Ebenso unerwartet wie der Malware-Angriff. Und wie konnte man einen Hacker aufhalten? Auf dieselbe Weise, wie man solche Autos aufhielt. Indem man eine Mauer baute. Für eine Mauer gegen Malware konnte man eine Art von Zwei-Faktor-Authentifizierung nutzen. Ein Passwort hatte bereits jeder von ihnen, also fehlte der AG nur noch eine zweite Anmeldestufe, wie eine Bestätigung auf dem jeweiligen Handy. Nur diejenigen, die die Bestätigung zurücksendeten, würden sich anmelden und zocken können – jemand Unbefugtes nicht. Es war so naheliegend. Wieso hatte er nicht früher daran gedacht?

Zach kam am Computerraum an. Da fiel ihm ein, dass Ms Peterson ausdrücklich darauf bestanden hatte, die Providias nicht anzufassen. Aber er wollte ihr seine Idee mitteilen, also ging er am Computerraum vorbei und lief den Flur hinauf zum Klassenzimmer. Er wollte gerade an die Tür klopfen, als er Caleb bei ihr sah. »Wenn man bedenkt, wie er noch vor ein paar Monaten war«, sagte Ms Peterson, »ständig zappelig, verloren und auffällig, nie Augenkontakt, kaum schulische Erfolge … und wie er jetzt ist.«

Zach war versteinert. *Sie redet über mich!*

»Ich erinnere mich noch genau an den Tag, an dem ich dich bat, ihn von der AG zu überzeugen«, fuhr Ms Peterson fort. »*Du* hast ihn gerettet, Caleb.«

»Also, ich … ich weiß ja nicht.« Caleb senkte den Kopf. In Wahrheit fühlte es sich eher wie das Gegenteil an. Zach kennenzulernen, hatte *ihn* gerettet.

»Aber das hast du!« Ms Peterson beharrte darauf. »Du hättest hören müssen, was die anderen Lehrer jetzt über ihn sagen. Welche außergewöhnliche Verwandlung das ist. Am liebsten würde ich ihnen von deinem Anteil daran erzählen. Sie wären dir ebenso dankbar, Caleb. Dafür verdienst du einen großen Teil der Anerkennung.«

Caleb, der für jedes Lob sehr empfänglich war, sagte: »Nun, wenn Sie meinen.«

Draußen auf dem Flur taumelte Zach von der Tür zurück und fühlte sich, als hätte man auf ihn geschossen. Natürlich wollte Caleb nicht mit ihm im Einkaufszentrum abhängen! Er war nie Zachs Freund gewesen. Er hatte Zach nur benutzt, um sich einzuschleimen.

Zach wich zurück, drehte sich um und begann zu sprinten. Er rannte den Flur hinunter, durch die Lobby und aus der Schule hinaus. So schnell er konnte.

WOCHE NEUN

Spielstand

Gavins Team: 3
Emmas Team: 4

Als die Schulglocke zum ersten Mal läutete, war Zach in seinem üblichen Versteck auf der Jungentoilette.

Er verließ die Kabine und hielt kurz an, um die Decke zu betrachten. Das Geheimnis der herabhängenden Rotzklumpen faszinierte ihn immer noch. *Wie machte Gavin das?*

Genau in diesem Moment öffnete sich die Tür. *Wenn man vom Teufel spricht!* Es war Gavin. Zach erstarrte. Der große rothaarige Junge blieb stehen, als er bemerkte, wo Zach hinstarrte.

Ohne ein Wort zu sagen, räusperte sich Gavin, legte den Kopf in den Nacken und feuerte ab. Ein feuchter bräunlicher Klumpen klatschte gegen die Decke. Aus seiner Mitte heraus begann er abzusacken. Die beiden Jungen sahen gespannt zu. Würde die klebrige, schleimige Zusammensetzung stark genug sein? Würde sie zu einem perfekt länglichen, tränenförmigen Stalaktiten trocknen?

Der Klumpen wölbte sich langsam. Es schien nur eine Frage von Sekunden zu sein, bis die Schwerkraft ihn packte. Aber dann, gerade als es so aussah, als könnte das Gewicht nicht mehr getragen werden ... stoppte es! Zach starrte beeindruckt nach oben. Gavin hatte einen perfekten, fast fünf Zentimeter langen hängenden Rotzklumpen produziert! Wie konnte Schleim sich zu so etwas Großartigem bilden?

Zach konnte nicht anders, als anerkennend zu nicken, obwohl er dem Feind so nah war. *Bravo, Gavin. Du bist unübertroffen in dieser dunklen Kunst. Du bist der wahre Meister der herabhängenden Schleimklumpen.*

Aber dann spannte Zach sich wieder an. Der magische Moment war vorbei, und es waren nur noch er und Gavin. Allein auf der Toilette.

Gavin zog etwas aus seiner Tasche und warf es ihm zu. Zach zuckte zusammen – erwartete etwas Gemeines. Aber es war klein und sah harmlos aus. Zach fing es auf: ein in Zellophan eingewickelter Karamellbonbon.

Mit einem winzigen Lächeln sagte Gavin: »Die geheime Zutat.«

Der Busbahnhof von Franklin lag ein paar Straßen von dem Platz entfernt, auf dem die Kundgebung stattfinden sollte. Crosby wurde von Nervosität und Gewissensbissen gequält. Noch nie hatte er die Schule geschwänzt.

Wie würde seine Mutter reagieren, wenn das Schulsekretariat anrief und fragte, wo er war?

Und hier war er nun in dieser Stadt – ganz allein. Selbst die kleineren Gebäude in Franklin waren höher als jedes in Ironville. Und es gab kaum Bäume oder Gras. Nur Straßen und Bürgersteige. Und Ampeln an jeder Kreuzung. Einen Häuserblock entfernt konnte Crosby eine Gruppe von Männern sehen, viele in hellbraunen Hosen und weißen oder bunten Hawaiihemden. Einige trugen schwarze Helme und Sonnenbrillen oder Schutzbrillen. Andere hatten ihre Gesichter mit Halstüchern maskiert. Sie hielten Schutzschilde und weiße Fahnen mit schwarzen Kreuzen in den Händen.

Crosby hielt den Atem an und zitterte. Er hatte Angst. Dies war kein Computerspiel. Das waren keine Avatare auf einem Bildschirm. Es waren echte Erwachsene – und viele von ihnen waren groß und kräftig. Einige trugen Metallstangen oder Knüppel. Crosby war von dem Busbahnhof ein gutes Stück gelaufen, doch jetzt dachte er ernsthaft darüber nach, umzukehren und den nächsten Bus nach Hause zu nehmen.

Aber die Männer mit den Schutzschilden und Fahnen marschierten nur. Es sah nicht so aus, als würden sie Ärger machen. Außerdem wusste Crosby, dass er seine Reise nicht mehr rückgängig machen konnte. Der nächste Bus nach Ironville würde erst mittags abfahren. Bis er wieder zurück war, würde der Unterricht schon vorbei sein, und seine Mutter würde einen Anruf vom Sekretariat erhalten haben. Er war in großen Schwierigkeiten, egal was er tat.

Crosby folgte den marschierenden Männern aus sicherer Entfernung. Er wollte sehen, was sie tun würden.

Als Nathan zum Mittagessen in die Cafeteria ging, hätte er nicht glücklicher sein können. Na ja, das stimmte nicht ganz. Noch glücklicher wäre er, wenn er immer noch in seiner alten Stadt wäre und mit seinen alten Freunden auf seine alte Schule gehen würde. Aber wenn er schon hier im blöden Ironville sein musste, dann hatte sich die Lage zumindest zum Besseren gewendet. Letztes Wochenende war er mit Bethany Willis und ein paar anderen aus der angesagten Clique bowlen gewesen. Er schien den Test bestanden zu haben und in ihre Gruppe aufgenommen worden zu sein. Und heute würde der Tag sein, an dem er beim Mittagessen den Tisch wechseln und bei Bethany und Tanisha sitzen würde.

Als Nathan die Cafeteria betrat, blieb er abrupt stehen. Er konnte nicht glauben, was er da sah. War das wirklich Zach, der dort an Gavins Tisch saß? Unmöglich. Das konnte nicht sein.

Konnte es doch. Nathan steuerte zu Calebs und Emmas Tisch. Auch sie starrten hinüber zu Gavins Tisch, als hätten sie ihn gerade erst bemerkt.

»Nein, du hast keine Visionen«, sagte Emma, als Nathan sich zu ihnen gesellte.

»Ist er auf die Seite der Achsenmächte gewechselt?«, erkundigte sich Nathan.

»Das fragen wir uns auch«, sagte Emma.

»Niemand hat mit ihm gesprochen?«, hakte Nathan nach.

Emma stand langsam auf. »Ich glaube, es wird Zeit, das zu tun.«

Zugegeben – das beeindruckte Nathan. Die mausgraue Emma, die er vor wenigen Monaten bei der Gründung der E-Sport-AG kennengelernt hatte, wäre niemals zu Gavins Tisch hinübermarschiert. Er folgte ihr und Caleb. Als Zach sie sah, starrte er auf sein Lunchpaket und wich ihrem Blickkontakt aus. Aber das breite Grinsen auf Tylers Gesicht sagte alles. Zach war zur dunklen Seite übergelaufen.

Bevor einer von ihnen Zach fragen konnte, sagte Mackenzie: »Es gibt keine Regel, die Spielern das Wechseln der Seiten verbietet.«

»Von wem nimmt er den Platz ein?«, fragte Caleb.

»Crosby ist heute nicht da«, antwortete Tyler.

»Letzte Woche gab es den Malware-Angriff«, sagte Emma. »Diese Woche klaut ihr uns einen Spieler. Wenn ihr nicht fair gewinnen könnt, biegt ihr die Regeln so lange, bis ihr einen Weg findet. Was bringt euch das?«

Es war Gavin, der antwortete: »Entspann dich, Emma. Das ist doch nur ein Game.«

»Nur fehlt uns jetzt ein Spieler«, sagte Nathan.

»Es gibt bestimmt Hunderte, die darauf brennen, mitzuspielen«, entgegnete Tyler. »Ihr findet schnell jemanden.«

Caleb interessierte sich weniger für das Match als vielmehr dafür, warum Zach sich so verhielt. »War das deine Entscheidung?«, fragte er ihn.

Zach schaute schweigend weg. Nathan war angewidert. Das bewies, was er schon immer gewusst hatte: dass Zach kein Rückgrat hatte. Wie eine Amöbe, die ihre Form änderte, um sich an jeden Ort anzupassen. Keine Ahnung, wie die Achsentruppe Zach dazu gebracht hatte, ihn auf ihre Seite zu ziehen. Es war Nathan aber auch egal. Im Grunde war er sogar froh darüber. Tyler hatte recht – es würde nicht schwierig sein, jemanden zu finden, der Zachs Platz besetzte. Und heute Nachmittag würden die Alliierten ohne ihren gefeierten Oberstrategen die Achsenmächte wieder einmal ausschalten. Und wenn das passierte, würde ein für alle Mal klar sein, dass der Sieg Nathans überlegenen Gaming-Skills zu verdanken war. Und nicht Zachs angeblichen Strategien.

»Ich hab doch schon immer gesagt, dass Zach ein Idiot ist«, bemerkte Nathan, als er, Emma und Caleb vom Tisch der Achsenmächte abzogen. Caleb wusste, dass das nicht stimmte. Es gab einen großen Unterschied zwischen jemandem, der sich manchmal seltsam verhielt – weil er unsicher war –, und jemandem, der ein Idiot war. Wenn sich einer in ihrer Gruppe wie ein Idiot benommen hatte, dann war es Nathan.

Aber Caleb konnte Zachs Entscheidung trotzdem nicht verstehen. Er war ein geschätztes Mitglied der Alliiertentruppe gewesen. Es war das *Letzte*, was Caleb ihm zugetraut hätte. Tief im Inneren fühlte er, dass Zach es wegen ihm getan hatte. War ihre Freundschaft am Ende? Würden sie nie wieder gemeinsam nach Hause gehen? Ganz ehrlich, es tat weh.

Sie waren schon fast wieder an ihrem Tisch, als Nathan abbog und sagte, er werde sich zu Tanisha und Bethany setzen. Caleb hatte das Gefühl, dass Nathan nicht nur heute zu Tanishas Tisch gehen würde. Es war eine dauerhafte Entscheidung.

Die Mittagspause war zu Ende. Obwohl Zach beim Essen mit der Achsentruppe zusammengesessen hatte, war er nicht mit ihnen gegangen. Caleb stellte sich in den Flur und wartete. Als Zach aus der Cafeteria kam und ihn bemerkte, zögerte er einen Moment, blieb aber nicht stehen. Stattdessen senkte er den Kopf und lief schneller. In gewisser Weise freute sich Caleb darüber, denn noch vor kurzer Zeit wäre Zach sofort in die entgegengesetzte Richtung gestürmt, um jedes Problem zu vermeiden. Selbst wenn das bedeutet hätte, einen längeren Weg zu nehmen und zu spät zum Unterricht zu kommen.

Doch nun gingen sie nebeneinanderher. *Wie fängt man ein Gespräch an, wenn beide genau wissen, was der andere sagen wird?*, grübelte Caleb. Also fragte er einfach: »Warum?«

»Du weißt, warum«, antwortete Zach.

»Ganz ehrlich, Zach. Wenn ich das wüsste, hätte ich nicht gefragt.«

»Du bist nicht mein Freund«, sagte Zach. »Das warst du nie. Du hast dich nur freundlich verhalten, weil Ms Peterson es dir gesagt hat. Die ganze Zeit über hast du dich bei ihr eingeschleimt.«

Caleb zuckte zusammen. Es fühlte sich an, als hätte man ihm einen Messerstich verpasst. »Okay, vielleicht *war* das so … für einen kurzen Moment. Aber weißt du noch, in der Bibliothek? Als du mir die größte Welle gezeigt hast, die je gesurft wurde? Ich habe gemerkt, dass du ein ziemlich cooler Typ bist. Und dann bei der Infoveranstaltung? Ja, es war offensichtlich, dass du wegen Crosby, diesem Idioten, nicht der AG beitreten wolltest. Und ja, Ms Peterson hatte mich gebeten, dich umzustimmen. Aber weißt du was? Ich hätte es sowieso getan. Weil es mich genervt hat. Du mochtest *The Good War*, also warum solltest du nicht bei uns mitmachen? Ich bin mit dir nach Hause gegangen, weil ich dich überzeugen wollte. Die Sache ist die, Zach. Ich mag es, mit dir abzuhängen. Du bist cool, und es ist der einzige Nachmittag in der Woche, an dem ich nicht zu irgendeiner blöden Aktivität nach der Schule hetzen muss. Das ist Freiheit für mich.«

Zach grinste. »Das muss ich dir lassen, Caleb. Du bist gut. *Wirklich* gut. Alles, was du sagst, klingt so echt. So aufrichtig. Ich wette, ich hätte dir jedes Wort geglaubt … wenn da nicht letzte Woche diese Sache nach dem Malware-Angriff gewesen wäre. Weißt du, ich war gerade mit Emma auf dem Weg nach Hause, als mir plötzlich einfiel, wie wir den Hacker blockieren können. Mit einer Zwei-Faktor-Authentifizierung. Aber als ich Ms Peterson suchte, warst du gerade bei ihr. Und ich habe alles gehört, was sie gesagt hat, Caleb.«

Caleb durchforstete sein Hirn, um sich daran zu erinnern, worüber er mit Ms Peterson gesprochen haben könnte. Was hatte Zach so gegen ihn aufgebracht? Lange musste er nicht grübeln.

»Du hast es so gut hingekriegt, mich in die AG zu bringen, dass Ms Peterson dich bei allen Lehrkräften anpreisen wollte«, sagte Zach. »Sie sprach von einer besonderen Anerkennung. Die du gerne angenommen hast.«

Caleb zuckte zusammen. »Das hat nichts mit unserer Freundschaft zu tun, Zach, ich schwör's.«

Anstatt zu antworten, lief Zach schneller. Caleb holte ihn trotzdem ein. »Hat das etwas damit zu tun, was im Einkaufszentrum passiert ist?«

»Du wolltest nie mit mir außerhalb der Schule gesehen werden«, sagte Zach. »Du hast mich kein einziges Mal zu dir nach Hause eingeladen. Oder mich gefragt, ob ich etwas mit dir und deinen anderen Freunden unternehmen möchte.«

Das ist es also, dachte Caleb. Es ging nicht allein um die Geschichte im Einkaufszentrum. Es ging nicht allein um das Gespräch mit Ms Peterson über Zach. Es ging um beide Vorfälle *plus* das, was Zach gerade ansprach. Nämlich, dass Caleb nie mit ihm gesehen werden wollte. Caleb hätte Zach sagen können, dass er nie Freunde zu sich nach Hause einlud, weil er ihnen die kritische Prüfung durch seine übermotivierten Eltern ersparen wollte. Aber Zachs Urteil schien schon festzustehen.

»Trotzdem verstehe ich nicht, wie du zu Gavins Truppe überlaufen konntest«, sagte Caleb.

»Ganz einfach«, sagte Zach. »Er hat mich darum gebeten. Vielleicht kennst du Gavin nicht wirklich. Vielleicht nimmst du an, dass er dumm sein muss, weil er kräftig ist und weil er ein Footballspieler ist. Du denkst, dass er ein Idiot sein muss, weil er mit jemandem wie Crosby befreundet ist. Aber vielleicht würdest du anders von ihm denken, wenn ich dir etwas verrate: Gavin war derjenige, der Ms Peterson erzählt hat, dass Crosby in der Mathearbeit schummeln würde.«

Caleb stutzte. *Gavin?* Im ersten Augenblick klang es absurd. Aber dann ergab es allmählich einen Sinn. Gavin war die einzige andere Person, die von dem Plan gewusst hatte. *Aber warum hätte Gavin das tun sollen?*

Crosby folgte den marschierenden Männern mit den Knüppeln und Schilden. Weiter vorne bog die Kolonne um eine Ecke. Crosby ging hinter ihnen, daher konnte er nicht sehen, was hinter der Ecke passierte. Aber die Männer begannen laut zu singen: »Ihr werdet uns nicht ersetzen!« und »White Lives Matter!«.

Als er näher kam, hörte Crosby wütende Rufe als Antwort auf die Sprechchöre. Wieder zweifelte er und überlegte, ob er zum Busbahnhof zurückkehren sollte. Aber es war ja nur Gegröle, und er wollte sehen, worum es ging. Er erreichte die Ecke. Die Sprechchöre und Rufe wurden jetzt lauter und aggressiver. Es hörte sich nach einer Konfrontation an, aber von seinem Platz ganz hinten im Gemenge konnte Crosby immer noch nichts erkennen. Plötzlich stürzte eine Getränkedose vom Himmel und knallte neben ihm auf den Asphalt. Crosby bückte sich, um sie aufzuheben. Sie wog weit mehr, als eine Getränkedose hätte wiegen sollen, und er fand schnell heraus, warum. Sie war mit Zement gefüllt.

Das Gebrüll ging weiter. Crosby sprang auf und ab, um mehr sehen zu können. Er erhaschte einen Blick auf eine andere Menschenmenge, die den Marschierenden gegenüberstand. Sie bestand aus Männern und Frauen, die Plakate trugen mit der Aufschrift »Black Lives Matter«, »Love All« und »Against Hate«.

Während sich die Gruppen hitzige Beleidigungen an den Kopf warfen, spürte Crosby, wie die Luft vor Wut und Anspannung vibrierte. Eine weitere Getränkedose flog über seinen Kopf und schlug auf der Straße auf. Ein Mann mit einem schwarzen Fahrradhelm und einer Konföderiertenflagge hob sie auf und schleuderte sie zurück. Jetzt bewarfen sich die Gruppen gegenseitig mit Dosen. Der Krawall wurde immer lauter, und von vorne hörte man das Ächzen und Schreien von körperlichen Auseinandersetzungen. Crosby sprang erneut hoch, er wollte etwas sehen. Die beiden Gruppen schienen aufeinander loszugehen. Fäuste und Knüppel wurden geschwungen.

Furcht überkam ihn. Noch nie in seinem Leben war Crosby einem solchen Chaos und einer solchen Gewalt so nahe gewesen. Alle waren größer als er. Alles schien außer Kontrolle zu sein. Zwei Männer taumelten auf ihn zu und halfen einem dritten, dessen Kopf und weißes Hemd rot vor Blut waren. Es war wie Krieg, *echter* Krieg. Das war genug für Crosby. Er drehte sich um und wollte abhauen, aber die Straße hinter ihm war plötzlich voller schwarz gekleideter Kommandoeinheiten, die Schilde trugen und lange schwarze Stangen schwangen. Wie bei der Invasion einer Armee in einem Computerspiel waren die Gesichter hinter dunklen Visieren verborgen. Dann bemerkte Crosby die großen weißen Aufnäher auf ihrer Brust, auf denen POLIZEI stand.

Er saß in der Falle. Hinter ihm befand sich eine Mauer aus herannahenden Polizeikommandos. Vor ihm bewegte sich der kämpfende Mob langsam rückwärts in seine Richtung. Die Leute riefen und schrien noch immer und schlugen mit Knüppeln aufeinander ein. Dosen und Flaschen flogen und krachten auf den Boden, trafen Menschen neben ihm oder prallten gegen Schilde. Crosby schaute in alle Richtungen, verzweifelt auf der Suche nach einem Fluchtweg. Plötzlich stieß jemand von hinten gegen ihn und warf ihn zu Boden. Ein bärtiger Mann stolperte über ihn, und Crosby wurde auf den Asphalt gedrückt. Mit wild klopfendem Herzen und voller Angst, zertrampelt zu werden, versuchte Crosby, sich aufzustemmen.

Doch nun begannen seine Augen und seine Lunge zu

brennen. Er konnte nicht mehr atmen. Als wäre die Luft mit unsichtbaren, giftigen Dämpfen gefüllt. Seine Augen tränten so stark, dass er kaum etwas sehen konnte. Überall um ihn herum erklangen die Geräusche der Schlägerei. Crosby geriet in Panik. Nach Luft ringend, geblendet und verängstigt, streckte er seine Hände aus und taumelte in eine Richtung, von der er verzweifelt hoffte, dort in Sicherheit zu sein.

Emma sah Gavin und Tyler an Tylers Spind. Noch vor Kurzem hätte sie sich niemals getraut, die beiden zur Rede zu stellen. Aber das war damals.

Während Emma auf sie zuging, hörte sie, wie Gavin etwas über Franklin und ein Wiedersehen mit Robbie sagte. Sobald er Emma bemerkte, verstummte er, und in ihr stieg ihre gewohnte Nervosität auf. Sie ging dennoch weiter. Ihr Puls raste, als sie vor Gavin stehen blieb. »Hast du schon das neue FIFA ausprobiert?«, fragte sie.

Unter Gavins linkem Auge war ein winziges Zucken zu sehen. Ein amüsiertes Lächeln breitete sich auf seinen Lippen aus. »Ihr wollt das Game wechseln, jetzt wo Zach auf unserer Seite ist? Wir haben das nicht vorgeschlagen, als ihr uns fertiggemacht habt.«

»Es geht mir nicht ums Gewinnen oder Verlieren«, sagte Emma. »Es geht darum, ein Spiel zu finden, das nicht so viele Probleme verursacht.«

»Ihr habt nur Panik, weil ihr letzte Woche gehackt wurdet«, spottete Tyler.

»Darum geht's nicht«, sagte Emma.

»Worum geht's dann, Emma?«, fragte Gavin. »Wir tragen die Hemden oder Orden nicht mehr.«

Tyler schlug die Hacken zusammen und hielt seinen rechten Arm mit gestreckter Hand in die Luft. »Jawohl, Herr Spielführer! But vee vill still fight on like good Germans.«

Emma war entsetzt. Nach allem, was passiert war, machte Tyler *immer noch* Witze darüber? Dass er im Schulflur den Hitlergruß zeigte, brachte sie völlig aus dem Konzept. Sie schaute sich um, ob noch andere etwas bemerkt hatten. Wenn ja, dann reagierten sie jedenfalls nicht so wie sie. »Hast du eine Ahnung, was du gerade tust?«, fragte sie.

»Ja, ich zeige den deutschen Militärgruß«, sagte Tyler.

»Den Gruß der *Nazis*«, betonte Emma.

Tyler zuckte mit den Schultern. »Ist doch dasselbe.« Es läutete. Er knallte seine Schließfachtür zu. »Wir seh'n uns beim Match, Emma. Wenn deine Truppe nicht kneift.«

Er eilte davon. Emma war immer noch geschockt. Tyler hatte gerade mitten auf dem Flur den Hitlergruß gemacht, als hätte das nichts zu bedeuten. Als hätte der Gruß keine Vorgeschichte, in der Millionen Menschen im Zweiten Weltkrieg abgeschlachtet wurden. Als ob er nicht Hass und Rassismus symbolisieren würde.

»Idiot«, murmelte Gavin vor sich hin.

Emma blickte ihn erstaunt an. »Wie bitte?«

»Du hast mich gehört«, sagte Gavin. »Ich schwöre, Emma, ich kann es kaum erwarten, hier rauszukommen und keinen von diesen Schwachköpfen mehr sehen zu müssen.«

Emma war verblüfft. »Ich dachte, das wären deine Freunde.«

Gavin schnaubte. »Nicht in einer Million Jahren. Sie sind ein Haufen Blutsauger. Aber ab Samstag sind sie Geschichte.«

»Wieso?«

Gavin runzelte die Stirn. »Haben's dir deine Eltern nicht erzählt? Wir ziehen um. Damit mein Dad näher an seiner Physiotherapie ist. Und ich kann mit Robbie im Team in Franklin spielen.«

Der Schock musste Emma anscheinend immer noch im Gesicht stehen, denn Gavin blickte sie missmutig an und fragte: »Was?«

»Ich … ich bin nur überrascht«, sagte Emma. »Ich dachte, du magst deine Truppe.«

Gavin schüttelte langsam den Kopf. »Nachdem Robbie weggezogen ist, hätte ich mich wahrscheinlich mehr bemühen sollen, neue Freunde zu finden. Aber ich wusste, dass wir auch wegziehen wollten, also dachte ich, wozu das alles? Und dann fingen die Blutsauger an, sich an mich zu hängen.«

Es war schon lange her, seitdem Emma und Gavin mehr als ein paar Worte miteinander gewechselt hatten. Sie hatte angenommen, dass er gerne mit Leuten wie Tyler und Crosby zusammen war.

»Darf ich dich etwas fragen, Emma?«, sagte Gavin. »Warum bist du immer so unfreundlich zu mir?«

Die Schule war vorbei, und es war Zeit für die E-Sport-AG. Da das Spiel von letzter Woche durch den Malware-Angriff unterbrochen worden war, lautete der Spielstand immer noch Alliierte: 4, Achsenmächte: 3. Der Computertechniker hatte einen Deep Scan durchgeführt und die Malware entfernt, sodass die Providias wieder einsatzbereit waren. Nathan hatte jemanden gefunden, der häufig *TGW* spielte und für Zach einspringen würde, aber als Caleb den Flur zum Computerraum hinunterstapfte, verspürte er keine große Lust auf das Match.

Die Alliierten würden Zach nicht mehr auf ihrer Seite haben und dadurch kaum eine Chance auf einen Sieg haben, doch das war noch das geringste Problem. Caleb redete sich ein, dass es ja nur ein Spiel war, aber es tat wirklich weh, dass Zach wegen ihm die Gruppe im Stich gelassen hatte.

Als er an der Jungentoilette vorbeikam, bemerkte Caleb etwas Ungewöhnliches. Die Tür stand weit offen, und Ms Summers stand mitten im Raum. Sie sah niedergeschlagen aus, als wäre sie den Tränen nahe. Ein Hausmeister war dabei, mit dunkelgrüner Farbe etwas Rotes an der Wand zu übermalen. Es schien etwas aufgesprüht worden zu sein. Aber was auch immer es gewesen war, das meiste wurde bereits von der neuen grünen Farbschicht verdeckt. Trotzdem war sich Caleb sicher, dass er den dunkelroten Ton der Sprühfarbe schon einmal irgendwo gesehen hatte.

Als die Schulleiterin ihn entdeckte, wirkte sie überaus traurig und frustriert. Das überraschte ihn. Er kannte sie nur streng oder zufrieden. Andere Emotionen hatte er noch nie bei ihr bemerkt. Aber jetzt sah sie wirklich aufgewühlt aus. Erschüttert über das, was auch immer an der Wand gestanden hatte.

Caleb setzte seinen Weg fort und lief den Flur hinunter. Als er um die Ecke bog, sah er Emma und Zach vor dem Computerraum. Sie schauten auf einen handgeschriebenen Zettel, der an der Tür befestigt war: DIE AG FÄLLT AUS.

»Was ist passiert?«, fragte Caleb.

Emma fuchtelte nervös mit ihren Händen herum. »Ähm, keinen Plan.«

Zach schaute weg und antwortete nicht.

»Also, ich habe gerade etwas wirklich Seltsames gesehen«, sagte Caleb und erzählte ihnen von den Schmierereien auf der Toilette. Bevor er fertig war, kam Ms Peterson mit einem grimmigen Blick den Flur herunter. »Falls ihr euch fragt, was los ist: Jemand hat ein Hasssymbol an die Wand der Jungentoilette gemalt«, sagte sie. Sie klang wütend und entmutigt. »Fragt nicht, was es war. Aber Ms Summers und ich haben beschlossen, die E-Sport-AG heute abzusagen.«

Hasssymbol? Caleb war verblüfft. Er musste sich zwingen, nicht zu Emma zu starren. Stattdessen fragte er Ms Peterson: »Wie kommen Sie darauf, dass beides etwas miteinander zu tun hat?«

»Hättest du das Geschmiere gesehen, würdest du nicht fragen«, antwortete Ms Peterson.

So schlimm ist es also, dachte Caleb und widerstand erneut dem Drang, Emma anzuschauen. *Aber es ergibt keinen Sinn.* »Wo ist das Achsenteam?«, fragte er.

»Ich habe ihnen gesagt, dass sie nach Hause gehen sollen«, sagte Ms Peterson. Sie blickte in den Computerraum und schüttelte enttäuscht den Kopf. »Ich hätte nie gedacht, dass es so weit kommen würde.«

Caleb hätte gerne gewusst, was hier eigentlich los war. »Und … was ist mit nächster Woche?«, fragte er.

»Das weiß ich nicht. Warum warten wir nicht ein paar Tage und reden dann drüber?« Sie warf einen Blick auf ihre Armbanduhr. »Ich muss das der Polizei melden. Ihr könnt nach Hause gehen.«

Ms Peterson machte sich auf den Weg, aber Emma, Caleb und Zach blieben noch zurück.

Ihren üblichen Schulbus hatten sie verpasst, und für den späten Bus war es viel zu früh. *Ausgerechnet vor dem E-Sport-Match hat jemand ein Hasssymbol in die Jungentoilette gemalt,* dachte Caleb. Den Grund kannte er nicht, dafür wusste er, wer dieser jemand war. Er musste nur noch den passenden Zeitpunkt erwischen, um die Person zu befragen.

Zach räusperte sich und machte schnaubende Geräusche. Caleb wunderte sich, dass er immer noch hier war.

Wartete er darauf, dass Caleb etwas sagte? Gab er ihm damit ein Zeichen, dass er in Wirklichkeit immer noch sein Freund sein wollte?

»Ich glaube, ich geh dann mal«, verabschiedete sich Emma. Sie musste wahrgenommen haben, dass zwischen Caleb und Zach Gesprächsbedarf bestand. Oder gab es einen anderen Grund, warum sie es auf einmal so eilig hatte? Sie verschwand um eine Ecke. Nun mit Caleb allein im leeren Flur, blickte Zach kurz zu ihm rüber und starrte dann wieder auf den Boden.

Caleb dachte an die letzten Monate zurück, die er und Zach miteinander verbracht hatten. Das Skateboardfahren, das scherzhafte Kommentieren des Matches, die lustigen gemeinsamen Momente, in denen Caleb das Gefühl hatte, so frei sein zu können, wie er wollte. So etwas hatte er noch nicht oft erlebt. Nicht, solange er immer so sehr mit Schule und Aktivitäten beschäftigt war. Immer sich selbst forderte. Immer der Beste sein musste. Immer – um ehrlich zu sein – nach Möglichkeiten suchte, bessere Schulleistungen zu erbringen. Daran war vielleicht nichts auszusetzen, solange man sich auch die Zeit nahm, Spaß zu haben.

Zach räusperte sich noch einmal und kaute an einem Fingernagel. Caleb verstand, warum er an diesem Morgen auf die Seite der Achsenmächte gewechselt war. Er konnte es ihm nicht verübeln. Nach all den Jahren, in denen Zach mies behandelt worden war – wer wollte ihm da vorwerfen, misstrauisch zu sein?

Caleb fasste einen Entschluss und streckte seine Hand

nach Zach aus. Dieser zuckte zusammen und wich einen Schritt zurück, als hätte er Angst, dass Caleb ihn verletzen könnte. Doch Caleb legte seine Hand sanft auf Zachs Schulter. »Hey, willst du mit zu mir nach Hause kommen?«, fragte er.

Crosby konnte nicht sehen, wer ihn trug. Er spürte nur, wie sich Arme um seine Taille legten und ihn hochhoben. Seine tränenverschleierten Augen brannten noch immer. Noch immer hörte er die Rufe und Schreie von Menschen, die in einen Kampf verwickelt waren. Doch jetzt hörte er zusätzlich das schnelle, schwere Atmen der Person, die ihn trug. Crosby hatte keine Ahnung, wer sie war oder wohin sie gingen, aber er wehrte sich nicht. Denn mit jedem stampfenden Schritt brachte die Person ihn weiter weg von der Gewalt, sodass Crosby endlich wieder Luft einatmen konnte, die nicht in seiner Lunge brannte.

Wohin auch immer sie gingen, es musste besser sein als dort, wo er gerade gewesen war. Denn an diesen Ort, an dem er gerade gewesen war, wollte er niemals wieder zurück. Nichts, was er je erlebt hatte, war vergleichbar mit so viel Gewalt. So viel Hass. So viel Terror. Am liebsten würde er bis nach Ironville zurückgetragen werden. Doch die Person blieb stehen. Crosby hörte, wie sich eine Autotür öffnete. Durch seine tränenden Augen erkannte er schwarze Schrift auf weißem Grund. Schon befand er sich auf einem Rücksitz. Die Tür wurde zugeschlagen. Die Welt wurde ein wenig ruhiger, obwohl er das Chaos draußen immer noch in der Ferne hören konnte. Neue Gerüche drangen in seine Nase. Der Geruch von Vinyl-Autositzen und abgestandenem Kaffee. Crosby blinzelte angestrengt. Vor ihm trennte ein schwarzes Metallgitter die Vorder- und Rücksitze voneinander ab. Ein Gedanke durchfuhr ihn. Sofort griff er nach dem Türgriff.

Aber da war kein Türgriff. Er war eingesperrt.

Emma lief zu ihrem Schließfach. Sie hatte den Eindruck gehabt, Caleb und Zach hätten zu zweit etwas zu besprechen, also war sie gegangen. Außerdem hatte sie sich unwohl dabei gefühlt, wie Caleb sie angeschaut hatte. Und über das Gespräch mit Gavin wollte sie auch noch in Ruhe nachdenken. Bisher hatte sie sich immer für einen aufgeschlossenen Menschen gehalten, aber Gavin hatte recht gehabt. Sie war ihm gegenüber voreingenommen und ablehnend gewesen. Obwohl sie in ihrer Kindheit zusammen gespielt hatten, hatte sie sich zurückgezogen und ihn immer mehr gemieden, je größer und bulliger er wurde. Weil er ein Footballspieler war. Weil er nicht so viele Schlaubergerkurse belegte wie sie. Und weil sie angenommen hatte, dass jemand wie er nichts mit ihr zu tun haben wollte. Deshalb hatte es sie schockiert, als er ihr gestand, wie sehr ihn ihr Verhalten verletzt hatte. Wie sehr es ihn getroffen hatte, als ihm klar wurde, dass sie nicht mehr mit ihm befreundet sein wollte.

Emma bog um eine Ecke. Der lange Flur war fast leer, bis auf eine einzige Person: Mackenzie. Irgendetwas fühlte sich merkwürdig an. Emma versteckte sich hinter der Ecke und spähte zu ihr. Mackenzie schaute sich um, dann rüttelte sie an einem Schließfach und dann an noch einem und noch einem. Schließlich fand sie eines, das sich öffnen ließ. Sie sah sich noch einmal um und griff hinein. Einen Moment später schloss sie das Schließfach leise und begann von vorne, probierte ein Schließfach nach dem anderen, bis sie das nächste fand, das offen gelassen worden war.

So kann sie sich also diese Klamotten und den Schmuck leisten, dachte Emma, während sie ihr Handy herauskramte. *Und ich wette, sie ist diejenige, die die selbst gestalteten T-Shirts und grauen Hemden bezahlt hat.*

Kurz darauf hatte Emma alles, was sie brauchte, und schritt den Flur hinunter. Mackenzie musste ihre Schritte gehört haben, denn sie schaute sofort in ihre Richtung und trat dann Emma entgegen.

Als sich die beiden einander näherten, erfasste Emma ihre altbekannte Nervosität. Konnte sie das wirklich durchziehen? Es wäre so leicht, sich umzudrehen. So leicht, so zu tun, als hätte sie nichts gesehen. Warum sollte das Emma überhaupt etwas angehen? Immerhin schloss sie ihr Schließfach immer ab.

Der Abstand zwischen ihnen wurde kleiner. Mackenzie fixierte Emma mit einem Blick, in dem eine Warnung lag. Emmas Herz pochte, und ihr Magen verkrampfte sich. Sie hasste Konfrontationen, und Mackenzie konnte so einschüchternd sein. Es war noch genügend Zeit, sich einfach umzudrehen.

Aber sie ging weiter und hielt erst kurz vor Mackenzie an. Die Hände in die Hüften gestemmt, blaffte Mackenzie sie an: »Was willst du?«

Die Worte lagen Emma schon auf der Zunge, aber sie war sich nicht sicher, ob sie sie herausbekommen konnte. Mackenzie funkelte sie weiter an.

»Ich weiß, was du tust«, sagte Emma.

»Wovon redest du?«, fragte Mackenzie voller Verachtung. »Ich habe gar nichts getan.«

Emmas ganzer Körper bebte vor Angst, doch sie zwang sich, mit fester Stimme zu sprechen. »Du durchwühlst die Schließfächer, um Geld zu klauen.«

»Du bist verrückt«, zischte Mackenzie.

»Ich hab's gesehen«, sagte Emma.

»Lügnerin.«

Mit zitternder Hand hielt Emma ihr Handy hoch und spielte das Video ab, das sie gerade aufgenommen hatte. Mackenzie erblasste. Ihre Augen zuckten wie die von einem Tier, das in einer Falle saß und verzweifelt nach einem Ausweg suchte. Als sie realisierte, dass es keinen gab, ließ sie den Kopf hängen. Emma betrachtete die Person, die sie so lange so fies behandelt und gequält hatte. Es wäre so einfach, das Video einer Lehrkraft oder der Schulleiterin zu zeigen. Oder noch besser, es online zu stellen, damit die ganze Welt es sehen konnte, und es *dann* Ms Summers zu zeigen.

Aber stattdessen sagte sie: »Ich verrate dich nicht.«

Mackenzie blickte sie mit geweiteten Augen und offenem Mund an.

»Ich *sollte* dich verpfeifen«, fuhr Emma fort. »Aber ich möchte dir beweisen, dass Menschen freundlich und verständnisvoll sein können. *Du* kannst freundlich und verständnisvoll sein. Es gibt keinen Grund, warum du gemein sein musst. Andere würden dich mehr mögen, wenn du es nicht wärst. Vielleicht würdest du dich selbst auch mehr mögen.«

Mackenzie blinzelte.

»Du musst alles zurückgeben, was du genommen hast«, sagte Emma. »Nicht nur das von heute, sondern auch von den anderen Malen.« Wieder hielt sie ihr Handy hoch. »Und wenn ich jemals wieder höre, dass Geld aus einem Schließfach verschwunden ist, dann werden das hier alle zu sehen bekommen.«

Und damit drehte Emma der Meisterin der Mikroaggressionen den Rücken zu und lief den Flur hinunter. Auf dem Gesicht ein Lächeln, das Mackenzie nicht sehen konnte.

Im Krankenhaus von Franklin hielt Tante Mary einen kleinen Plastikbecher mit Wasser an Crosbys Auge und sagte ihm, er solle blinzeln. Das Wasser linderte das Brennen. Crosby trug ein blaues Krankenhaushemd aus dünnem Stoff und lag auf einem schmalen Bett in einem Raum voller medizinischer Geräte.

Tante Mary strich ihm über das Haar. Als Crosby in die Notaufnahme eingeliefert worden war, hatte er zuerst seine Hose und sein Hemd ausziehen müssen, weil seine Kleidung voller Tränengas war. Jemand hatte ihn nach seinem Namen und seiner Adresse gefragt, und nachdem Crosby diese Angaben gemacht hatte, hatte es Getuschel gegeben, und jemand hatte gesagt: »Hol am besten mal Mary.«

Jetzt war seine Tante da und kümmerte sich liebevoll um ihn. »Bist du den ganzen Weg von Ironville allein hergekommen?«, fragte sie, während sie seinen Hals und seine Arme mit einem Reinigungstuch abwischte, um die Tränengasrückstände zu entfernen.

»Ich wollte mir das nur mal ansehen«, sagte Crosby kleinlaut. Er zitterte immer noch – war immer noch erschüttert von dem Chaos und der Brutalität, in die er geraten war. Er war nicht verhaftet worden. Der Polizist hatte ihn zu seiner eigenen Sicherheit in den Streifenwagen gesetzt und sich dann auf die Suche nach weiteren Verletzten gemacht. Als der Rücksitz des Wagens mit keuchenden, beinahe blinden Randalierern gefüllt war, hatte der Beamte sie in die Notaufnahme des Krankenhauses gefahren.

»Du musst dich von ihnen fernhalten, Schatz«, sagte seine Tante sanft. »Das sind Hater und Rassisten. Willst du wirklich auch so sein?«

Ihre beruhigende Stimme und ihre sanfte Berührung genügten, um Crosby in Tränen ausbrechen zu lassen. Das Wasser aus dem Becher für die Augenspülung ergoss sich über sein Krankenhaushemd und hinterließ einen dunklen Fleck. Während er schluchzend dasaß und sich kaputt und leer fühlte, spürte er, wie seine Tante die Arme um ihn legte.

»Hör zu«, sagte sie. »Ich bin vielleicht keine Psychologin, aber für mich ist sonnenklar, dass es hier um die Krankheit deiner Mutter geht. Natürlich machst du dir Sorgen um deine Zukunft, so ganz allein ohne Vater.« Crosby schniefte und nickte.

»Aber du brauchst keine Angst zu haben«, flüsterte Tante Mary. »Ich werde immer für dich da sein. Du musst nicht einer weißen, radikalen Gruppe beitreten, um dich willkommen zu fühlen. Bei mir wirst du immer willkommen sein.«

WOCHE ZEHN

Der Unterricht war gerade zu Ende gegangen. Die Jungentoilette war leer. *Truppentaktiker Goofy Foot betritt den Raum, um das neue, verbesserte Karamell-Schleim-Geschoss zu testen. Goofy Foot hat sich bereits einen Karamellbonbon in den Mund gesteckt. Die Klebrigkeit erhöht sich. Der Countdown beginnt:*

Zehn … neun … Das Speichel-Schleim-Gemisch nähert sich dem gewünschten Grad der Viskosität.

Acht … sieben … Den Schleimklumpen hinter den Vorderzähnen platzieren.

Sechs … fünf … Lippenkanone auf den richtigen Abschusswinkel einstellen.

Vier … drei … Rollen der Zunge und Kompression der Lippen einleiten. Tief einatmen.

Zwei … eins … Feuer!

Der hellbraune Klumpen schoss zwischen seinen Lippen hervor.

Er schnellte nach oben.

Zach war sich sicher, dass er sich in Kürze zu den anderen Klumpen gesellen würde, die von der Decke hingen.

Doch dann, nur wenige Zentimeter vor dem Aufprall, stoppte der Klumpen.

Einen Augenblick lang hing er bewegungslos in der Luft.

Dann stürzte er nach unten.

Platsch!

Caleb und Emma waren auf dem Weg zum Computerraum. Ms Peterson hatte alle aus der E-Sport-AG gebeten, sich zu einer Nachbesprechung zu treffen.

»Ich hoffe, du bist die Sprühdose losgeworden«, sagte Caleb mit leiser Stimme.

Emma hielt die Luft an und spürte, wie sie sich anspannte.

»Ich hatte schon so ein Gefühl, dass du dich daran erinnerst.«

»Dunkles Korallenrot«, sagte Caleb. »Von unserer Unterwasserlandschaft.«

Emmas Körper begann zu kribbeln. *Würde er sie verraten? War er wütend auf sie, weil sie etwas getan hatte, was das Ende der E-Sport-AG für den Rest des Halbjahres bedeutete? Würde er sie jetzt hassen?* »Ich musste handeln«, sagte sie. »Nur so konnte ich ihnen klarmachen, was hier gerade abläuft. Was sie gerade tun.«

Caleb antwortete nicht. Er ging einfach weiter.

»Caleb?«, fragte sie besorgt.

»Es hat funktioniert«, sagte er.

Emma atmete erleichtert aus. Gerade heute Morgen hatte es eine Ankündigung gegeben, dass die Schule eine Unterrichtsstunde über Internetsicherheit für Sechstklässler einführen würde. Außerdem war eine Versammlung zum Thema Hassbotschaften und Hasssymbole geplant.

»Ich hatte schon Angst, du könntest sauer sein«, sagte Emma.

»Das hier ist der Betatest, oder?«, erwiderte Caleb. »Wir haben Fehler gemacht. Wir haben gelernt, was wir im nächsten Halbjahr anders machen müssen. Und …«

Als Caleb nicht weitersprach, warf Emma ihm einen neugierigen Blick zu. »Und was?«

Caleb lächelte. »Und ohne die AG hätten wir sicherlich nie erlebt, wie Emma Lopez sich gegen Leute wie Mackenzie Storrs und Nathan Crane durchsetzt.«

Ms Peterson stand an der Tür zum Computerraum und wartete auf die Gamerinnen und Gamer. Ausnahmsweise würden sie nicht an den Tischen mit den Providias sitzen. Acht Stühle standen in einem Kreis, damit sie gemeinsam über ihre Erfahrungen sprechen konnten.

Caleb und Emma trafen als Erste ein. Als Nächstes kam Zach, der sich gerade das Gesicht mit einem Taschentuch abwischte.

»Oh nein, nicht schon wieder«, sagte Ms Peterson mit einem Seufzer.

Zach grinste und zwinkerte. Anstelle eines Hoodies trug er ein kariertes Hemd mit Kragen. Natürlich war es, da es Zachs Hemd war, zerknittert und schief zugeknöpft. Trotzdem erwärmte es Ms Peterson, als sie beobachtete, wie Zach sich zu Caleb und Emma setzte. Sie dachte an die erste Infoveranstaltung zurück, in der er zu spät gekommen war, sich weit weg von den anderen gesetzt und sich unter seiner Kapuze versteckt hatte. Er war nun wirklich wie ein anderer Mensch. Schon allein deswegen war das erste Halbjahr der E-Sport-AG ein Erfolg.

Die Mitglieder der ehemaligen Achsentruppe trafen später ein. Sowohl Crosby als auch Mackenzie sahen ernst aus, als sie hereinkamen.

Das wunderte Ms Peterson. Es konnte nicht nur daran liegen, dass die Alliierten die Saison gewonnen hatten, oder? Sie fragte sich, ob noch etwas passiert war, von dem sie nichts wusste.

Der Letzte, der hereinkam, war Tyler. Er winkte Ms Peterson munter zu und drehte einen Stuhl um, damit er verkehrt herum darauf sitzen konnte. *Manche ändern sich nie,* dachte Ms Peterson. Sie steckte ihren

Kopf in den Flur hinaus, aber niemand war zu sehen, also schloss sie die Tür und nahm ihren Platz im Kreis ein. Es gab nur acht Stühle, weil Gavin am vergangenen Wochenende weggezogen war. Trotzdem blieb ein Stuhl leer.

»Kommt Nathan auch?«, fragte sie.

Mackenzie schüttelte den Kopf. »Er fühlt sich zu Höherem berufen.«

Ms Peterson war sich nicht sicher, was das bedeutete, aber sie ließ die Worte so stehen. »Nun, ich habe euch heute hergebeten, um über die AG zu sprechen und darüber, was ihr gelernt habt.«

Die Reaktionen der Anwesenden schwankten zwischen einer ausdruckslosen Miene und leichtem Nicken.

»Okay, ich breche mal das Eis«, sagte Ms Peterson. »Insgesamt halte ich die E-Sport-AG für eine gute Sache. Aber sie ist auch wie die Büchse der Pandora. Nachdem wir sie geöffnet hatten, kamen alle möglichen unerwarteten Dinge zum Vorschein. Einige davon waren gut, andere definitiv nicht. Vor allem hat sie uns ganz klar gezeigt, dass wir als Schule mehr Wert auf Internetaufklärung legen müssen. Wir müssen mehr tun, um euch darauf vorzubereiten, was ihr online seht und hört.«

Crosby hob seine Hand. »Werden Sie die AG weiterlaufen lassen, Ms Peterson?«

»Vermutlich schon«, sagte sie. »Aber was glaubt ihr – wie können wir sie verbessern?«

Emma schlug vor, für jedes Match neue Teams zu bilden, anstatt die gleichen Gruppen für das ganze Halbjahr beizubehalten, »damit es sich nicht so sehr nach *wir-gegen-die* anfühlt.«

Caleb meinte, dass sie das nächste Mal ein Spiel wählen sollten, das nicht auf einem echten Krieg basiert.

Da sie die Computer umsonst bekommen hatten, fragte Zach, ob sie noch einen Förderantrag für gute Gaming-Stühle schreiben könnten.

Ms Peterson wandte sich an Mackenzie und Crosby. »Möchte einer von euch noch etwas hinzufügen?«

Mackenzie schüttelte den Kopf und schaute dann Emma an. Ausnahmsweise grinste sie nicht. Ihre Augen waren sanft. Emma konnte nicht mit Sicherheit wissen, was sie dachte, aber der Ausdruck auf Mackenzies Gesicht bedeutete vielleicht einfach nur *danke*.

Crosby hob als Nächster seine Hand. »Kein Vorschlag, Ms Peterson, aber ich möchte etwas sagen. Ist das okay?«

»Natürlich, Crosby«, sagte Ms Peterson.

Crosby wandte sich an Zach. »Ich habe etwas gelernt. Ich habe auf bestimmten Leuten herumgehackt, weil ich wütend über schlimme Dinge war, die bei mir zu Hause passiert sind. Aber das ist keine Entschuldigung. Was ich getan habe, war falsch. Und … es tut mir leid.«

Alle drehten sich zu Zach um. Er beugte sich auf seinem Stuhl vor und streckte seine Faust zu einem Faustcheck aus. Crosby erwiderte ihn.

»Schnee von gestern«, sagte Zach.

Erneut waren sie auf dem höchsten Punkt des Hügels. Zach wollte Caleb vorfahren lassen, aber Caleb wollte Zach den Vortritt überlassen. Er schaute zu, wie Zach anmutig die lange gerade Strecke hinunterglitt. Vor der Kurve bremste er ab, damit er Caleb beim Hinabfahren zusehen konnte.

Mit einem Fuß auf dem Board stand Caleb oben auf dem Hügel. Ein Windhauch zerzauste sein Haar. Er atmete die frische Luft tief ein. Es gab keinen Ort, an dem er jetzt lieber wäre.

Von unten winkte ihm Zach zu. »Bist du bereit?«

Caleb lächelte. Er war noch nie so bereit gewesen.

Danksagung

Mein großer Dank gilt Beverly Horowitz, die mir als Verlegerin von Delacorte Press die Möglichkeit gab, dieses Buch zu schreiben. Vor vierzig Jahren, als wir beide in der Verlagswelt anfingen, war Beverly die Lektorin von ›Die Welle‹. Ich bin dankbar, dass wir alle drei noch in der Verlagswelt sind. Ich möchte mich außerdem bei Kelsey Horton für ihre hervorragende Arbeit als Lektorin für dieses Projekt bedanken. Darüber hinaus haben mir zahlreiche junge Menschen, Gamerinnen und Gamer als Quellen für diese Geschichte geholfen, darunter mein Sohn Geoff, Isaac Cooper und Walker Friedman. Danke, Jungs. Bedanken möchte ich mich auch bei Aimee Aslanian, Michael Masino und Kristina Pantginis, die mich mit Gamerinnen und Gamern an ihren Schulen in Kontakt brachten. Und schließlich möchte ich der Anti-Defamation League und dem Southern Poverty Law Center für die Recherchen und Informationen danken, die sie zur Verfügung gestellt haben. Hass ist nicht der Weg in die Zukunft.

CHRONIQUES DE L'ASPHALTE

1/5

DU MÊME AUTEUR
chez le même éditeur

Récit d'un branleur, roman, 2000

Comédie sur un quai de gare, théâtre, 2001

* *
*

Moins deux, théâtre, l'Avant-Scène Théâtre (nº 1187), 2005

Pour L.

PREMIER VOLUME

« LE TEMPS DES TOURS »

1er étage face ascenseur

Monsieur Stern avait sûrement connu le terrain vague qui existait avant la construction de la tour. Il devait avoir soixante ans et c'était le plus ancien habitant de l'immeuble. Il avait acheté son appartement (T3) d'après un dessin que lui avait proposé le cabinet d'architectes. Lorsque monsieur Stern ouvrait la porte de son appartement, on pouvait voir le dessin encadré et accroché dans l'entrée. Le dessin était très coloré, certainement exécuté au pastel, avec des arbres partout, gigantesques et d'un vert qui n'existe pas dans la vraie nature, en tout cas pas dans le quartier.

Un jour, le syndic a pris la décision de changer la cage d'ascenseur du fait que ce dernier tombait sans cesse en panne. Tout le monde a voté pour, sauf monsieur Stern qui refusait de payer autant que les autres. En fait, il voulait bien payer, mais un peu.

— Ce n'est pas une question d'argent, enfin si aussi… Mais voilà, moi je ne me suis jamais servi de l'ascenseur vu que j'habite au premier, alors je prends les escaliers… Il n'y a pas de raison que je paie autant que madame Hamidi qui habite au neuvième ou que monsieur Gilosa qui est au treizième.

Monsieur Gilosa l'avait pris pour lui.

C'était le meneur de ceux qui voulaient un ascenseur en parfait état de fonctionnement. Il avait une maladie des reins qui l'obligeait à boire vingt et un litres d'eau par semaine et ne se voyait vraiment pas monter treize étages à pied chargé des packs d'eau. Et puis, il était secrétaire adjoint du parti communiste.

— Très bien, alors que proposez-vous Stern, de supprimer l'ascenseur et de laisser chaque jour madame Moreno descendre et monter quatorze étages à pied ?

Madame Moreno se sentit flattée que l'on se serve d'elle dans la discussion.

— Il me faudrait la journée pour descendre et la nuit pour monter.

— Ce n'est pas ce que j'ai voulu dire, simplement, il me semble que certains d'entre nous n'ont pas le même usage de l'ascenseur que d'autres habitants de la tour… Je proposais juste de faire une sorte d'évaluation de nos besoins d'ascenseur et de répartir les charges en fonction.

Il y eut un silence.

Et puis chacun se mit à parler de sa relation personnelle avec l'ascenseur.

Finalement, il fut établi ceci : chacun des habitants paierait la même somme pour le nouvel appareil, hormis monsieur Stern qui ne donnerait que cinquante pour cent à condition qu'il ne se serve que de façon exceptionnelle de l'ascenseur.

Un mois plus tard, la société avait changé l'élévateur et un pot fut organisé dans le hall de l'immeuble. C'est monsieur Gilosa qui inaugura la machine (rez-de-chaussée/treizième, treizième/rez-de-chaussée).

On l'applaudit.

Madame Moreno, qui restait investie de son rôle de victime auprès de monsieur Stern, alla trouver ce dernier.

— Alors, comment trouvez-vous notre nouvel ascenseur, monsieur Stern ?

— Il a l'air bien.

— J'espère que vous ne regrettez pas trop de ne pas pouvoir vous en servir.

À vrai dire, monsieur Stern s'en moquait, il était bien trop heureux d'avoir économisé un peu d'argent et d'ailleurs, pour fêter ça, se rendit le samedi suivant chez Continent, s'acheter un vélo d'appartement.

À un certain âge, il est prudent de lire les notices des appareils de sport. Monsieur Stern n'avait nullement fait attention à celle qui accompagnait son vélo :

Amis sportifs, vous venez d'acheter le Homebike 522 bla bla bla bla bla bla bla bla bla bla bla bla bla bla.

Soyez prudents en ayant un usage progressif de l'utilisation de votre Homebike 522. Il est conseillé aux personnes âgées de ne pas se servir plus de quinze minutes par jour du Homebike 522. Bla bla bla bla bla bla bla bla.

Au bout de trois heures et quarante minutes, monsieur Stern sentit d'abord sa main droite se crisper puis le bras tout entier et une douleur écrasante à la poitrine lui paralysa l'ensemble du tronc.

Ce qui est étonnant, c'est qu'il ne cessa jamais de pédaler et lorsque l'on trouva le pauvre homme, il avait parcouru mille deux cent quarante-sept kilomètres sur son Homebike 522.

Monsieur Stern passa un mois et demi à l'hôpital Salvador-Allende, où le docteur Pellecruz l'avait opéré et sauvé.

Il fut ensuite envoyé trois semaines au centre de rééducation Jacques-Anquetil, où le docteur Balakarkina s'occupa de ses bras et du reste de son tronc. Pour ce qui était de ses jambes, le malheureux avait trop pédalé et ne devait jamais les récupérer. C'est donc en fauteuil roulant que monsieur Stern quitta le centre pour regagner son appartement.

En arrivant devant l'immeuble, il mit d'abord dix bonnes minutes avant de gravir les deux marches qui permettaient d'accéder au hall d'entrée. Et encore, il n'y serait jamais parvenu sans l'aide et la pitié de Karim et Riton qui traînaient devant l'immeuble. Monsieur Stern traversa le hall, et en se trouvant devant les escaliers qu'il avait l'habitude de prendre pour monter chez lui, l'évidence le frappa, et lui fit dire du bout des lèvres :

— Désormais, je devrai prendre l'ascenseur pour monter chez moi.

Monsieur Stern regagna le hall et resta un moment à réfléchir. Il savait qu'il ne pouvait utiliser l'ascenseur que de façon exceptionnelle, et que malgré son fauteuil roulant et la compassion qui allait avec, aucun des habitants, monsieur Gilosa en tête, n'accepterait l'idée qu'il s'en serve de façon quotidienne. Après un long moment de réflexion, monsieur Stern comprit qu'il n'avait que deux solutions à son problème.

La première :

Organiser une assemblée exceptionnelle des copropriétaires et supplier chacun des habitants de le laisser payer les cinquante pour cent manquants pour pouvoir se servir de l'ascenseur comme tout le monde. Il finirait certainement par obtenir gain de cause, mais il savait aussi qu'il n'échapperait pas à quelques humiliations.

Monsieur Gilosa lui dirait :

— J'espère que cette histoire vous servira de leçon Stern, et que désormais vous comprenez que malgré votre premier étage, vous pouvez avoir besoin du nouvel ascenseur comme tout le monde.

Et madame Moreno enchaînerait :

— Aujourd'hui vous avez plus besoin du nouvel ascenseur que moi qui habite au quatorzième.

Et puis, chaque fois qu'il croiserait un voisin dans l'ascenseur, il se sentirait gêné et ces moments d'élévation lui paraîtraient de plus en plus désagréables.

Donc, la seconde :

Utiliser l'ascenseur en douce. Ne se servir de l'appareil qu'à des moments bien choisis, ceux où il était certain de ne jamais croiser un voisin. Cette solution lui parut naturellement la meilleure. Au moins, elle lui évitait l'humiliation et faisait de lui un homme qui, malgré son handicap, restait sur ses positions. Et puis, il continuait de faire des économies.

Trois jours durant, monsieur Stern étudia le lien qu'avaient ses voisins avec l'ascenseur. La plupart ne s'en servaient que deux fois par jour. Le matin, pour aller au travail, et le soir, en en revenant. Les premiers à l'utiliser étaient les enfants de l'immeuble. L'école, bêtement si tôt, ils empruntaient souvent la machine avant même que le jour se soit levé. Par contre, ils s'en servaient au retour en fin d'après-midi vers dix-sept heures. Certains des enfants le prenaient deux fois de plus ; en fait, tous ceux qui ne mangeaient pas à la cantine le midi et qui rentraient chez eux pour déjeuner.

Le reste de la journée, l'ascenseur appartenait généralement aux femmes. Toutes celles qui ne travaillaient pas, mais qui occupaient leurs journées à différentes activités.

Madame Ouazzani qui se rendait chaque jour à onze heures à sa réunion du club Tupperware.

Madame Moreira qui allait faire ses courses à quatorze heures au supermarché, évitant ainsi l'affluence des fins de journée.

Madame Philotesak qui rendait visite à sa

mère, parfois le matin vers dix heures trente, parfois l'après-midi vers quinze heures.

Il y avait aussi monsieur Martinez pour son P.M.U., madame Sapri pour ses massages, madame Hamidi à la bibliothèque (qu'est-ce qu'elle lisait !), monsieur Bakayoko pour l'A.N.P.E., madame Cresantini pour son amant.

Bref. La journée, l'ascenseur n'arrêtait pas, et il était pratiquement impossible de s'en servir sans croiser un autre habitant. Monsieur Stern dut se rendre à l'évidence, il ne pouvait utiliser l'appareil qu'après vingt-trois heures quarante-cinq (une fois que monsieur Touré rentrait de son travail de contrôleur au cinéma du centre), et jusqu'à sept heures (avant que madame Valiaski ne parte à l'hôpital où elle travaillait comme infirmière).

Monsieur Stern allait vivre la nuit et s'organisa en fonction. Il se laissait une marge de sécurité et quittait son appartement une fois minuit passé. Par chance, la supérette tenue par Hamid restait ouverte jusqu'à une heure du matin. Monsieur Stern devint rapidement un habitué nocturne du lieu. Il y achetait chaque soir de quoi manger et Hamid lui réservait même un peu de pain qu'il gardait au frais toute la journée. Il traînait souvent un long moment à discuter avec l'épicier, qui ne se posait plus de questions quant à l'étrange horaire de son client handicapé. Ensuite, monsieur Stern passait une grande partie de la nuit à se balader dans la cité. Il aurait aimé pousser ses promenades jusqu'à Paris mais les transports en commun ne marchaient plus à cette heure, et vu sa lenteur à se déplacer, il craignait trop de rentrer après le lever du jour.

Quelques légendes auraient pu circuler autour du vieil homme qui ne sortait que la nuit dans son fauteuil roulant. Mais même le plus précoce des conteurs n'aurait eu le temps d'en inventer de pareil car la vie nocturne de monsieur Stern ne dura que quelques semaines.

En effet, la veille de Noël, alors qu'il revenait de s'acheter une bûche et qu'il remontait chez lui, un drame se produisit : l'ascenseur resta bloqué. Il eut beau appuyer mille fois sur chacun des boutons, l'appareil ne bougeait plus entre le rez-de-chaussée et le premier. Il avait souvent entendu parler de ces pannes qui à l'époque ne le concernaient pas. Mais un frisson le parcourut lorsqu'il se rappela l'histoire de ce pauvre monsieur Di Monzo (du cinquième) qui était resté coincé une nuit entière dans l'appareil.

Monsieur Stern craignait tant qu'on le surprenne, qu'il n'osa jamais appeler à l'aide. Il ne cessait de penser au moment où les habitants ouvriraient les portes et le découvriraient, lui, l'imposteur, tout petit dans son fauteuil roulant. La nuit fut longue, d'autant qu'il la passa entière à trembler, sa bûche posée sur ses genoux, et lorsqu'il entendit du bruit vers six heures du matin, il se dit qu'il était cuit comme la dinde que tous les habitants avaient dû avaler la veille.

Si parfois la vie peut nous protéger de certaines humiliations, et si les hommes peuvent à tout moment aspirer à la tolérance, ce ne fut pas le cas cette fois-ci. Lorsque monsieur Gilosa, accompagné d'un réparateur de la société d'ascenseurs et d'une dizaine d'autres habitants de la tour, découvrit monsieur Stern, aucun ne se retint de marquer haut son indignation. Monsieur Gilosa rappela tous les faits, il expliqua même la situation au réparateur. Ce dernier fut flatté qu'on le prenne à parti dans une histoire qui ne le concernait pas. Monsieur Gilosa parlait très fort et ne comprenait pas pourquoi Stern n'était pas venu leur demander de payer les cinquante pour cent manquants qui lui auraient permis de se servir de l'appareil comme tout le monde. Il fut entendu que monsieur Stern était un pingre qui volait l'ascenseur la nuit et qu'il devrait avoir honte à son âge de se conduire de cette façon.

Désormais à découvert, monsieur Stern n'osa plus jamais prendre l'ascenseur, ni même sortir de chez lui. Obsédé par cette histoire, il répétait inlassablement :

— Plus jamais, plus jamais je ne prendrai leur maudit ascenseur.

On découvrit son corps inerte étendu sur son lit moins de dix jours plus tard. Il avait épuisé ses réserves de nourriture et la tristesse de ces derniers temps s'était chargée du reste.

Les quatre hommes des pompes funèbres soulevèrent le cercueil et retrouvèrent sur le palier les habitants de l'immeuble réunis pour un dernier hommage, et pour leur conscience aussi.

Il y eut une gêne au moment où on appela l'ascenseur. Les quatre hommes entrèrent dans l'appareil, mais les portes ne purent se fermer à cause de la taille du cercueil. Finalement, on descendit monsieur Stern par les escaliers.

De la foule qui suivait, une voix anonyme lâcha :

— Décidément !

2e étage droite sur le palier

Au début, la famille Bouteillé habitait au neuvième. Et puis la mère, je crois qu'elle s'appelait Suzanne, enfin madame Bouteillé, elle a eu une sclérose en plaques. Alors plus sa maladie avançait et plus ils descendaient d'étage dans l'immeuble. Faut dire qu'elle avait vraiment du mal à marcher et avec l'ascenseur toujours en panne c'était pas évident. Monsieur Bouteillé, qui je crois s'appelait Georges ou peut-être Joseph, je dis ça parce que tout le monde l'appelait Jojo, arrivait facilement à changer d'appartement vu que lui-même travaillait pour la ville. En fait, toute la famille y travaillait. C'étaient les éboueurs. Jojo conduisait le camion et restait toujours derrière son volant à écouter des noms de chevaux (Marquis du Maquis, Black Angel, Lady Like...) pronostiqués dans les courses qui l'intéressaient plus tard dans la journée. Quand Jojo jetait un coup d'œil dans son rétro, il pouvait voir Titi et Neness, ses jumeaux, charger la benne à ordures, pendant que Marco, son aîné, restait accroché au camion, occupé à faire marcher le broyeur.

Nous, on les voyait tous les matins à l'école. C'est pas qu'on les croisait pendant leur tournée. Non. Ils déposaient Dédé, un de mes meilleurs amis, le dernier des Bouteillé, encore trop jeune pour travailler sur le camion.

Quand Dédé descendait de la benne, il était plutôt gêné, faut dire que tout le monde se foutait de sa gueule. Et comme sa seule façon de s'en tirer c'était la dignité, il nous disait à chaque fois :

— Ça va... Y a pas de honte !

Dédé, c'était le type le plus gentil de la Terre. Il était serviable, généreux, disait toujours des trucs agréables aux gens, ne parlait jamais mal aux filles et faisait tout pour bien travailler en cours, bien qu'il était le plus mauvais de l'école. Et s'il était un peu plus con que les autres, c'était pas de sa faute. Fallait plutôt aller regarder du côté des mélanges dans sa famille. Parce que la mère et le père de Dédé, ils se ressemblaient comme deux gouttes d'eau, et la légende disait qu'ils étaient deux frère et sœur débiles qui n'avaient pas trouvé mieux qu'eux pour se marier.

En tout cas, même si Dédé allait encore de temps en temps au collège, on savait qu'un de ces matins, on le verrait habillé en martien rejoindre ses frères autour du camion vert.

Bref, un jour, le père de Dédé est mort. Comme ça, dans la nuit. Le matin, sa femme a essayé de le réveiller, mais n'a jamais réussi. Dédé nous a raconté que son père avait un énorme hématome violet au niveau du cou.

Dans le quartier, tout le monde a compris qu'il y avait un problème à cause des poubelles qui restaient amassées. Et au collège, c'est dans l'après-midi que le proviseur nous a annoncé la nouvelle.

Pauvre Dédé.

Quand on connaît quelqu'un qui meurt, on ne pense qu'à lui. On se dit, c'est pas croyable, je l'ai connu, il m'a parlé, il m'a touché même, et tout ça n'existera plus. Et puis, on est plus tolérant avec les morts, on trouve leurs bons côtés. Aujourd'hui, je ne sais pas si Jojo était vraiment un type bien. Je crois qu'il bastonnait pas mal sa femme et ses fils du même coup. Qu'il passait plus de temps au bar du centre plutôt que chez lui. Et je me rappelle aussi qu'il dînait toujours seul dans la salle à manger devant la télé, pendant que le reste de sa famille était entassé dans la cuisine. Mais bon, il était mort. Alors les gens préféraient se souvenir qu'il était un magnifique arbitre de foot tous les dimanches après-midi au stade Marcel-Cerdan.

Le lendemain soir, j'ai croisé Dédé en bas de l'immeuble. Il ne devait pas être plus de vingt heures, mais la nuit était déjà bien installée à cause de l'hiver. Le quartier était désert, et en cette saison, les gens s'enfermaient avec l'obscurité. Dédé est venu me rejoindre dans le hall, il m'a tapé sur l'épaule et puis il m'a tapé une clope. Pour nous, de se demander des cigarettes, c'était comme de dire bonjour, même si t'en avais un paquet plein dans ta poche, fallait toujours en mendier une à celui que tu croisais. En général, on refusait et il fallait que le mec insiste longtemps, c'était comme un concours de pitié :

— Salut, t'as pas une clope ?

— Non.

— Allez, file-m'en une, je sais que t'en as.

— Je te jure que j'en ai pas.

— Vas-y… Je te paie un paquet.

— Ben t'as qu'a t'en payer un à toi, comme ça t'en auras.

— Ouais mais là j'ai pas de fric.

— Ben alors comment tu peux me payer un paquet ?

— Je vais avoir du fric demain.

— Ben tu fumeras demain alors.

— D'accord, mais en attendant file-moi une clope s'il te plaît.

— Je te dis que j'en ai pas.

Et là-dessus, le mec qui suppliait sortait son paquet de clopes pour s'en allumer une et le dialogue reprenait mais dans l'autre sens.

Cette fois-ci, vu que Dédé venait de perdre son père, je lui ai filé une clope tout de suite, et je lui aurais même refilé le paquet tout entier s'il me l'avait demandé.

— Qu'est-ce que tu fais ?

— Rien, je suis juste descendu fumer une clope.

L'hiver, j'étais obligé de sortir de chez moi pour m'en griller une. D'habitude je me planquais en fumant à la fenêtre de ma chambre, mais l'hiver il faisait trop froid et je ne sais pas pourquoi, l'odeur restait dans la pièce et ma mère le sentait.

— Et toi, qu'est-ce que tu fais Dédé ?

— Ma mère m'a demandé de distribuer ces enveloppes à des gens du quartier... Tiens, d'ailleurs, y en a une pour tes parents, tu pourras leur donner.

D'une grosse enveloppe kraft, Dédé en sortit une petite avec mon nom de famille dessus. Je la rangeai dans ma poche.

— Tu vas où maintenant ?

— À la tour F près du centre commercial... Tu viens avec moi ?

On a fini nos cigarettes, et puis on s'est mis à marcher en direction de la tour F où Dédé devait donner de ces enveloppes à des habitants de l'immeuble.

Je ne savais pas à quel point il était affecté par la mort de son père, et comme il avait toujours l'air un peu triste et une goutte fixée en permanence au bout de son nez, j'avais du mal à me rendre compte.

— Ça va l'ambiance chez toi ?

— Ouais, ça peut aller.

— Et tes frères, ils sont comment ?

— Ça va, ils sont O.K.

— Et pour les ordures, comment ils vont s'organiser ?

— Marco va conduire et descendra filer un coup de main à Titi et Neness.

— Et ta mère, ça va ?

— Ça va... Elle chiale un peu mais ça va.

— Si tu veux tu peux dormir chez moi ce soir ?

Je savais que mes parents n'auraient rien eu à dire au fait que Dédé dorme une nuit ou deux à la maison. Et je savais aussi que Dédé aimait bien venir dormir chez moi, c'était calme à la maison et ça devait lui faire du bien.

Mais là-dessus, il m'a répondu :

— T'es sympa mais je peux pas ce soir... Je vais dormir chez Cathy Frementa, elle m'a invité à passer la nuit, et j'ai pas pu refuser si tu vois ce que je veux dire.

Un peu que je voyais ce qu'il voulait dire.

Cathy Frementa.

La plus belle femme de l'univers.

Tout le monde rêvait d'aller dormir chez Cathy Frementa, et je crois même que si elle nous avait proposé de nous vautrer en chien de fusil sur son paillasson, les trois quarts du quartier se seraient jetés dessus.

Cathy n'habitait pas la cité, mais un peu plus loin dans le quartier pavillonnaire. Il n'y avait pas d'homme chez les Frementa, juste trois femmes. Trois beautés qui sentaient le sexe à des kilomètres et qui rendaient dingues trois générations de types dans les alentours.

Françoise Frementa, la mère et ses jambes dont elle semblait très fière, avait depuis déjà pas mal d'années tous les hommes de plus de quarante ans comme admirateurs. Ceux qui chaque matin prenaient le bus avec elle et faisaient semblant de lire leurs journaux. Ceux qui la croisaient le dimanche matin au marché et qui se mettaient à acheter n'importe quoi. Ceux qui tous les mercredis attrapaient des torticolis au cinéma L'Écran d'or, du fait qu'ils passaient leur temps à se retourner vers Françoise et ses filles au lieu de voir le film.

Jenny Moreno, l'aînée. Qu'on appelait aussi Metallica, parce qu'à chaque fois qu'elle s'envoyait un gars, il fallait que ça se fasse en écoutant le plus fort possible du hard-rock. En général, les types restaient une semaine puis ils allaient se reposer et trouver une fille plus calme qui préférait la variété. Jenny a fini par se caser avec Tony Dominguez, un mec qui travaillait comme carrossier dans un garage du centre.

Il paraît qu'on entend toujours James Hetfield gueuler à travers les fenêtres du pavillon. Tony Dominguez, respect.

Et puis, il y avait Cathy. La relève. La nôtre. Celle qui nous endormait et nous réveillait. Celle dont le moindre geste, la plus infime respiration semblait toujours tomber merveilleusement. Et ce soir, Dédé Bouteillé allait dormir chez cette apparition, et tout ça parce que son père était mort.

— T'oseras jamais rien faire, tu vas aller te coucher sur le canapé et c'est tout.

— Je crois pas... J'ai tout prévu, elle va sûrement m'emmener dans sa chambre à un moment donné, et là, je vais bien me concentrer et je vais me mettre à chialer par rapport à mon père, les filles deviennent dingues avec ce genre de truc, elle va se mettre à chialer aussi… Je lui essuierai ses larmes, elle m'essuiera les miennes et à ce moment-là, je lui roulerai la plus belle pelle de toute sa vie… Qu'est-ce que t'en dis ?

Dédé Bouteillé allait se faire Cathy Frementa.

À la surprise générale, il allait devenir celui à qui appartiendrait ce cœur si convoité.

Entre jalousie et honte de l'être, je préférai écourter cette conversation autour de la fille de ma vie qui allait se faire avoir par mon ami imposteur :

— Écoute, tes histoires ça me regarde pas, fais ce que tu as à faire et me raconte pas, ça me gêne mon pote.

Nous sommes montés au cinquième étage de la tour F, chez les Bimenki. Madame Bimenki a ouvert la porte ; en voyant Dédé, sa tête s'est penchée et la compassion l'a envahie. Dédé lui a refilé l'enveloppe, mais madame Bimenki a insisté pour qu'on entre chez elle deux minutes boire un verre. Enfin, pour que Dédé entre ; moi, j'étais invisible.

Elle nous a servi deux grands verres de coca et sur la table basse, traînait tout ce qu'il pouvait y avoir de sucré dans la maison. Moi, j'étais toujours gêné quand j'allais chez les autres pour la première fois. Dédé, lui, n'avait pas ce problème, il s'envoyait le chocolat par rangées entières qu'il faisait passer à coups de grandes rasades de coca.

— Alors André, c'est comment chez toi à la maison ?

— C'est très dur madame Bimenki, ma mère souffre beaucoup, mes frères font, comment ça s'appelle…

Il se retourna vers moi pour me demander.

— Tu sais quand on craque de la tête, qu'on a envie de se suicider et tout ?

— Une dépression.

— Voilà, mes frères font une dépression, ils passent leur temps au lit et délirent pas mal… Si ça continue je vais être obligé de m'occuper des ordures tout seul… Ça me ferait arrêter mes études, ce qui me ferait de la peine vu qu'avant de mourir les derniers mots de mon père étaient sur le fait que j'étais le seul espoir de la famille question études et réussite et tout ça… Mais bon, je peux pas laisser tomber ma famille, si je dois me… Comment on dit déjà…

Il se retourna vers moi.

— Tu sais quand on se fout en l'air pour les autres et tout ?

— Sacrifier.

— Voilà, je vais me sacrifier.

Madame Bimenki explosa d'un coup en sanglots, Dédé s'enfila trois rangées, et moi, je voulais qu'il s'étouffe de mensonge et de chocolat. Avant qu'on reparte, madame Bimenki a discrètement mis quelque chose dans la main de Dédé, et puis l'a embrassé chaleureusement.

— Tiens bon André.

— Vous inquiétez pas madame Bimenki.

Nous avons pris les escaliers pour monter chez les autres habitants, à qui Dédé devait donner les enveloppes. À chaque fois il leur faisait le même cinéma. Et ça ne ratait jamais, quelle que soit la famille à qui nous avions affaire, ils regardaient mon copain-menteur avec la même compassion et l'impuissance de ne pouvoir rien d'autre que de nous gaver de sucre et de coca. Avant qu'on parte, ils exécutaient toujours ce rituel de mettre quelque chose dans la main de Dédé en lui disant de tenir bon et que la vie continuait malgré tout.

Nous sommes rentrés sans dire un mot, j'étais bien trop énervé pour prononcer la moindre parole, mais j'ai quand même laissé Dédé me raccompagner jusqu'à ma porte. Sur le palier, il m'a encore tapé une clope que je lui ai donnée pour éviter d'avoir à parler et puis il a sorti un paquet de billets froissés.

— Bon on partage maintenant.

— C'est quoi tout ce fric ?

— Ben ce que m'ont filé les voisins avant qu'on parte, tu voyais pas ?

— Je faisais pas gaffe, y a combien ?
— Trois, quatre, cinq, six... Six cents sacs.. Tiens, ça fait trois cents pour toi.
Dédé m'a tendu trois billets de cent.
— Tu devrais les garder Dédé, enfin, tu devrais les donner à ta mère.
— Tu crois ?
— Ben ouais, elle va en avoir besoin.
— Ouais peut-être.
Dédé a regardé un moment l'argent dans sa main.
— D'accord mais on garde au moins cent balles, on pourrait aller au ciné demain, comme ça je te raconterai pour Cathy Frementa.
— D'accord.
Il m'a donné le billet de cent. Je savais qu'il préférait que ce soit moi qui garde l'argent, du fait que chez lui ses frères l'auraient dépouillé dans la nuit. Au moment où les portes de l'ascenseur se sont refermées en emportant Dédé, je ne lui en voulais plus de rien. J'ai entendu sa voix résonner dans la cage de l'appareil.
— Oublie pas de donner l'enveloppe à ton père.

Mon père a lu la lettre que contenait l'enveloppe et puis il l'a donnée à ma mère qui l'a lue aussi. Ils semblaient contrariés. Je leur ai demandé ce que ça racontait et ma mère qui devait me considérer assez grand pour ce genre de machins m'a tendu la lettre.

Simone Bouteillé, sa femme,
Marc, Thierry, Henry et André Bouteillé,
ses enfants
ont la douleur de vous faire part du décès de
VICTOR BOUTEILLÉ
survenue le 8 décembre

Les obsèques auront lieu le 12 décembre
au cimetière du Centre

Ce soir-là, mes parents m'ont laissé regarder la télé malgré l'école le lendemain. Nous regardions le film, mais je savais que nous pensions tous les trois à la famille Bouteillé.

Ascenseur

Une fois, j'ai rencontré Doudou dans l'ascenseur.

— Salut Doudou.

— Salut.

Alors que je l'avais appelé un million de fois *Doudou*, je ne sais pas pourquoi, cette fois-ci, c'était étrange.

Je lui ai demandé son vrai prénom :

— Ben Doudou !

— Mais non, c'est un diminutif, comme Dédé, Mimi ou Youyou.

— Comment ça ?

— Ben, c'est pas leurs vrais prénoms quoi !

— Ben merde… Mais alors c'est quoi leurs vrais prénoms ?

— André, Michel et Youssef.

— Ben merde… Les pauvres vieux… Moi j'aimerais pas qu'on m'appelle autrement que comme j'm'appelle.

— On t'appelle déjà autrement... Doudou !

— J'te dis que c'est mon vrai prénom, tiens regarde.

Il a sorti son passeport de la poche arrière de son jean, et me l'a tendu.

Doudou s'appelait vraiment Doudou.

— Ben merde, tu t'appelles vraiment Doudou !

— C'est ce que j'te dis.

— Remarque, j'comprends que t'aies pas de diminutif.

— Comment ça ?

— Ben, comment tu veux réduire Doudou ?

Ça a eu l'air de le contrarier.

— Putain c'est vrai... Comment ça se fait que j'peux pas avoir de diminutif moi ?

— Parce que tes parents t'ont déjà donné un diminutif comme prénom.

— Merde.

— Toi, faudrait que tu fasses le contraire... Faudrait que tu te trouves un vrai prénom.

— Ouais, t'as raison.

— Y a un prénom qui te plaît ?

Doudou a immédiatement lâché :

— Johnny !

— Pourquoi Johnny ?

— C'est mon prénom en cours d'anglais... J'aime bien.

— Bon O.K., alors Johnny, ça fait... Jojo.

Doudou s'est appelé Jojo dans sa tête.

— Ça fait con Jojo.

— Alors... Nini.

Là, il a même pas cherché.

— C'est encore plus con Nini... On peut pas garder Johnny ?

— Ben non, c'est un diminutif qu'on te cherche, pas un prénom.

— Merde.

Finalement, Doudou est resté Doudou.

Et nous sommes arrivés au rez-de-chaussée.

3e étage face ascenseur

Au troisième habitait ce frimeur de Peter. Putain ce mec je lui aurais bien cassé sa sale petite gueule chaque matin en me réveillant. Ah ouais. Sûr que ça aurait été le pied. Me réveiller, et descendre frapper à la porte de ce frimeur de Peter pour lui mettre une bonne raclée. Et puis démarrer ma journée avec l'impression d'avoir déjà fait un peu pour cette foutue humanité. D'ailleurs, j'étais pas le seul à vouloir sa peau. Et chaque type normalement constitué qui habitait dans les alentours avait au moins une fois rêvé de se payer ce frimeur de Peter.

Des types comme le vieux Max du quatrième devaient se dire des machins comme :

« *Si j'avais trente ans de moins, il comprendrait sa douleur ce frimeur de Peter.* »

Quand Peter récupérait sa voiture au garage du coin (il l'emmenait pratiquement chaque semaine pour des réglages de je sais pas quoi), sûr que Bob Fernandez le mécano se disait des trucs comme :

« *Je lui mettrais bien sa petite tronche dans un étau pour lui écrabouiller sa gueule à ce frimeur de Peter.* »

Et même Hamid, l'épicier du centre commercial, ne lui rendait pas toute sa monnaie.

Des fois, on passait nos soirées entières devant l'immeuble à parler de Peter. Chacun y allait de sa violence. Et très vite, ça ressemblait à un concours de celui qui infligerait les pires souffrances à cette espèce de fumier du troisième.

— Je l'écraserais avec sa propre voiture, et juste avant qu'il meure, je ruinerais sa bagnole à coups de barre de fer… Là, il aurait bien la rage.

— Moi je baiserais sa femme… Comme ça, devant lui… Je l'attacherais avec une corde à côté de son lit, et il me verrait bien baiser sa femme… Il l'entendrait gueuler mon nom, elle dirait : « Oh oui Dédé… Plus fort Dédé… », et il serait dégoûté de me voir si bien baiser sa femme…

Souvent, alors qu'on était à parler de lui, ce frimeur de Peter sortait ou entrait dans l'immeuble. On arrêtait de parler ou on faisait semblant de parler d'autre chose.

— Ça va ce soir les gars ?

— Ouais, ouais.

— Et toi Peter, ça va ?

— Et ta bagnole Peter, elle marche toujours aussi bien ?

Et Peter repartait. Et nous on reprenait.

— Espèce d'ordure.

— T'as vu comme il frime ce con.

— Je vous jure les mecs, je sais pas ce qui me retient.

Ce qui le retenait était simple. Et ce qui nous retenait tous d'aller tuer ce pauvre mec était facile à comprendre.

Peter était vraiment le type le plus parfait du monde. Je vous jure, ce gars était vraiment en train de réussir sa vie devant nous, pauvres minables. Les plus belles filles qui avaient foulé ce sol gris et dégueulasse de banlieue se succédaient les unes après les autres chez lui.

Des fois, Peter nous lançait :

— Cette fille est dingue de moi… On l'a fait sept fois cette nuit.

— Quel frimeur ce Peter !

Ce qui nous retenait tous d'aller tuer ce pauvre mec était facile à comprendre.

Un jour, un type qu'on ne connaissait pas s'est mis à s'engueuler avec Peter pour une place de parking. D'après le type, Peter s'était garé à une place que le type avait repérée cent mètres plus loin.

— T'as pris ma place.

— Comment ça j'ai pris ta place ?

— Je l'avais vue avant toi cette place.

— Ben si tu l'as vue avant moi, t'avais qu'à la prendre.

— Ouais, mais le problème c'est que j'étais plus loin que toi… Et que le temps que j'arrive, tu t'étais déjà garé.

Bref. Le mec a voulu continuer la discussion en essayant de balancer un coup de poing à Peter. Terrible erreur. Après l'avoir esquivé, Peter a attrapé le poing en question pour le faire tourner et briser le bras du type qu'on entendit hurler accompagné d'un CRAC pour la bande-son.

Après ça, Peter est venu vers nous.

— J'aime pas qu'on me touche.

— Quel frimeur ce Peter !

Ce qui nous retenait tous d'aller tuer ce pauvre mec était facile à comprendre.

Un jour qu'on était à traîner devant l'immeuble, les flics ont déboulé histoire de nous emmerder un peu. La bijouterie du centre commercial avait une nouvelle fois été cassée. On nous soupçonnait largement. Et vu le nombre de montres Swatch que Daniel portait autour de ses poignets, les soupçons étaient plutôt fondés. Un des flics a demandé l'heure à Daniel et l'a forcé à remonter ses manches pour voir.

— Ce qui est bien avec toi, c'est que tu sais l'heure qu'il est un peu partout dans le monde.

— Ouais, comme j'ai pas d'argent pour partir en vacances, je mets les heures des autres pays sur moi, ça me donne l'impression de voyager.

— Ben, tu vas commencer par voyager en taule, on t'embarque, et tes potes aussi.

Merde. Nous voilà menottés et prêts à partir dans leur bagnole. Là-dessus, ce frimeur de Peter sort de l'immeuble, et en voyant la situation mal engagée, vient parler aux flics.

— Qu'est-ce qui se passe ?

— On les embarque, vous les connaissez ?

— Bien sûr que je les connais… Vous faites quoi ?

— On les embarque, ils ont encore braqué la bijouterie du centre en fin de soirée.

— En fin de soirée ça m'étonnerait, ils étaient chez moi.

— Comment ça ils étaient chez vous ?

— On a regardé des films chez moi sur ma nouvelle télé 120 centimètres.

— Vous avez une télé 120 centimètres ?

— Oui, vous voulez voir la facture ?

— Non, je vous crois… Ça marche bien ?

— Très bien, montez voir un film quand vous voulez monsieur l'inspecteur.

— Ah ah ah, je suis pas inspecteur.

— Un jour peut-être.

— Oui, peut-être un jour… Bon, ben on relâche vos amis, mais dites-leur de se calmer un peu.

— Oui, je vais leur parler.

Et moins de deux minutes après, nous voilà de retour devant le hall de l'immeuble. Et Peter repart, sans même attendre le moindre remerciement de notre part.

— Quel frimeur ce Peter !

Et puis, Peter roulait dans des voitures de sport. Il avait chaque mois une nouvelle promotion dans la société d'informatique qui l'employait (il avait commencé comme manutentionnaire à porter je sais pas quoi dans un entrepôt, et puis son chef l'avait remarqué, et puis le chef de son chef, et le chef chef de son chef). Si bien qu'il était devenu le chef du chef de son premier chef. Bref. Peter gagnait plein de fric. Il était un voisin respecté dans l'immeuble. Ne faisant jamais de bruit, et ne se plaignant pas du bruit que pouvaient faire les autres. Et quand Peter faisait une fête, chacun des habitants était le bienvenu. Non, vraiment rien à dire sur ce frimeur de Peter. Et pas facile d'aller tuer un mec dans ce genre.

Et puis un jour, Peter est parti.

Avec les gars devant l'immeuble, on a plus trop parlé de lui. Et il faut croire qu'on avait pas de cœur pour si vite oublier un type.

Mais un soir, l'un de nous, je crois que c'était Daniel, s'est remis à parler de Peter.

— J'ai cru voir Peter tout à l'heure dans la rue.

— T'es sûr que c'était lui ?

— Non… Mais j'ai vu un mec qui avait la même bagnole que Peter passer dans la rue.

— Elle était belle sa bagnole à Peter.

— Putain… Ouais.

— J'aimais bien la voir garée sur le parking.

— Putain…

— Ce mec, il avait vraiment la classe.

— Ouais… La grande classe.

— Putain…

— Et puis, les filles qu'il se ramenait, elles étaient vraiment belles.

— Putain… Ouais.

— J'aimais bien voir ces filles aller et venir dans l'immeuble.

— Ouais… Moi aussi.

— Il avait vraiment la classe ce Peter.

— Ouais.

— Vous voulez que je vous dise…

— Ouais…

— On a eu de la chance de connaître un type comme Peter.

— Putain… Ouais.

Hall

Une nuit que j'étais à traîner dans le hall, deux types sont arrivés et m'ont demandé comment je m'appelais.

— Samuel.

Ensuite, l'un des deux m'a demandé mes origines.

Juif par mon père. Gitane par ma mère.

Là-dessus, le premier m'a empoigné par les bras, et en un rien, je me suis retrouvé par terre. Le deuxième gars m'a attrapé par les cheveux et a tapé une dizaine de fois ma tête contre le sol carrelé pendant que son copain m'envoyait des coups de pied un peu partout dans le ventre et dans le dos.

Je sais qu'ils me disaient un tas de choses en me frappant mais j'entendais pas vraiment.

Quand je me suis réveillé, j'étais toujours étendu par terre, apparemment personne n'était passé dans le hall, ou bien des gens qui avaient dû me prendre pour un camé.

Je suis rentré chez moi, et le sang coulait tellement sur mon visage que tout ce que je voyais était rouge.

J'ai raconté à mon père que quelqu'un avait ouvert la porte des escaliers au moment où je passais et que je me l'étais prise en pleine tronche.

Je ne sais pas pourquoi aujourd'hui encore, mais je n'osais pas dire à mon père qu'on m'avait cogné à cause de tous ces machins racistes. J'avais peur de lui faire de la peine.

À l'hôpital, ils m'ont fait cinq points de suture à l'arcade droite, trois points à la gauche et ce qu'ils pouvaient pour mon nez. J'étais un peu choqué, mais le lendemain déjà ça allait mieux. Les pansements me donnaient l'air d'un dur et j'ai raconté mon histoire trois mille fois aux copains de l'école. Un gars m'a dit que Karine Paulin, une fille plutôt mignonne qui était dans un autre groupe du fait qu'elle faisait allemand première langue, avait envie de sortir avec moi. Je suis allé la voir à la cantine et comme je sentais que mes pansements la laissaient pas indifférente, on a convenu d'un rendez-vous le mercredi suivant pour aller au cinéma.

Je ne sais plus quel était le film parce qu'on a commencé à s'embrasser dès les publicités.

Le prof de français qui avait entendu parler de mon histoire m'a demandé d'exposer ma raclée devant les autres élèves au début de son cours. Il était révolté et se servait de moi pour dénoncer je sais pas quoi.

Il arrêtait pas de dire :

— L'injuste moment qu'a vécu notre camarade...

Franchement, je voyais pas à quel moment c'était juste de se prendre des coups dans la gueule.

À la fin, il m'a demandé si j'éprouvais de la haine.

J'ai répondu que non. Il a eu l'air tellement content que j'en ai rajouté un peu.

Du genre :

— Je les pardonne ces pauvres connards... Ils ont pas eu la chance d'avoir mon éducation...

Et tous ces machins qui faisaient de mes onze ans au moins le double.

Le vendredi, on m'a enlevé mes pansements et j'ai retrouvé ma gueule normale. Celle à qui il n'était rien arrivé, celle qui n'intéressait plus Karine Paulin. Le gars qui m'avait parlé d'elle m'a même rapporté qu'elle disait à ses copines qu'elle avait honte d'être sortie avec un type dans mon genre et que j'embrassais comme un pied.

Pendant un an, à chaque fois que je passais dans le hall, je me disais que si je chopais ces deux salauds qui m'avaient tapé dessus, je leur ferais regretter d'être venus au monde. Pas parce qu'ils étaient racistes et tout ça, mais parce qu'avec leurs conneries, tout le collège savait que j'embrassais comme un pied.

4e étage + vide-ordures

Les Mondial étaient les premiers à avoir emménagé au quatrième étage. Juste avant les Tescaro. Peut-être un an avant. Étage bâtard question élévation. Les Mondial se servaient de l'ascenseur alors que les Tescaro prenaient les escaliers. Et les Mondial étaient mieux foutus que les Tescaro. Physiquement je veux dire. Catherine et Henry Mondial étaient mieux foutus que Patrick et Marilyne Tescaro. Nous on les connaissait pas trop. Ni les Mondial, ni les Tescaro. C'était le genre de couples qui avaient rien à voir avec les autres familles dans l'immeuble. Je veux dire nos familles. Des parents à l'air vieux et sans avenir avec des tas de mômes. Et même si en calculant aujourd'hui, je me dis que nos parents n'avaient qu'une trentaine d'années à cette époque. Ils avaient l'air vieux et sans avenir. C'est pas méchant, mais vous voyez ce que je veux dire. Nos parents s'inquiétaient pour nous et passaient leur temps à nous engueuler. Et nous on se disait qu'ils devaient être complètement à la masse pour si peu nous comprendre.

Pour un petit, il n'y a pas une grande différence entre la peur et la vieillesse.

Bref. Les Mondial et les Tescaro devaient être un peu plus jeunes que nos parents. Ils étaient comme entre deux générations. Et à la fin, de plus en plus de couples dans leur genre sont venus s'installer dans l'immeuble.

Bref. Un soir qu'on était à traîner devant la tour, on a vu Marilyne Tescaro et Henry Mondial sortir comme des fous, main dans la main, et partir en courant en riant comme des cons.

Un peu plus haut, à sa fenêtre du quatrième, Catherine Mondial s'est mise à gueuler à son mari :

— Les vide-ordures sont faits pour jeter des ordures... Pas pour vivre des histoires d'amour.

Henry Mondial s'est même pas retourné, il continuait à courir avec sa voisine en riant comme un con.

Toujours au quatrième, Patrick Tescaro avait aussi ouvert sa fenêtre pour gueuler à sa femme :

— Tu es pire que les ordures que tu jetais

soi-disant tous les soirs à vingt heures quarante-cinq.

Mais Marilyne Tescaro semblait s'en contrebalancer vu qu'elle continuait à courir en riant comme une conne. Au bout d'un moment, les deux amants-voisins-fuyards se sont arrêtés pour se rouler une galoche dégueulasse. Le genre de galoche qui voulait dire aux deux autres cocus à leur fenêtre :

« Regardez comme on s'aime… Regardez comme on vous emmerde. »

On a entendu les fenêtres se fermer. Et les deux surexcités sont repartis en riant comme des cons.

Nous on a rien dit. Et franchement, il n'y avait rien à dire. Être heureux pour ceux qui viennent de trouver l'amour. Ou plein de compassion pour ceux qui viennent de le perdre. C'était pas notre truc. Rien à foutre de ces histoires. On aurait pu parler quarante-huit heures du flingue que trimballait Karim dans sa poche. De la façon de flinguer Boudin-Tessiant la directrice de notre collège. Ou encore de la façon dont les types de la cité Fernando-Pessoa tombaient les uns après les autres dans la poudre. Mais il aurait pu se jouer *Roméo et Juliette* dans l'immeuble qu'on aurait pas bougé, ou peut-être pour aider un peu les deux amants à crever.

(Un jour, Dédé avait été choisi pour jouer *Roméo et Juliette* à l'école pour un spectacle de fin d'année. Bien sûr, il jouait Roméo. Juliette étant interprétée par une fille des quartiers pavillonnaires. Une fille moche. En gros, Dédé s'était pointé habillé comme un con, devant tout le collège. Nous, on s'était tranquillement installés au premier rang. Avec des pop-corns et tout. Le genre, on est prêts à bien se foutre de ta gueule Dédé. Il l'avait senti, et après que Juliette lui eut déclaré son amour, il avait tellement honte, qu'au lieu de sortir son texte, Dédé avait préféré lui mettre une droite. Viré du spectacle. Viré de l'école. Et un dégoût éternel pour le théâtre.)

Bref.

Dix minutes après, Catherine Mondial était à nouveau à sa fenêtre :

— Je veux crever... JE VEUX CREVER... MONDE DE MERDE...

On a tous levé la tête, et comme d'habitude, c'est Daniel qui a parlé le premier.

— Qu'est-ce que vous faites madame ?

— JE VEUX CREVER...

— Mais c'est pas bien... Vous allez vous faire mal.

— RIEN À FOUTRE... JE VEUX CREVER... J'EN AI MARRE DE CE MONDE DE MERDE.

Elle est montée sur sa fenêtre, prête à se balancer dans le vide.

On allait être éclaboussés.

Riton a enchaîné :

— Faut pas dire ça madame... C'est parce que votre mari il s'est barré que vous dites ça madame.

— JE L'EMMERDE CE PAUVRE CONNARD... POURQUOI... POURQUOI IL M'A FAIT ÇA...

Après l'avoir traité de pauvre connard, elle s'est mise à parler doucement, et si on faisait un effort, on pouvait plus ou moins entendre ce qu'elle racontait.

— Moi je voulais pas venir vivre ici... C'est lui... C'est lui qui m'a dit de le suivre... Pour son travail... Il m'a dit qu'on habiterait ici quelques années, le temps qu'il ait une promotion à son travail, et suffisamment d'argent pour qu'on puisse se payer une maison... Bien sûr un peu à crédit... Mais une maison à nous... Peut-être le long d'une rivière... La Marne... C'est joli la Marne...

Karim était pour l'égalité des sexes :

— Et alors quoi... Vous n'avez pas besoin de ce mec pour vous payer une maison... Vous avez besoin d'aucun mec pour ça... Ce type vous a trahie, pensez juste à la façon dont vous allez lui cramer la gueule s'il revient.

Madame Mondial a regardé Karim. Un autre regard, enfin, vous allez comprendre.

— Tu t'appelles comment toi ?

— Karim, madame.

— Je t'aime bien.

— À votre service.

— Tu veux pas monter me voir une minute ?

— J'arrive madame.

Catherine Mondial a fermé sa fenêtre. Karim est allé voir Riton. Le plus vieux de nous.

— T'as pas des capotes ?

— Non...

Dédé-Roméo a sorti une boîte de capotes toute neuve de sa poche.

— Tiens... Éclate-toi bien.

Il en a filé une à Karim qui s'est tiré aussi vite qu'un voleur de sacs.

Huit minutes plus tard...

Karim redescend. Il nous rejoint et joue au mec silencieux. Le genre, ne me demandez pas, je raconterai rien. Tu parles. Il a suffi que Riton lui dise :

— Putain, t'es un rapide toi !

— Ta gueule Riton... Elle a eu ce qu'elle voulait... J'ai à peine frappé à sa porte qu'elle l'a ouverte pour se jeter sur moi... Je peux vous dire qu'elle m'a pas fait visiter son appartement, on est plutôt restés dans l'entrée... Elle arrêtait pas de me balancer des machins dégueulasses sur son mari, mais moi j'en avais rien à foutre, et même, ça m'excitait... Putain elle est vraiment bien foutue cette bonne femme... Elle a des gros seins et tout... Eh Dédé... Je t'aurais bien ramené ta capote pour te faire un souvenir, mais j'avais peur que ça te fasse de la peine.

On s'est tous marrés.

— JE VEUX CREVER...

On a levé la tête. Catherine Mondial était revenue à sa fenêtre du quatrième, à gueuler comme une tarée.

— JE VEUX CREVER...

Riton a pas pris plus de temps qu'il fallait pour intervenir.

— Dites pas ça madame... Vous êtes... jeune... Vous êtes... belle... Oubliez-le ce pauvre connard... Pensez à vous... Vous avez...

— Tu t'appelles comment toi ?

— Riton... Enfin, Henry...

— Comme mon connard de mari.

— Ouais, mais on m'appelle surtout Riton.

— T'as l'air gentil.

— Je le suis madame.

— Tu montes me voir ?

— Tout de suite.

Riton est allé voir Dédé.

— File-moi une capote.

— Putain, il va plus m'en rester après.

— Je te file deux clopes.

Dédé a refilé une capote à Riton qui s'est barré.

— Et mes clopes.

— Va te faire mettre.

Dédé a fait la tronche. Mais pas autant que Karim.

Daniel est allé le voir.

— Eh dis donc Karim, j'espère que t'es pas jaloux, elle a l'air ouverte ta nouvelle fiancée.

— Ta gueule.

Sept minutes plus tard…

Retour de Riton. Il est directement venu me voir pour me taper une clope. Et j'avais tellement envie qu'il nous raconte, que je lui en ai filé une sans broncher.

— J'aime bien fumer une cigarette après l'amour…

Karim est intervenu :

— Quel amour ? T'es monté y a cinq minutes… T'as déjà vu un lapin fumer une clope toi ?

— En tout cas, moi elle m'a emmené dans son plumard… Au début elle voulait faire ça dans l'entrée, comme toi Karim… Mais je lui ai dit non… J'avais pas envie de coller mon cul là où t'avais déjà foutu le tien… Question d'hygiène… Alors elle m'a emmené dans sa chambre…

Riton a tiré sur sa cigarette.

— Et alors… Eh Riton… Et après ?

— Après… Festival Riton… Riton X… Elle gueulait mon nom… Oh oui Henry… Vas-y Henry…

— T'es sûr que c'était pas le nom de son mari qu'elle gueulait… Il s'appelle comme toi.

— J'en ai rien à foutre… Même si c'était à Henry 16 qu'elle pensait… Moi, je l'ai pris pour moi.

Il avait l'air sincère.

— JE VEUX CREVER… J'EMMERDE LE MONDE… JE VEUX CREVER…

Les trois autres puceaux qui restaient (Dédé, Daniel et moi) nous sommes précipités la tête en l'air pour aller réconforter cette pauvre madame Mondial à sa fenêtre.

Karim et Riton ont fait la gueule, synchrones.

— Putain c'est pas possible.

— C'est une vraie chienne.

Elle avait même pas pris la peine de s'habiller. Elle était là, à sa fenêtre, en soutif, les cheveux en bordel.

Daniel a commencé :

— Vous inquiétez pas madame… On est là nous…

Et moi :

— Oui, on est là.

Et Dédé :

— Vous voulez qu'on monte ?

Elle nous a regardés et s'est mise à se marrer comme une connasse démente.

— Ah ah ah ah ah ah ah…

Elle s'est calmée.

— Vous vous appelez comment ?

— Daniel.

— Samuel.

— Dédé… Enfin, André.

— Vous êtes mignons.

Dédé n'aimait pas perdre son temps :

— On a envie de vous.

— Ah oui… Et pourquoi ?

— Euh… Parce que vous êtes bonne madame.

— Je suis bonne.

Elle s'est remise à se marrer comme une connasse démente.

— Ah ah ah ah ah ah ah…

Elle s'est calmée.

— Toi.

C'était moi.

— Moi ?

— Oui, toi… Comment t'as dit que tu t'appelais ?

— Samuel, madame.

— T'es mignon.

— Je sais pas.

— Tu montes me voir ?

— Oui.

J'ai fait comme tout le monde, je suis allé voir Dédé.

— Tu me files une capote ?

— Non.

— Je te file deux clopes.

— J'en veux trois.

— D'accord.

— Donne-moi les clopes tout de suite.

Je lui ai donné ses trois foutues clopes en échange de ma douce capote et je suis monté.

Je savais qu'on pouvait avoir la trouille avant de se battre contre un mec balèze. Ou au moment où votre père vous rejoint chez le directeur qui l'a convoqué. Mais je pensais pas qu'on pouvait autant fouetter dans un moment pareil. Je suis bien resté une minute sur le palier avant de frapper chez ma bonne femme. La trouille et puis, une minute de plus sur mes performances à venir.

J'ai fini par y aller. Toc toc. Elle a ouvert tout de suite. C'était bizarre de l'avoir vue de loin à sa fenêtre et de me retrouver maintenant en face d'elle et de son soutif.

— Alors, c'est toi Daniel.

— Moi c'est Samuel madame.

— Peu importe... Entre Samuel.

Je suis entré. On est restés un moment dans l'entrée. Et même si comme Riton j'avais pas vraiment envie de faire ça ici, je savais que c'était elle qui décidait. C'était la patronne si vous voulez.

Elle m'a pris la main et m'a emmené dans la salle à manger. C'était plutôt vide question ameublement. Mais pour le goût, il n'y avait rien à dire, elle en avait.

— Tu vois... Je vais devoir vivre seule ici maintenant... On venait juste de s'acheter cette télé... En fait, Henry me l'avait offerte pour nos cinq ans de mariage... Je ne sais pas si je dois rester vivre ici ou déménager... Qu'est-ce que t'en penses ?

— J'en sais rien madame...

— Tu veux t'asseoir ?

— Non.

— Tu veux un coca ?

— Non.

Elle avait l'air moins excitée qu'à sa fenêtre, ou des trucs qu'avaient racontés Karim et Riton. Et je commençais même sérieusement à douter que les deux autres l'aient touchée.

— Tu crois que Henry reviendra ?

— J'en sais rien.

Comme je sentais qu'elle attendait quelque chose de moi, j'ai ajouté :

— Mais pensez pas à ça... Les choses elles arrivent quand on y pense pas.

— Où est-ce que t'as appris des conneries pareilles ?

— J'en sais rien, j'entends toujours les autres dire ce genre de conneries... Je pensais que ça pouvait vous aider.

— T'as déjà baisé ?

— Oui.

(Mensonge).

— T'as envie de me baiser ?

— Oui.

(Vérité.)

— Viens... Viens avec moi, je sais où on va le faire tous les deux...

Elle m'a encore pris la main et je l'ai suivie sans la ramener. J'étais tellement excité que j'avais l'impression que j'allais exploser avant même de l'avoir effleurée.

On est sortis de son appartement, et on s'est retrouvés sur le palier.

— Vous voulez qu'on fasse ça sur le palier ?

— Non... Ici...

Elle m'a attiré dans le petit cagibi du vide-ordures. Au milieu de chaque palier de la tour, il y avait la même petite pièce avec le machin en ferraille pour balancer ses poubelles.

— C'est ici qu'ils se sont rencontrés... Mon mari est allé jeter les poubelles un soir, il est revenu dix minutes plus tard... J'ai trouvé ça long, mais il m'a dit qu'il avait rencontré la voisine et qu'il avait sympathisé avec elle... J'ai rien vu de mal là-dedans... Mais tous les soirs, il insistait pour aller lui-même jeter les ordures... Soi-disant que c'était à l'homme de le faire, et pas à la femme d'aller se salir avec ces machins dégueulasses... Il mettait de plus en plus de temps à rentrer... Et ce soir, j'ai décidé de le surprendre... J'ai ouvert la porte, et je l'ai vu en train de la baiser comme ça... Debout, contre le mur... Je savais pas quoi faire, alors je suis allée frapper à la porte du mari de cette salope... Il est venu, et on est restés un moment à les regarder se rhabiller... Ils avaient l'air de s'en foutre... Henry m'a regardée et il m'a dit : Je suis amoureux Catherine... L'autre salope a regardé son mari et elle a dit : Moi aussi Patrick, je suis amoureuse... Ils se sont regardés, et ils se sont dit : On se retrouve dans cinq minutes... Chacun est allé chez soi, et cinq minutes plus tard, ils se sont retrouvés sur le palier avec quelques affaires...

Je me mettais à la place de cette pauvre bonne femme. Et son histoire trop longue m'arrangeait un peu. Du fait, qu'elle faisait retomber mon excitation.

— Alors je veux que tu me baises ici, contre ce mur, exactement comme mon mari baisait cette salope.

L'excitation a pas tardé à revenir, et le seul truc que j'avais à faire, c'était fermer les yeux et penser bien fort à Dédé. Oh oui, mon petit Dédé, ami antidote à la précocité sexuelle. Catherine Mondial se colla contre le mur, enleva sa culotte et referma la porte.

Deux heures quarante plus tard…

À qui je vais faire croire ça ?

Deux minutes trente plus tard…

Je descendais mollement les escaliers. Davantage obsédé par battre le record de durée que par mon tout récent dépucelage.

Catherine Mondial forever.

J'ai retrouvé mes copains qui se sont jetés sur moi avec la même ardeur que je m'étais jeté sur eux.

— Alors… Alors raconte.

J'ai fait comme tout le monde :

— C'était pas croyable, elle s'est jetée sur moi... Elle gueulait mon nom comme une folle... Nous, on l'a fait dans l'entrée, dans la chambre et un peu dans la salle à manger... Elle m'a dit que ça avait jamais été comme ça... Je lui ai fait oublier son mari les gars... Cette fille, elle est en train de me bénir en ce moment.

Deux secondes de gloire.

— JE VEUX CREVER... JE VEUX CREVER...

Et merde.

Daniel et Dédé se sont lancés la tête en l'air.

Je me suis assis sur les marches parce que d'un coup, j'étais drôlement fatigué. Et ouais. Je venais de m'envoyer en l'air.

Moi.

Contre toute attente et à la surprise générale, j'étais un type qui s'envoyait en l'air. Et même si je l'avais fait dans le noir, les yeux fermés, en pensant à Dédé.

C'était pas grave.

C'est souvent comme ça la première fois. Non ?

Les caves

Un jour, Karim et Daniel sont allés à la fête de *L'Humanité*. Ce qui est certain, c'est qu'ils n'y allaient pas vraiment pour l'humanité, mais plutôt pour se trouver une fille chacun, ou gentiment démolir la tête du copain de la fille qui les aurait jetés. À cette époque, Daniel était un véritable danger, du fait qu'un type de la tour T lui avait enseigné, une nuit, la technique du déchirement de l'oreille. Et aussi mystérieuse que cette phrase puisse paraître, elle reste d'une clarté absolue : déchirement de l'oreille = arracher l'oreille d'un humain.

Pour cela, il fallait être rapide ; un bref mouvement de main qui consistait à attraper le haut de l'oreille entre son pouce et son index, tout en maintenant une forte pression pour finir par tirer d'un geste sec, violent et sûr de soi à la fois. En général, le type ne comprenait rien en vous voyant son oreille à la main, surtout que Daniel en rajoutait un peu, menaçant de refiler ce petit morceau de vous à son chien Marley (Bob), gentil berger allemand qui vous regardait placidement pisser du sang de la tête.

Cette situation créait des dialogues incongrus :

— Redonne-moi mon oreille s'il te plaît...

— File pas mon oreille à ton chien s'il te plaît...

— Qu'est-ce que va dire ma mère si elle me voit rentrer sans mon oreille ?

Donc, ce jour de fête, Karim et Daniel s'étaient levés de bonne heure (13 h 45) pour prendre le R.E.R. en direction de La Courneuve.

Pour draguer à la fête de *L'Huma*, il fallait arriver plus tôt que les autres. C'était comme à Disneyland, on évitait les queues. Et des Karim et Daniel, il y en avait plus d'un million ce jour-là. Impossible de trouver une fille sans avoir dix autres gars autour, attendant que vous vous fassiez remballer pour tenter leur chance.

Ils avaient tout de même réussi à perdre leur temps avec deux filles.

La première, une certaine Valérie, qui avait essayé de refiler à Karim une carte des J.C. (Jeunesses communistes).

Histoire triste et brève se terminant par :

— T'es sûr que tu veux pas ta carte des J.C. ?

— Et toi t'es sûre que tu veux pas ta carte des grosses salopes ?

Et la très sombre Marie-Chantal, qui avait donné à Daniel ses idées sur l'anarchie :

— Tu vois, le monde s'est trompé de chemin, tout est virtuel… On avance dans un grand jeu vidéo dont je ne veux pas être le personnage principal… Toute ma vie on m'a demandé de croire en des institutions soi-disant solides et bonnes pour moi… Mais depuis que j'ai découvert l'anarchie, plus on me demande d'y croire et… moins j'y crois, quoi.

— T'es bonne.

— Quoi ?

Finalement, Karim et Daniel étaient allés au concert du groupe Rêve Sanglant, cinq types semblant au ralenti, tristes de tout et revenus de rien.

Le chanteur était arrivé sur scène et en guise d'un simple :

— Bonjour, comment ça va ?

Avait préféré dire au public :

— J'ai une bonne nouvelle pour vous… Vous allez tous crever.

Karim n'aimait pas trop qu'on lui parle comme ça.

— Pourquoi il me dit ça ce connard ?

— Laisse tomber, c'est des trucs de chanteur.

Le premier morceau s'appelait *Canigou.* Et le thème principal de la chanson consistait à nous comparer à l'espèce canine :

Le chanteur :
Tu les écoutes parler de leurs rêves politiques
Et tu…

Les chœurs :
… *donnes la papatte, donnes la papatte*

Le chanteur :
Tu n'es qu'un pion de plus dans leur grand échiquier
Et tu…

Les chœurs :
… *fais le beau, fais le beau*

Alors que la foule s'agitait, Karim et Daniel restaient immobiles, ne comprenant pas pourquoi le chanteur les insultait et encore moins pourquoi la foule dansait au lieu de pleurer.

Si Karim et Daniel étaient partis avant le refrain, rien de cette histoire ne serait arrivé, malheureusement, ils étaient restés, pour entendre :

REFRAIN,

Le chanteur :
Nous sommes tous des chiens...

Chanteur + chœur :
Ton frère est un chien,
Ta sœur est une chienne,
Ton père est un chien,
Ta mère est une chienne...

Karim avait machinalement mis la main à sa poche pour enlever le cran de sûreté de sa lame. Daniel commençait sérieusement à reluquer les oreilles du chanteur.

Pour être sûr, Karim avait demandé :

— Qu'est-ce qu'il a dit là ?

— Que ta mère est une chienne.

— Putain, l'enculé... Viens avec moi.

Mes deux amis s'étaient faufilés jusqu'au backstage, histoire d'attendre le chanteur et son groupe, qui ne se doutaient pas qu'un type d'un mètre quatre-vingt-dix maniant le couteau comme personne et qu'un petit nerveux arracheur d'oreilles se préparaient à les massacrer.

Ce n'est qu'au bout d'une heure et demie de

jérémiades en tout genre que Rêve Sanglant sortit de scène sous les :

— Une autre... Une autre... Une autre... du public qui voulait encore se faire insulter.

Karim alla directement voir le chanteur :

— C'est toi qui traites ma mère de chienne ?

— Quoi ?

— T'as traité ma mère de chienne, et toute ma famille.

— J'ai pas traité ta mère de chienne... Enfin, pas ta mère en particulier... Toutes les mères quoi, même la mienne.

— Même ta mère, putain tu te respectes pas ou quoi ?

— Mais non, c'est juste une métaphore.

Karim se tourna vers Daniel.

— Qu'est-ce qu'il raconte celui-là ?

— Métaphore, la fille qui croit en rien elle m'a dit pareil tout à l'heure... Ils cherchent à nous embrouiller.

— Je vais te filer une métaphore moi.

Là-dessus, Karim déplia discrètement la lame de son couteau pour l'enfoncer d'un coup net dans la jambe du chanteur qui tomba à genoux.

— Ça, c'est pour ma mère...

Il lui balança ensuite un coup de genou en pleine tronche qui lui éclata le nez.

— Et ça, c'est pour la tienne...

Daniel, qui était un garçon vif et qui ne perdait pas son temps, en profita pour aller tirer l'oreille du guitariste, qui l'avait particulièrement énervé, au moment où il avait brisé sa guitare contre un ampli.

— T'as pas honte de casser ta guitare, tu crois pas que tu ferais mieux de la donner à un jeune qu'a pas les moyens de s'en acheter une ?

— J'en ai rien à foutre, on me les file mes grattes... Et puis t'es qui toi pour me dire ce que j'ai à faire ?

Hop. Plus d'oreille gauche.

Il n'y eut pas de rappels ce soir-là.

En partant, Karim et Daniel passèrent devant un camion bourré d'instruments. Daniel se rappela ce que lui avait dit le guitariste et en informa Karim.

— Eh, tu sais qu'ils leur filent leurs instruments.

— Comment ça ?

— Ben ils leur donnent gratos quoi, c'est pour ça qu'ils les détruisent, ça leur coûte rien.

Karim se concentra un moment mais c'est Daniel qui parla le premier.

— On a qu'à leur prendre, autant vendre le matos plutôt qu'ils le cassent !

— C'est exactement à quoi je pensais.

— Tu sais conduire un camion ?

— Quand tu sais conduire la R20 de mon père, tu sais tout conduire.

Neuf guitares. Quatre basses. Deux batteries. De la percussion en tout genre. Sept micros avec pieds. Vingt-huit amplis. Et même un violon.

Le matériel était entreposé dans deux caves abandonnées de l'immeuble et Karim et Daniel avaient vite fait savoir qu'ils avaient des instruments à vendre.

Comme je faisais partie de la bande, je fus l'un des premiers informés et le moment venu, Daniel me présenta le matériel, avec le même enthousiasme qu'aurait pu avoir un luthier.

Je choisis une guitare et comme je n'y connaissais rien, je fis mon choix en fonction de sa couleur et de sa forme. Elle était blanche et paraissait neuve, mais surtout, il me semblait que Keith Richards avait la même.

Olivier Berthot, du cinquième, acheta une basse. William Foré, figure punk locale, chanteur du groupe Death Dogs et habitant au onzième, acheta deux guitares, une batterie et un peu de percussion. Véronique Almeida du quatrième s'offrit une basse pour plaire à Pierro Gonzalez, du quinzième, qui, lui, s'enquit d'une guitare. Monsieur Touré, du treizième, acheta, content, une guitare pour son fils Boubou de onze ans, une basse pour son fils Henry de dix ans et une batterie pour son benjamin Benjamin de neuf ans.

— Comme les Jackson Five !

— Mais ils sont que trois !

— Tant mieux, comme ça on les appellera les Jackson Three.

Et pour finir, madame Prévost, ancienne professeur de français, résidant au dixième, mit sa honte cinq minutes de côté pour descendre à la cave, payer les cinq cents francs que lui demandait Karim pour le violon.

(Les amplis et les micros étaient des sortes de cadeaux qu'offraient Karim et Daniel pour tout achat d'un instrument.)

En moins d'un mois, la marchandise fut écoulée. Un peu plus de trente mille francs que Karim et Daniel investirent dans les drogues douces.

Pratiquement tous les habitants de la tour possédaient désormais un instrument, mais personne ne savait en jouer.

Un jour, un ami m'a dit la chose suivante :

— Il y a deux sortes d'individus... Ceux qui parlent très bien l'anglais mais qui n'osent pas même le parler en Angleterre... Et les autres qui ne le parlent pas du tout mais qui emploient l'anglais même en France.

C'est un assez bon résumé de ce qui se passa les semaines suivantes dans l'immeuble. Les gens osaient tellement se servir de leurs instruments respectifs, que la tour se transforma en un immense organe semblant se convulser et hurler ses souffrances distordues.

Alors que la cacophonie s'était installée, les habitants semblaient se battre à coups de pédales wah-wah et de tambourinages répétitifs. Et si madame Prévost n'égorgeait pas un chat, c'est qu'elle jouait du violon.

Pour ma part, j'essayais inlassablement de reproduire *Redemption Song* de Bob Marley, d'abord à la guitare puis avec la basse que m'échangea Véronique Almeida, du fait que Pierro Gonzalez ne voulait pas d'elle.

Au bout de quelque temps, le vacarme diminua progressivement. Monsieur Touré menaça d'abattre les Jackson Three, s'ils continuaient à se prendre pour les Jackson Five. Les Death Dogs se séparèrent. Madame Prévost se remit à la poésie.

On trouvait chaque matin un nouvel instrument au milieu des ordures. Karim et Daniel pensèrent un moment les récupérer pour les vendre dans une cité voisine, mais tout bien réfléchi, ils préférèrent rester dans le bizness des drogues douces.

5e étage face ascenseur
+ rez-de-chaussée

Nathalie Lafine devait pas peser moins de cent cinquante kilos. Et puis, elle était tout le temps à mettre des espèces de manteaux épais par-dessus des pulls et des couches de tee-shirts. Non vraiment, Nathalie Lafine était pas jolie. Le truc, c'est qu'aucun d'entre nous n'osait vraiment se foutre de sa gueule, du fait que quelques années plus tôt, elle nous avait roulé une galoche à chacun.

Merde. Quelle galoche c'était.

Un été, qu'on était à traîner et qu'on en pouvait plus de chaleur. On s'était mis à parier avec elle sur la taille de ses énormes nichons. Alors elle nous avait emmenés dans la cage d'escalier histoire de nous les montrer.

Merde. Quels nichons c'étaient.

Et là-dessus, on s'était mis à les caresser et dans l'engrenage, à lui rouler des galoches. Bon, bien sûr, c'était le genre d'anecdote qu'on préférait garder secrète. Nathalie le savait. Et en échange de son silence, on se tenait tranquilles et on foutait la paix à ses cent cinquante kilos.

Bref. Un jour, Nathalie Lafine a eu un mec. Un vrai mec. Un fiancé si vous voulez. Le type s'appelait Franck, et il habitait une cité voisine à cinq arrêts de bus de là.

Franck a débarqué un après-midi et il nous a demandé où habitait Nathalie Lafine.

— T'es qui toi ?

— Je m'appelle Franck, je suis son fiancé.

— Cinquième face ascenseur.

Franchement, le Franck en question était pas mal. Je veux dire, quand on voyait Nathalie, on pouvait s'attendre à tout. C'est pas qu'on était primaires, intolérants ou je sais pas quoi. Non. C'est juste que Nathalie était vraiment pas jolie. Et Franck était un type plutôt bien foutu, avec une bonne gueule de mec qu'on a envie respecter.

Pendant plusieurs jours, on a vu le jeune couple se balader dans le quartier main dans la main. Ils avaient l'air amoureux. On peut pas dire qu'ils faisaient envie. Mais ça avait l'air de rouler pour eux. Le père de Nathalie, je crois qu'il s'appelait Jean-Paul ou Jean-Pierre, il a même emmené son nouveau beau-fils faire une partie de tarot au siège du Parti. Non vraiment, ça avait l'air de rouler pour eux.

Et puis un jour, Nathalie nous a rejoints dans le hall en chialant comme une tarée. Elle avait les yeux tellement gonflés qu'on se rendait compte que son visage était plutôt mince d'habitude.

— Ben merde Nathalie, qu'est-ce qui se passe ?

— C'est Franck… Il sort avec Muriel.

— Quoi ?

— Franck, mon mec… Il sort avec cette grosse conne de Muriel.

Nathalie avait raison. Muriel était grosse. Muriel était conne. Muriel devait peser vingt kilos de plus que Nathalie. Et comme elle n'avait jamais joué avec nos langues, on s'était plusieurs fois foutus de sa gueule. Le problème, c'était que Muriel se battait comme un mec. Non. Pas comme un mec. Comme le pire des mecs. Elle vous attrapait la tronche pour l'écraser entre ses mains. Après ça, elle vous clouait au sol pour vous balancer une série de tartes et finir par vous cracher à la gueule. Non, vraiment, cette Muriel était conne.

— Pourquoi il s'est tiré avec Muriel ?

— Elle lui tournait autour cette grosse salope… On l'a croisée au centre commercial, et même pas une demi-heure plus tard, elle est venue chez moi, soi-disant pour que je lui prête un disque... J'ai bien vu qu'elle plaisait à Franck... Et ce matin, il m'a dit qu'il sortait avec elle depuis deux jours, et qu'il voulait plus qu'on sorte ensemble.

Karim a pris la parole.

— Bon, ben laisse tomber, il est dingue ce mec... Déjà pour être sorti avec toi, et après pour t'avoir quittée pour l'autre.

— Oui, mais moi je l'aime.

Dédé a dit :

— Ah Cupidon !

Daniel a repris :

— Quoi Cupidon ?

Dédé a expliqué :

— C'est l'ange de l'amour... Il balance des flèches au hasard et les gens s'aiment, des fois on sait pas pourquoi ils s'aiment... Mais ils s'aiment.

— Où est-ce que t'as lu ces conneries toi ?

— Sur la boîte de sucre chez moi au petit-déjeuner. Y a plein d'histoires de la mythomanie grecque.

Nathalie arrêtait pas de chialer.

— Alors qu'est-ce que tu vas faire Nathalie ?

— Je vais aller lui péter sa grosse gueule de pute.

— Mais non, elle en vaut pas la peine.

— Ouais... Sois fière...

Nathalie s'est un peu essuyé les yeux.

— Vous avez raison… Je vais même pas leur jeter un regard.

— Bravo.

— Et même si je les croise, ils verront rien transparaître de moi.

— Bravo.

— Mais je voudrais quand même qu'elle crève cette grosse pute.

— T'inquiète pas, elle crèvera.

Nathalie nous a regardés d'un coup.

— Qu'est-ce que vous voulez dire… Vous allez la crever ?

— Ah non… On disait qu'elle crèvera… comme tout le monde quoi…

— Ouais, peut-être même avant.

— Vous voulez pas aller lui péter la gueule… Comme ça, moi je reste indifférente, mais elle prend quand même une raclée, pour qu'elle comprenne que ce qu'elle a fait est mal, et que tout le monde lui en veut.

On était pas chauds pour aller se battre avec Muriel. Comme je l'ai déjà dit plus haut, cette fille était vraiment plus forte que nous.

— Ça nous emmerde Nathalie… On peut pas aller lui mettre une raclée comme ça…

— Ouais… On t'aime bien, mais ça nous regarde pas.

Nathalie ne pleurait plus du tout, elle avait même un petit sourire vicieux sur la gueule.

— Si vous allez pas tout de suite lui casser sa sale gueule... Je raconte à tout le monde que vous m'avez roulé des galoches et caressé les nibards pendant tout un été.

C'est vrai. J'ai un peu menti tout à l'heure. Ce n'était pas arrivé qu'une fois le coup des galoches et des nichons. Non. On avait passé l'été dans ses seins.

Mais merde. Quels nichons c'étaient.

Même Karim qui était le plus costaud de nous n'avait pas envie d'aller se frotter avec Muriel.

— Tu préfères pas plutôt qu'on casse la gueule de ton mec ?

— Vous pouvez lui casser la gueule aussi... Mais c'est l'autre grosse pute qui compte... De toute façon, si vous le faites pas, je balance tout dans la cité.

On était faits comme des rats. Impossible de se débiner. Nathalie était dans une espèce d'hystérie que rien ne soulagerait à part le sang et la tête enflée de sa rivale.

Muriel habitait au rez-de-chaussée. En fait, ses parents avaient été les gardiens de l'immeuble à l'époque où gardiens il y avait. Et puis la ville avait supprimé ce poste des tours, en échange de quoi, les licenciés pouvaient garder la loge et la transformer en pièce pour leur habitation.

On était quatre. Karim. Daniel. Dédé. Et moi. On s'est retrouvés devant la porte de Muriel et on a un peu discuté le coup avant de sonner.

— Bon, on est quatre... Normalement à quatre on devrait pouvoir la contrôler...

— Ouais... Ce qu'il faut, c'est qu'on se laisse pas attraper la tronche... Si elle nous attrape la tronche, on est foutus.

— Ouais... Faut être... Merde, comment on dit déjà, quand il faut s'aider les uns et les autres ?

— Solidaires.

— Voilà, faut être solidaires... Si elle attrape la tronche de l'un de nous... les autres lui balancent des coups jusqu'à ce qu'elle lâche... C'est bon.

— Ouais.

— Ouais.

— Ouais.

On a sonné. Muriel a ouvert.

— Qu'est-ce que vous voulez vous ?

— Euh... T'as tiré le mec de Nathalie.

— Et alors... Qu'est-ce que ça peut te foutre ?

— Ben... Ça se fait pas.

— Je l'emmerde cette grosse pute.

Derrière elle, dans l'appartement, on pouvait voir Franck tranquillement installé sur le canapé.

— Dites-lui que son mec c'est plus son mec, alors elle lâche l'affaire parce qu'il est mieux avec moi.

Muriel allait fermer la porte. Mais Karim a réagi.

— Attends, Muriel.

— Quoi ?

Et boum.

Karim lui envoya un énorme coup de poing en pleine tronche. Vraiment un missile. Un truc qui normalement vous assomme pour au moins deux jours.

Pas Muriel.

Elle a à peine sourcillé. Et même si elle saignait un peu du nez, elle lâchait pas Karim du regard.

— Ça y est… Tu t'es exprimé… Alors à moi.

Et d'un coup, comme ça, plus rapide qu'un Chinois agile, elle a chopé la tête de Karim pour commencer à l'écraser entre ses mains. Bien sûr, nous on a fait comme on avait dit, et on a balancé tout ce qu'on pouvait sur Muriel. Daniel et Dédé lui envoyaient des séries de droites en pleine gueule, et moi, un maximum de coups de genou dans les jambes et au ventre.

Autant frapper un mur. Elle continuait de broyer le crâne de Karim qui commençait à avoir le visage déformé à cause de la pression. On a fini par se jeter sur elle et la faire tomber. Sans savoir comment, on s'est retrouvés au sol, nos quatre têtes entre ses bras. Et elle qui continuait de serrer comme une malade. On avait beau cracher. Mordre. Pincer. Rien n'y faisait. Cette fille était vraiment la plus forte.

Franck a débarqué sur le palier histoire de comprendre pourquoi ça gueulait comme ça. Et franchement, en voyant sa nouvelle petite fiancée, étendue par terre avec quatre mecs la tête en étau dans ses bras, le type a eu l'air dégoûté.

— Qu'est-ce que tu fais Muriel ?

— T'inquiète pas Franck... Va m'attendre dans la maison, j'arrive tout de suite.

Franck est resté sur place.

— Euh... Non, je crois que je vais y aller.

Muriel nous a lâchés d'un coup et s'est relevée.

— Pourquoi tu veux rentrer Franck ?

— Écoute Muriel... J'aime pas trop les filles qui se battent, tu vois... Je préfère rentrer chez moi pour le moment... On s'appellera plus tard.

Adios Franck.

Muriel a regardé Franck partir pour directement s'effondrer en larmes. Valait mieux pas qu'elle compte sur nous pour le réconfort, on avait déjà du mal à se mettre debout tellement on était sonnés.

Et puis, Nathalie Lafine est arrivée. Elle s'est pointée devant Muriel pour lui dire un truc du genre :

— C'était vraiment un pauvre connard ce type.

— Ouais.

Et puis Nathalie aussi s'est mise à chialer. Et tout le monde chialait. Et nous on avait mal, et on aurait voulu pleurer aussi. Et puis Muriel a demandé pardon à Nathalie. Et Nathalie lui a pardonné. Et Nathalie a demandé pardon à Muriel. Et Muriel lui a pardonné. Et personne ne nous a demandé pardon à nous. Et nous avons quand même pardonné. Muriel a invité Nathalie chez elle histoire de balancer sur l'autre baiseur de grosses.

Je sais pas pour vous, mais moi des fois les femmes me foutent vraiment mal à l'aise.

6e étage

Monte les marches jusqu'au sixième. Monte les marches jusqu'au sixième. Mon étage. Monte les marches jusqu'à chez moi. Monte les marches et reste un peu sur le palier. Cache-toi encore un peu et fume. Fume encore quelques cigarettes. Ces bonnes cigarettes sans filtre que tu volais à ton père. Celles qui te donnaient la gerbe et te faisaient vomir dans les escaliers. Pourquoi continuais-tu à fumer, mon petit Bench ? Tu aimais être seul ici. Assis sur les marches à jouer du pied avec une seringue. Monte les marches jusqu'au sixième. Ou prend l'ascenseur pour monter. Reste bloqué et ne panique pas. Comme cette fois où tu étais resté coincé avec ce toxico de Yann. Et le mec tremblait. Et le mec t'avait dit :

— Empêche-moi d'avaler ma langue.

Et le mec s'écroulait à tes pieds en se convulsant comme un chien blessé. Et te voilà les doigts dans sa bouche à empêcher le mal de l'étouffer. Reste coincé dans l'ascenseur avec Cathy. Et n'appelle pas de secours. Non. Reste là à regarder ses jambes. Tu es mieux ici mon petit Bench. Enfermé avec la beauté. Arrive au sixième et regarde ta porte. Regarde ton nom sur la porte. La petite plaque de cuivre que ton père avait fixée est toujours là. Regarde ton image dans le reflet de la plaque en cuivre. Regarde-toi habillé en Superman. Regarde-toi dans le costume que t'avait confectionné ta mère. Le tee-shirt bleu sur lequel elle avait cousu un S rouge. Ton slip rouge. Ton collant bleu. Tes bottes en caoutchouc rouge. Et ta cape. Ta cape taillée dans un peignoir de coton blanc, qu'elle avait teint en rouge. Regarde les voisins et les commerçants t'appeler Superman dans la rue. Et Anna, la jolie fleuriste, te demander de la sauver si des voleurs l'attaquaient. Oh oui Anna. Je te sauverai. Toute ma vie je te sauverai.

Monte les marches jusqu'au sixième. Reste un peu sur le palier. Et ouvre la porte de chez toi. Ouvre la porte de chez toi, et reste un peu dans l'entrée. Écoute ton cœur battre. Comme la fois où tu étais en sang et que tu n'osais pas te montrer. Tu t'étais planqué jusqu'à la salle de bains pour te nettoyer. Traverse doucement l'entrée et écoute ton cœur battre. Tu l'as déjà fait, la nuit où tu avais dormi pour la dernière fois avec ta mère. La nuit où tu avais compris qu'un jour tu allais mourir. Traverse l'entrée et va dans la cuisine. Ta mère est là. Reste un peu à la regarder te préparer à manger. Regarde là t'aimer en cuisinant. Oh ma petite mère donne-moi encore un peu de tes douceurs. Je viens de là. Je viens de ces mains alignant les tranches de pommes sur la pâte. Reste un peu à la regarder et respire. Respire l'odeur de ta maman. Approche-toi d'elle doucement et donne-lui un petit baiser dans les cheveux. Respire dans ses cheveux. Et puis, vole un morceau de pomme. Vole et prends la fuite comme un pauvre pillard au ventre vide. Vole, prends la fuite et regarde-la te sourire. Oh ma petite mère, toi seule sais pourquoi. J'ai le ventre vide. Continue à avancer. Tu peux fermer les yeux. Tu connais l'appartement mieux que tu ne connais ton cœur. Simplement, ne fais qu'un pas au lieu de deux. Tu as grandi. Continue à avancer jusqu'à la salle à manger. Comme quand tu étais petit. Les soirs de Noël. Tu avançais les yeux fermés jusqu'au sapin. Tu avais demandé un poste de radio. Et ton père s'était démerdé pour te trouver une stéréo. Une vraie chaîne stéréo. Sûrement le seul gamin à en posséder une. Avec l'arrivée du C.D., les types des quartiers pavillonnaires t'avaient refilé leurs vieux vinyles. Écoute les Clash. Écoute Strummer gueuler dans ta chambre. Continue à avancer et traverse la pièce. Tout est là. Le buffet avec le tiroir dans lequel ton père enfermait sa collection de briquets. Ouvre le tiroir et touche un peu les briquets. Rappelle-toi l'histoire de chacun. Rappelle-toi comme ton père aimait que les choses aient une histoire. Rappelle-toi comme ton père inventait des histoires aux choses qui n'en n'avaient pas. Le briquet que tu tiens a sûrement sauvé la vie d'un pauvre marin échoué sur une île déserte du Pacifique. Dans une petite grotte, la nuit, il s'alluma un feu pour se réchauffer et s'éclairer. Les briquets sauvent nos vies. Referme le tiroir et va t'asseoir sur le canapé. Va t'asseoir sur le grand canapé vert. Et allume le poste de télévision. Merde. Toujours pas de télécommande. Pourquoi n'avons-nous toujours pas de télécommande ? Obligé de se farcir ce programme. Qui de nous se lèvera pour changer de chaîne ? Comme le mardi soir où tu avais le droit de regarder le poste. Le reste du temps que tu passais planqué derrière la porte à regarder les films. Des films en morceaux que tu essayais de voir dans l'entrebâillement. Comme les films d'amour sont les plus agréables à regarder dans un entrebâillement de porte. Moins découpés.

Comme tu aimais te planquer pour voir les acteurs s'embrasser.

Reste encore un peu sur le canapé. Ton père ne va pas tarder maintenant. Tu sais qu'à dix-neuf heures trente précises il sera là. Il ne doit pas être bien loin de dix-neuf heures trente. Peut-être ce soir te rapportera-t-il un chocolat. Petit paquet de chocolats pour toi, et quelques pâtes d'amandes en forme de fruit pour ta mère. Oui. Il ne va pas tarder. Comme ces fois où tu te cachais pour voir ton père arriver, et aller directement dans la cuisine embrasser ta mère. Reste un peu sur le canapé et attends. Comme les jours de résultats. Les pires carnets de notes. Où les profs écrivaient des machins comme : *Fantôme… Benchetrit élève inconnu… Touriste…* Ouais. J'étais un touriste et je vous emmerde. Vous m'avez ennuyé. Je me suis fait chier à l'école. Vous ne m'intéressiez pas. Et je ne vous intéressais pas.

Accord commun.

Et ton père restait longtemps à regarder ces carnets.

— Faudrait que tu bosses un peu.

— Ouais je sais.

— T'aimes pas l'école ?

— Non.

— Essaie quand même de bosser un peu.

— D'accord.

Et puis voilà.

CHUT. Tu entends la clé dans la serrure. Et les bruits habituels qui accompagnent l'arrivée de ton père. CHUT. Il finira pas venir s'asseoir à côté de toi sur le canapé. Il est fatigué. Tellement crevé de sa journée. Regarde ton père assis à côté de toi sur le canapé. Et embrasse-le. Donne-lui un baiser sur sa joue fraîche sentant encore un peu l'after-shave matinal. Oh papa, comme tu sens bon. Tu es crevé mais tu sens bon l'after-shave du matin. Maintenant tu peux te lever. Laisse ton père se reposer un peu sur le canapé et lève-toi. La lumière tombe dans l'appartement. Vaut mieux te magner d'aller jouer dans ta chambre mon petit Bench. Autrement, tu vas encore te faire baiser. Dîner. Un peu de téloche. Et au lit. Même pas le temps de jouer cinq minutes dans ta chambre.

Vas-y. N'aie pas peur. Ouvre la porte de ta chambre. Voilà.

Merde. C'est pas vrai, on dirait un cagibi. J'ai vraiment grandi à ce point. Non. Pas de doute. C'est bien ici. Ce poster de Bob Marley était accroché au-dessus de mon lit la dernière fois. Va t'asseoir sur ton lit. Celui qui était superposé est devenu simple. Juste le lit du bas. Assieds-toi sur ton lit et regarde un peu autour de toi.

— Vous avez rapetissé.

Ce n'est pas moi qui ai grandi. Tout ici semble gêné par ta présence. Ton armoire. Ta table de nuit. Et même ton bureau. Ils sont comme de vieux amis retrouvés, qui n'ont pas changé. Honte de n'avoir pas changé. Va t'asseoir à ton bureau. Lève-toi du lit et va t'asseoir à ton bureau en bois. Regarde un peu les photos accrochées un peu partout au-dessus de ton bureau. La photo de Karim, Daniel et Dédé que tu avais prise devant l'immeuble le jour où tu t'étais inscrit au photo-club du centre d'animation. La première photo que tu avais prise avec un appareil manuel. Putain de cellule. Pas facile sans cellule. Plus tard on te dira : Si le temps est pas trop dégueulasse, balance une 400 A.S.A., fous ton diaph à 5,6, ta vitesse à 125 et tu seras pas trop mal. Regarde tes amis devant l'immeuble. Regarde tes amis surexposés. Trois anges. Vous vous êtes barrés en emportant mon enfance. Voleurs. Dernier braquage. Si seulement l'un de vous avait pu rester. L'espérance de vie n'est pas la même pour tout le monde. Maintenant, regarde la photo de cette fille que tu avais trouvée jolie. Son photomaton que tu avais tiré sur sa fiche dans la classe d'orientation en fin d'année. Impossible de me rappeler le nom de cette fille. Peut-être Sandrine. Ou Céline. Merde.

Karine. Apparemment un truc en *ine*. Mettons Céline. Ah ouais, cette fille avait vraiment un truc. Quelle classe. Normal qu'elle soit pas restée plus d'un an dans le quartier. Vraiment au-dessus du lot cette Céline. Oublie cette fille, et va un peu fouiller dans le tiroir du bureau. Quel bordel. Quelques stylos. Une règle en plastique. Une médaille avec écrit dessus :

Finale junior du cent mètres nage libre des jeux du Val-de-Marne à la piscine olympique de Nogent-le-Perreux

Mauvais souvenir cette finale. T'avais perdu ton maillot dans la flotte après avoir plongé. Rien à foutre maintenant. Fouille encore le tiroir. Un paquet de clopes piqué à ton père. Une grosse boîte d'allumettes de cuisine piquée à ta mère. Un savon (croqué par petits bouts pour l'haleine après la clope). Un walkman avec dedans une cassette enregistrée portant l'inscription : PUNK. Un exemplaire tout neuf des *Travailleurs de la mer* de Hugo. Oh putain Hugo j'aurais pu te flinguer une deuxième fois à l'époque. Heureusement que tu ne traînais pas dans le secteur. On était plus d'un à vouloir ta peau. Fallait t'apprendre par cœur, et puis te réciter, et puis te résumer, et puis t'aimer. Oh comme j'ai mis du temps à t'ouvrir Hugo, et à t'aimer, un peu. Maintenant referme le tiroir et retourne sur le lit. Retourne sur le lit et allonge-toi. Tu sens la nuit tomber doucement dehors sur la banlieue électrique. Il n'y a pas de bruit. Ou juste cette rumeur éternelle qui existe seulement ici. Un silence de banlieue, c'est un silence différent. C'est un silence avec du bruit. Écoute le silence bruyant et ferme les yeux. Tes rêves seront toujours d'asphalte mon petit Bench. D'asphalte et de néons. Ferme les yeux et endors-toi enfin.

Tu es chez toi.

7e, 8e, 9e étages

Ceux qui arrivaient jusqu'en quatrième, au collège, avaient le choix d'une seconde langue. La plupart prenaient espagnol, les plus forts allemand et les cancres italien. Karim, Daniel, Riton et moi avions pris italien.

On était une trentaine dans ce cas-là, et seul Alberto E. Sidre avait choisi la langue de ses origines.

On aimait bien cette matière, cela ne nous prenait que deux heures par semaine et c'était franchement plus agréable de rêver en entendant au loin une langue étrangère et latine. (Croyez-moi, les rêveries ne sont pas les mêmes en italien qu'en allemand.)

Mais le plus gros avantage en choisissant italien, c'est que la classe faisait partie d'un programme d'échanges avec une autre quatrième située à Rossignano Maritimo, petite ville de

Toscane, à une trentaine de kilomètres au sud de Livourne.

Voilà comment ça se passait. Nous partions une semaine chez eux puis ils venaient une semaine chez nous. Chacun des élèves avait un correspondant. Vous habitiez chez lui le temps de votre séjour et lui habitait chez vous le temps du sien. C'était censé être votre meilleur ami étranger si vous voulez.

Hier soir, j'ai retrouvé une photo de Daniel devant la tour de Pise. Il pose comme tous les touristes qui, avec le jeu d'optique, donnent l'impression d'empêcher la tour de tomber. Sauf que Daniel ne sourit pas du tout. Il essaie vraiment d'empêcher la tour de tomber.

En y pensant, je crois que ce premier voyage en Italie représente le plus beau moment de mon enfance. Je retourne souvent en Italie, j'aime ce pays, et boire des cafés en mangeant des sandwichs à la mozzarella, mais je crois surtout que je viens y chercher mes amis qui ne sont plus là aujourd'hui.

Bref. Mon correspondant s'appelait Stefano, celui de Karim, Angelo, celui de Riton, Fabio et celui de Daniel, Giovanni.

Leur vie était très différente de la nôtre. Ils vivaient dans une petite ville plutôt bourgeoise au bord de la mer, n'allaient à l'école que le matin et passaient le reste de la journée à faire du sport. Dans la classe, ils écoutaient leur professeur et l'attention était générale. Pendant les pauses, personne ne se battait dans la cour et aucun faible ne se faisait racketter par les plus forts. Une fois, Karim s'est approché d'un type sous le préau et lui a demandé dix milles lires. Le type a souri et lui a donné un bout de son pain au chocolat.

Les familles italiennes nous avaient reçus comme des princes de France. Ils nous sortaient tous les soirs dans différents restaurants ou au théâtre. La mère de Stefano, mon correspondant, m'amenait chaque matin mon petit-déjeuner au lit, en me répétant un tas de surnoms auquel je ne comprenais rien.

Nous sommes allés à Pise, à Florence, à Sienne et même une journée sur l'île d'Elbe, où il était arrivé un truc à Napoléon, mais je sais pas quoi.

La semaine avait passé bien vite pour nous qui, dans notre quotidien français, avions l'habitude de compter chaque seconde de notre ennui. Et dans le Napoli Express qui nous ramenait dans notre banlieue, nous passâmes la nuit nostalgiques et silencieux.

Donc, le lundi suivant, nos meilleurs amis étrangers arrivèrent par le même train, et trouvèrent pittoresque de prendre les transports en commun pour rejoindre la cité.

On organisa un pot d'accueil dans le réfectoire du collège et le maire prononça un discours de bienvenue, le même discours communiste que son collègue italien. Ce n'est qu'en fin d'après-midi que les élèves purent repartir chez eux, accompagnés de leur correspondant respectif.

Lorsque Riton arriva sur le palier de son septième étage natal, il frappa plusieurs fois à la porte, mais sa mère refusa de lui ouvrir.

— Maman, ouvre-moi !

— Non, va-t'en... Tu m'as encore piqué des ronds ce matin, tu me prends pour une conne.

— Mais c'est pas moi, t'avais pas de fric, tu l'avais déjà claqué hier pour t'acheter ta Suze.

— Et comment tu sais ça toi que j'avais pas de fric.

— Parce que... J'ai voulu t'en piquer ce matin mais ton larfeuille était vide... Allez, laisse-moi entrer...

Le gentil Fabio se tenait à côté, son énorme sac sur le dos.

— Ma qu'est-ce qui se passe avec la tua mama ?

— Non c'est rien, elle est bourrée.

— Bourri ?

— Ouais… Elle est… Drunk… Molto picolo.

Fabio sortit son petit carnet pour noter *Bourré* et *Picolo.*

— Allez maman, je suis avec mon correspondant italien, laisse-nous entrer.

— Allez vous faire foutre le rital et toi.

Riton, qui était habitué à ce genre de scène, savait qu'il ne servait à rien d'insister et emmena Fabio dans son repaire de secours : l'une des caves qu'il avait plus ou moins aménagée.

— Bon, ben molto désolo, on va dormiro ici une nuit ou deux, en attendant que la mama dépicolo.

Fabio qui devait avoir peur n'osa rien dire et sursauta juste en voyant passer un rat, mais Riton le rassura.

— T'inquiète pas, c'est un rato, mais euh… Rato, molto sympatico.

Pendant ce temps-là, au huitième, la famille de Karim avait organisé une fête pour accueillir Angelo. On avait fait venir les oncles, les cousins et les grands-parents. Quelques cousines dansaient et de grandes assiettes de couscous étaient servies aux invités. En fait, ce qu'il faut savoir, c'est que Karim avait légèrement menti sur la présence et l'identité du jeune Toscan. Il savait que son père n'aurait pas accepté de recevoir un correspondant. Que Karim parte en Italie une semaine, ou même un an, pas de problème. Mais une bouche de plus à nourrir dans sa maison, non merci. Et comme Karim avait eu honte d'expliquer la situation à l'école, il avait préféré raconter à sa famille qu'Angelo arrivait tout droit d'Algérie et qu'il était le fils de vieux amis, d'amis d'amis de ses parents.

La mère trouva bizarre de s'appeler Angelo, mais Karim lui répondit qu'en fait il s'appelait Angelo Kader.

Angelo Kader fut donc fêté comme un prince, et il se mit lui aussi à danser avec les cousines, ce qui ne plut pas du tout au père de Karim, qui avait d'autres projets pour le jeune Italo-Algérien. En effet, les parents de Karim avaient eu une certaine discussion l'avant-veille au soir.

C'est le père qui avait commencé :

— Peut-être que cet Angelo Kader ferait un bon mari pour notre fille Leïla ?

— Tu as raison, Karim dit qu'il est jeune, bon et travailleur et Leïla n'est pas près de trouver un homme avec son caractère.

— Organisons une fête pour son arrivée, et si Dieu le veut, j'annoncerai leurs fiançailles avant son départ.

Pendant la fête, le père de Karim alla trouver Angelo pour lui parler. Il lui posa quelques questions, des questions d'avenir.

— Alors, Angelo Kader, qu'est-ce que vous vous voulez faire comme études ?

— Des étoudes dé ingénioré.

— C'est bien ça… Et vous pourriez vous installer en France ?

— Ma, no lo so… Gé voulait aller à Roma… Et après à Bali per la fête ?

— À Bali ?… Mais quand est-ce que vous allez vous marier et faire des enfants ?

— Le mariage gé veux pas, cé pas per moi, et les enfants gé veux pas non plou, gé souis écologiste.

Karim, qui surveillait de loin la conversation et qui sentait que son père allait exploser, alla chercher son correspondant.

— Angelo, viens avec moi.

Angelo se leva pour suivre Karim.

— Ma on va où ?

— On va dehors, pour vendre du… shito.

La nuit qui tombait dehors était une espèce de signal pour Karim, elle lui indiquait le moment de descendre retrouver sa place devant la tour, et quelques clients venus des quatre coins des banlieues voisines, persuadés d'acheter le meilleur cannabis de France.

Cette fois, c'est avec Angelo qu'il fit son bizness, il lui expliqua rapidement de quoi il retournait (cent balles la barrette), le correspondant trouva l'affaire intéressante.

Un étage plus haut, Daniel présentait sa famille à son correspondant Giovanni. Sa mère Carmelita. Ses deux sœurs, les jumelles Isabella et Maria, et enfin son père, Joseph. Ce qu'il faut dire pour bien comprendre ces présentations (et l'impact qu'elles pouvaient avoir sur le reste de votre vie), c'est que Joseph, le père, était installé dans un lit d'hôpital, relié à un compte-gouttes, à un respirateur artificiel, à un électrocardiogramme, au milieu de la salle à manger. Depuis plusieurs années, le pauvre homme souffrait d'un cancer, et l'administration médicale, cherchant à gagner de la place dans ses hôpitaux, l'avait simplement renvoyé chez lui avec tout le matériel. Joseph était malade depuis si longtemps que Daniel n'avait pas vraiment de souvenirs de son père dans un autre état.

Avoir un malade à la maison n'est pas facile pour le reste d'une famille en parfaite santé. S'occuper de sa femme enrhumée peut être un plaisir. Calmer les crises de calculs rénaux de son mari passe encore. Mais épouser un homme en forme les trois premières années de votre mariage, et devenir son infirmière les dix-sept années suivantes, Carmelita voyait cela comme une injustice. Bien sûr, les jumelles l'aidaient. En général, après l'école, c'est elles qui prenaient le relais pour s'occuper de leur père. Mais ce n'était pas la seule activité de leur existence, elles avaient une vie en dehors, et un jour elles rencontreraient un homme qui avec un peu de chance tiendrait le coup plus longtemps. Daniel ne participait pas du tout à l'assistance médicale à domicile. Sa mère préférait lui laisser faire « ses choses » (vendre du shit, vendre des pièces détachées de vélos, motos, autos en tout genre, vendre des chiots aux races incertaines dont il était lui-même le créateur…), et chaque semaine, Daniel glissait quelques billets dans le sac de Carmelita, qui trouvait cet argent dangereux mais utile.

Donc, lorsque Daniel présenta son correspondant à sa famille fatiguée, ces derniers le virent comme une espèce d'infirmier étranger, bel aide-soignant toscan venu une semaine les soulager. Un type de la Croix-Rouge internationale si vous voulez. Ils dînèrent rapidement dans la cuisine, et à la fin du repas, Carmelita expliqua à Giovanni le changement du compte-gouttes. Giovanni s'évanouit quand Carmelita lui fit planter l'aiguille dans le bras de son mari. Elle le réveilla pour lui expliquer de quelle façon on surveillait l'électrocardiogramme.

Daniel entra dans le salon avec dans ses bras deux adorables chiots, mélange de rat et de furet jurassien.

— Bon ben j'y vais, à demain.

— À demain mon fils.

— A domani.

Le lendemain, tout le monde s'inquiéta un peu de l'absence de mes trois amis et de leurs correspondants respectifs. Le directeur appela chacune des familles. La mère de Riton à peine remise de sa cuite de la veille se rappelait vaguement d'un Italien dans un de ses rêves. Le père de Karim ne connaissait aucun Italien, et la seule personne qu'il hébergeait était un jeune Algérien qu'il comptait bien unir à sa fille. Et pour finir, Carmelita, la mère de Daniel, eut la présence d'esprit de faire celle qui ne comprenait pas, trop heureuse d'avoir son nouvel infirmier à domicile.

La semaine fut longue pour nos trois jeunes immigrés des côtes méditerranéennes. Fabio ne trouva pas vraiment le sommeil dans la cave. Angelo échappa de peu au mariage et essaya de faire passer la barrette de shit de cent à cent vingt francs. Et Giovanni veilla Joseph, inquiet des courbes curieuses que dessinait devant lui l'électrocardiogramme.

Devant la tour

C'était la nuit profonde. Karim était devant l'immeuble. Il faisait les cent pas en sifflotant *L'Internationale*, du fait qu'un peu plus tôt, il avait passé la soirée à la cellule du parti communiste pour aider sa mère à ranger après la réunion. De temps en temps, Karim s'arrêtait de marcher pour contempler fièrement ses nouvelles tennis. Faut dire qu'elles étaient très blanches et que ce modèle était encore assez rare dans le quartier.

Au bout d'un moment, un type d'une trentaine d'années vint se planter devant Karim qui releva la tête de ses pompes pour voir à qui il avait affaire.

C'est sûr, ils ne se connaissaient pas.

LE TYPE : Salut…

Temps de Karim.

KARIM : Salut.

LE TYPE : Tu sais pas où je peux trouver du chocolat ?

Temps de Karim.

KARIM : Quoi ?

LE TYPE : Tu sais pas où je peux trouver du chocolat ?

Temps de Karim.

KARIM : Ben… Au Franprix !

Temps du type.

LE TYPE : Au Franprix ?

KARIM : Ben ouais… Mais à cette heure-là c'est fermé… Si t'as envie de chocolat à deux heures du mat', faut prévoir la journée.

Temps du type.

LE TYPE : Arrête de t'foutre de ma gueule… Tu sais bien de quoi je parle ?

KARIM : Ben ouais.

LE TYPE : Alors ?

Temps de Karim.

KARIM : De chocolat.

LE TYPE : Ben ouais… Alors ?

KARIM : Alors quoi ?

LE TYPE : Ben où c'est que j'peux en trouver ?

Temps de Karim.

KARIM : Au Franprix j'te dis, mais la journée, de neuf heures à vingt heures… J'crois même qu'ils restent ouverts le midi.

Le type monta d'un ton.

LE TYPE : Tu déconnes ou quoi… Tu sais très bien de quoi je parle.

Karim aussi monta d'un ton.

KARIM : Ben ouais.

Le type monta encore d'un ton.

LE TYPE : DE QUOI ALORS ?

Karim aussi monta encore d'un ton.

KARIM : DE CHOCOLAT.

Temps du type.

LE TYPE : Mais non putain, j'te parle de shit… De teuch, de chichon, de pétard… À fumer quoi bordel.

Temps de Karim.

KARIM : Et comment tu veux que j'sache moi si tu te pointes devant moi et que tu me demandes où c'est que tu peux trouver du chocolat ?

LE TYPE : Mais chocolat c'est… Un code… Un truc qu'on se dit entre nous pour parler de shit… J'aurais très bien pu me pointer devant toi et te demander où c'est que je pouvais trouver du caramel, du réglisse ou je sais pas quelle merde.

KARIM : Pourquoi tu demandes pas directement où c'est que tu peux trouver du shit ?

LE TYPE : Parce que… C'est une tradition.

Temps de Karim.

KARIM : J'savais pas.

Le type essaya de détendre un peu l'atmosphère.

LE TYPE : Putain t'es bizarre pour un leurdi toi.

KARIM : Un quoi ?

LE TYPE : Quoi, tu vas me faire croire que tu comprends pas le verlan maintenant ?

Temps de Karim.

KARIM : Le quoi ?

LE TYPE : Le verlan... Inverser les syllabes... Leurdi... Dealer, dealer, leurdi... Tu saisis ?

KARIM : J'ai déjà du mal à parler correctement le français, si en plus faut que j'inverse les syllabes... Et puis en plus, je suis pas un dealer moi.

LE TYPE : Te fous pas de moi... Un mec seul devant une tour à deux heures du matin, c'est forcément un dealer.

KARIM : Pas du tout... J'regarde mes pompes.

Temps du type qui regarda les pompes de Karim.

LE TYPE : Comment ça tu regardes tes pompes ?

KARIM : Ben quoi... J'me suis acheté une paire de pompes aujourd'hui, alors je les regarde.

LE TYPE : Tu peux pas les regarder chez toi tes pompes ?

KARIM : Ben non, si j'mets mes pompes chez moi à deux heures du matin je vais réveiller tout le monde.

LE TYPE : Ben t'as qu'à les poser sur une table et les regarder comme ça.

KARIM : Ben non, j'aime bien les regarder quand elles sont à mes pieds mes pompes, sinon j'ai pas l'impression que c'est les miennes... Et puis je t'emmerde moi avec mes pompes.

Temps assez long du type.

LE TYPE : Attends... Tu crois quand même pas que je suis un flic... Tu me racontes tes histoires de pompes et tout ça parce que tu crois que je suis un flic... Tu crois que j'suis un flic, c'est ça ?

KARIM : J'en sais rien moi... Et puis qu'est-ce que tu veux que ça me foute... Tu vas pas m'embarquer parce que j'regarde mes pompes.

LE TYPE : J'vais pas t'embarquer vu que j'suis pas un flic.

Temps des deux. Le type sortit un paquet de cigarettes, ce qui fit sursauter Karim.

LE TYPE : Tu veux une clope ?

KARIM : J'fume pas.

LE TYPE : Tu fumes pas toi ?

KARIM : Non.

Le type s'alluma une clope et tira une longue bouffée.

LE TYPE : Tu trouves que j'ai une gueule de flic ?

KARIM : J'en sais rien... Et puis, qu'est-ce que c'est une gueule de flic ?

LE TYPE : J'en sais rien.

Temps de Karim.

KARIM : Regarde par exemple, qui te dit que j'en suis pas un moi de condé... Qui attend qu'un type comme toi me prenne pour un dealer pour pouvoir l'embarquer.

Temps du type. Il tira plusieurs fois sur sa cigarette puis de la poche arrière de son jean sortit quatre billets de cent francs qu'il tendit à Karim.

LE TYPE : Ben tu vois, moi j'te prends pas pour un flic.

Karim regarda l'argent un long moment.

KARIM : Y a combien là ?

LE TYPE : Quatre cents balles.

KARIM : Quatre cents balles, c'est beaucoup ça...

LE TYPE : File-m'en pour ce que t'as.

KARIM resta encore un moment à regarder les billets qu'il finit par attraper d'un geste sec.

KARIM : O.K., t'as qu'à m'attendre là.

Karim s'éclipsa dans l'immeuble.

Le type le regarda partir, puis machinalement se mit à siffloter *L'Internationale*, du fait que les airs connus se refilent comme des maladies. Il baissa la tête pour reluquer ses tennis. Elles étaient dégueulasses.

Dix minutes plus tard, Karim était de retour. En sortant de l'immeuble, il s'arrêta net à cause des trois flics en uniforme qui entouraient le type.

Les flics attrapèrent Karim et le plaquèrent violemment contre la vitre de la porte d'entrée de la tour. Doucement, le type vint rejoindre Karim pour lui chuchoter à l'oreille.

LE TYPE : Tu vois, j'y ai jamais cru à ton histoire de pompes.

Le type prit le petit paquet enveloppé d'aluminium que tenait Karim dans sa main.

Il l'ouvrit.

À l'intérieur, une rangée de tablette de chocolat aux noisettes.

Le type n'osa pas regarder Karim, il était gêné, d'autant que ses trois collègues allaient certainement en parler le lendemain au commissariat.

Un peu plus tard dans la nuit, Karim était toujours devant l'immeuble. Il regardait une dernière fois ses nouvelles chaussures à la lumière d'un lampadaire, il s'alluma une cigarette et fit glisser entre ses doigts les quatre billets de cent francs gagnés plus tôt contre une rangée de chocolat.

10e étage droite sur le palier

J'avais toujours connu Mina du fait que nos familles étaient arrivées pratiquement au même moment dans l'immeuble, mais aussi parce qu'elle était la petite sœur d'un de mes meilleurs amis, Remi Diegolini, dit Diego.

Mina et Diego vivaient seuls avec leur mère, Carmelita, une brave femme que l'on ne voyait pratiquement jamais, à cause de son travail à l'hôpital et des heures supplémentaires qu'elle faisait en nombre pour faire vivre sa famille. Diego m'avait raconté que son père était parti quand ils étaient petits, pour aller vivre dans le sud de l'Espagne où il avait discrètement fondé une deuxième famille, qu'il décida de rejoindre définitivement, soi-disant pour le climat.

Diego voulait être musicien, sa mère lui avait offert un synthé à Noël, et nous passions souvent des après-midi entières à l'écouter jouer des mélodies du Top 50, réorchestrées en multiples boîtes à rythmes.

Mina était une jeune fille douce et timide, qui restait le plus souvent enfermée dans sa chambre. Elle s'occupait de la maison en l'absence de sa mère et préparait les repas pour son frère et elle. Mina avait grandi toutes ces années près de nous, sans que personne, jamais, ne lui prête la moindre attention. Elle avait poussé seule, comme une fleur isolée dans un terrain vague, à l'ombre des mauvaises herbes que nous étions.

Une après-midi que nous allions au cinéma, je proposai à Diego d'emmener sa sœur avec nous. Peu enthousiaste, il alla trouver Mina dans sa chambre. Et deux minutes plus tard, ils sortirent tous les deux nous retrouver sur le palier. Mina restait bien à sa place de petite sœur qui ne la ramène pas, mais le léger sourire qu'elle gardait figé sur son visage montrait que mon idée avait été bonne.

Nous étions sept, Diego, Karim, Daniel, Riton, Dédé, Mina et moi, à prendre le bus pour le cinéma du centre.

Pendant le trajet, un type qui était monté à la station de la côte s'était engueulé avec le chauffeur qui n'avait pas de monnaie à rendre sur un billet de deux cents francs. Le type voulait acheter un ticket mais le chauffeur ne voulait pas de son gros billet. Alors le type hurlait au chauffeur que c'était pas son problème et qu'il prendrait le bus sans ticket. Mais le chauffeur lui répondait qu'il n'avait pas le droit de laisser quelqu'un monter dans son bus sans ticket. Alors le type sortait son billet de deux cents francs en demandant un ticket. Et le chauffeur lui répondait qu'il n'avait pas de monnaie. Bref, au bout de dix minutes, Karim fini par se lever pour proposer de vendre un ticket au type. Ce dernier accepta et lui donna son billet de deux cents francs. Karim mit le billet dans sa poche et au moment où le type lui réclama sa monnaie, Karim lui répondit qu'il n'était pas la R.A.T.P., et qu'en plus il était plutôt porté sur les couteaux. Le type s'assit et le bus repartit.

Cette histoire nous avait fait rater les séances des films qui nous intéressaient.

Il n'en restait plus qu'un : *Les Nuits fauves.*

Personne n'avait vraiment envie d'aller voir ce film et lorsque Daniel demanda à la caissière de quoi ça parlait :

— Un homme bisexuel qui a le sida.

Nous décidâmes d'aller plutôt à la salle de jeu.

Au moment de partir, Mina dit à son frère qu'elle préférait aller voir le film. Diego n'aimait pas trop l'idée que sa sœur aille toute seule au cinéma, mais il n'aimait pas non plus qu'une fille traîne avec une bande de gars comme nous dans une salle de jeu où le sang pouvait couler à n'importe quel moment. Finalement, il donna de l'argent à Mina pour le film et des bonbons, et lui donna rendez-vous deux heures plus tard devant le cinéma.

Deux heures plus tard devant le cinéma…

Mina fut la dernière à sortir et je remarquai tout de suite qu'elle n'avait plus son joli sourire sur son visage. Elle semblait préoccupée et nous rejoignit sans se presser.

— Ben alors, tu t'es endormie ou quoi ?

— Non, j'ai regardé le générique jusqu'au bout.

— Et il t'a plu le film ?

Mina leva ses jolis yeux vers Diego.

— J'ai adoré.

Le lendemain, en voyant Diego se préparer une boîte de raviolis, je lui demandai des nouvelles de sa sœur.

— Elle est retournée voir le film d'hier.

— Ah bon, comment ça se fait ?

— Ben je sais pas, c'est bizarre de voir un film comme ça deux fois.

Le surlendemain, pendant que nous étions à écouter la nouvelle adaptation de *Still Loving You* de Scorpion par Diego, Mina entra dans la chambre sans frapper. Elle portait son manteau.

— Bon j'y vais.

— Tu vas où ?

— Au cinéma.

— Voir quoi ?

— *Les Nuits fauves.*

— Putain mais tu l'as déjà vu deux fois ce film… Ça te plaît ces histoires de pédé ou quoi ?

— C'est pas une histoire de pédé.

— C'est quoi alors ?

— C'est… Une histoire d'amour… Impossible.

— Ouais et ben compte pas sur moi pour que j'te file du fric cette fois.

— Maman m'en a laissé.

Et Mina referma la porte pour retrouver son film.

Karim qui voyait Diego contrarié lui demanda :

— Qu'est-ce que ça peut te foutre qu'elle aille revoir le film… T'as bien vu *L'Arme fatale* treize fois toi.

— Ouais mais c'est pas pareil… *L'Arme fatale*, on sait ce que c'est !

— C'est quoi ?

— Ben... C'est... De la merde quoi.

L'Arme fatale était le film préféré de Daniel.

— Eh, tu dis pas que *L'Arme fatale* c'est de la merde toi !

— Non mais, c'est de la bonne merde quoi.

Daniel était rassuré. Diego continua.

— Alors que l'autre, c'est une histoire d'amour impossible comme elle a dit... Ça va lui compliquer la tronche toutes ces conneries.

Dédé qui connaissait les femmes comme on connaît le huitième satellite de Pluton, prit la parole :

— Mais t'inquiète pas... Toi t'as vu *L'Arme fatale* treize fois et t'es pas devenu un flic qui tue cinq cents personnes par minute... C'est pas parce que ta sœur elle voit plein de fois son film qu'elle va avoir des histoires d'amour... impossibles.

Et Riton ajouta :

— Ouais, ou qu'elle va vivre des trucs de pédés !

Il fut conclu que *L'Arme fatale* était un chef-d'œuvre, *Les Nuits fauves* un film de pédé et *Still Loving You* reprit de plus belle.

Le mois qui suivit, nous avions pris l'habitude de ne plus voir Mina traîner à la maison ou s'occuper de son frère l'après-midi.

Elle était au cinéma.

Une fois, Diego nous ouvrit la porte de la chambre de sa sœur pour soi-disant nous faire comprendre l'ampleur du problème.

Partout aux murs étaient punaisés des photos et des posters du film. Et puis l'affiche en grand, moyen, petit format et même en carte postale encadrée et posée sur son bureau. Diego souleva le matelas du sommier pour attraper un cahier violet sur lequel était écrit MINA au Tipp-Ex. Diego s'assit sur le lit et prit une page au hasard.

Aujourd'hui nous sommes dimanche, il est dix-huit heures et je ressens à nouveau cette même mélancolie. D'où vient ce poids qui se pose si souvent sur mes épaules ? Et si les autres filles semblent légères, c'est peut-être qu'elles n'ont pas à supporter ce sentiment d'amertume que je transporte en moi. Maman n'est toujours pas rentrée, elle travaille tant que je n'ose pas lui parler de cette tristesse qui m'habite parfois, et je sais qu'elle souffre à chaque minute du départ de papa. Diego vit son adolescence sans se rendre compte qu'il représente ma seule image masculine. Je n'attends pas de lui qu'il se transforme en père, mais seulement de nous donner un peu de douceur et de tendresse, et parfois, de prendre les choses en main.

Je comprends de plus en plus Laura…

Daniel coupa la lecture :

— C'est qui Laura ?

— La meuf des *Nuits fauves*... Alors...

Je comprends de plus en plus Laura, on a souvent l'impression que les gens sont malheureux parce qu'ils ne reçoivent pas d'amour, mais beaucoup le sont aussi parce qu'ils n'ont pas d'amour à donner. Tout cet amour qui reste enfermé dans nos corps et que personne ne veut recevoir. Moi aussi je voudrais donner mon amour à quelqu'un. Et qu'on me dise merci... Merci Mina pour tout cet amour que tu me donnes.

Diego referma le cahier et nous restâmes un moment silencieux.

C'est Karim qui prit la parole le premier.

— T'as qu'un truc à faire mon pote !

— C'est quoi ?

— Faut que t'ailles voir *Les Nuits fauves* !

— Pourquoi ?

— Ben, pour comprendre de quoi elle parle.

Dédé était d'accord :

— Il a raison, comme ça tu sauras d'où lui viennent tous les machins compliqués qu'elle a dans la tête.

Diego nous avait suppliés de l'accompagner, et le lendemain nous nous rendîmes au cinéma du centre pour la séance de seize heures. En nous voyant débarquer dans la salle, Mina n'en crut pas ses yeux. Nous prîmes place près d'elle pour attendre religieusement que le film commence.

Pendant la projection, je sentis plusieurs fois le visage de Mina tourné vers son frère et le reste de la bande.

En sortant, personne n'osa rien dire, mais je savais que le film nous avait plu. Dans le bus qui nous remontait au quartier, Mina demanda à Diego ce qu'il en avait pensé.

— C'est pas mal.

Et puis voilà, Mina ne retourna plus jamais voir *Les Nuits fauves* et reprit la place qui était la sienne.

Une chose avait quand même changé. Diego consultait régulièrement le cahier secret de sa sœur, et en fonction des pages tournées, s'évertuait à ce que Mina garde ce sourire timide sur son visage, qui voulait dire qu'elle était heureuse.

Derrière la tour

La fenêtre de ma chambre donnait sur une espèce de terrain vague derrière la tour. C'était sûrement ce qui restait du champ avant qu'on construise l'immeuble. Fallait bien comprendre un truc. Ça avait été la campagne ici. Je vous assure, la vraie campagne. Avec des champs à perte de vue, des forêts et peut-être même des animaux sauvages. Pas facile d'imaginer que ces tours n'avaient pas toujours été là.

Bref. Un soir que j'étais planqué à fumer une cigarette à la fenêtre, deux types à l'air voyou sont arrivés en tenant un troisième, par la tête et par les pieds. Le gars qui était à l'horizontale hurlait comme une fillette aux deux autres qui disaient rien. Ils l'ont jeté au milieu du terrain vague pour le tabasser pendant dix bonnes minutes. Ils frappaient tellement fort que du sang giclait partout du corps du pauvre gars. Ensuite, ils l'ont mis à genoux, les mains derrière le dos. Le type continuait de pleurer, mais en silence. Il avait le corps et la tête qui tremblaient et du sang lui dégoulinait sur le visage. Les deux gars ont arrêté de le cogner, mais le type à genoux devait sentir, comme moi, que c'était pas fini et qu'une menace de se reprendre des coups pesait gros comme une maison au-dessus de sa tête. L'un des deux s'est allumé une cigarette, et son copain s'est mis nerveusement à faire des cercles autour de sa victime.

Le type à la clope s'est approché tout près du gars à genoux et lui a parlé un long moment. Ce qu'il lui disait devait pas être rassurant, du fait qu'il a craqué à nouveau pour se remettre à pleurer comme une fille. L'autre a arrêté de tourner pour choper le type par le col et lui gueuler :

— DIS-LE PUTAIN... DIS-LE QUE C'EST TOI... DIS-LE... DIS-LE...

Comme le type ne voulait rien dire, il lui a balancé deux ou trois coups de tête qui lui ont enfoncé le nez, et je suis sûr qu'il aurait pu continuer, mais là-dessus, le type s'est évanoui en se laissant tomber sur le côté.

Les deux se sont mis à discuter un moment, et celui à la clope, qui semblait le plus calme, s'est dirigé vers la cabine téléphonique, installée au bord de la nationale.

Pendant que son pote téléphonait, l'autre ne quittait pas des yeux le type au sol.

Dix minutes plus tard, un car de flics s'est garé au bord du terrain vague et cinq civils en sont descendus. Ils ont rejoint les deux gars qui leur ont parlé au moins un quart d'heure en désignant parfois le type toujours évanoui.

Finalement, les flics ont réveillé l'homme à terre et l'ont aidé à se relever. Ils lui ont passé une paire de menottes et l'ont embarqué devant les deux gars. Le plus nerveux lui a craché dessus.

Le lendemain, en cours de maths, j'ai expliqué ce que j'avais vu à Karim. Il a pas été surpris, du fait qu'il était au courant de l'histoire et qu'il était même ami avec le petit frère d'un des deux gars.

Il m'a raconté :

— Les mecs, c'est deux types de la cité Cervantes, ils habitent la tour près de la station de lavage... C'est deux frères de la famille Alberti... Le gars qu'ils ont cogné, il a suivi la femme de Franky, le plus jeune des frères, à la sortie de chez Continent, là où elle travaille, et quand elle est descendue au parking, il l'a attrapée et il l'a violée l'enculé... Elle a téléphoné à Franky qui est venu la chercher avec Éric, son frangin... Mais le plus drôle, c'est qu'en rentrant, ils ont croisé l'autre con qui marchait le long de la route… La fille s'est mise à chialer en leur montrant le gars… Éric a arrêté sa caisse, ils sont descendus de la voiture et ils ont chopé le mec pour le mettre dans le coffre… Ils ont ramené la fille à la maison et sont repartis s'occuper de leur nouveau copain.

La suite correspondait à ce que j'avais vu la veille au soir. Mais alors que je croyais l'histoire finie, Karim a continué.

— Mais tu sais pas le plus marrant… Les Alberti sont cinq frères et les deux aînés sont en ce moment en taule pour trafic de bagnoles… Le petit Alberti m'a dit que ses deux frères en cabane avaient été mis au courant de l'arrivée du violeur dans la prison… Je peux te dire que pour celui-là, la fête est pas finie.

Le lendemain soir, en fumant ma cigarette, je regardais le terrain vague, et deux gamins qui essayaient de faire rouler un vélo abandonné à une seule roue. Je me dis que les terrains vagues étaient des sortes de théâtres à représentation unique et aux spectacles parfois étonnants.

11e étage fenêtre

Un jour qu'on était à traîner devant l'immeuble, l'un des gamins de la famille Touré s'est mis à nous appeler de chez lui. On a tous levé la tête, pour découvrir le petit Touré, debout en équilibre sur le montant de sa fenêtre, au onzième étage. Il était là à gueuler comme un fou et à nous insulter, sans se rendre compte du danger.

On a tous été pris de la même panique pour lui hurler en chœur :

— DESCENDS DE LÀ... TU VAS TOMBER... DESCENDS...

Et le petit Touré :

— ALLEZ VOUS FAIRE ENCULER.

Karim qui avait le plus de voix :

— SI TU DESCENDS PAS C'EST MOI QUI VAIS MONTER T'EN METTRE UNE.

— EH KARIM...

— QUOI ?

— VA TE FAIRE ENCULER.

De plus en plus de monde s'était arrêté pour regarder le gamin qui risquait de dégringoler onze étages à tout moment. Des habitants de l'immeuble qui avaient ouvert leurs fenêtres, essayaient de le raisonner.

Monsieur Fernando du dixième :

— Qu'est-ce que tu fais là toi, tu te rends compte que tu vas tomber ?

— MONSIEUR FERNANDO... VA TE FAIRE ENCULER.

Madame Gilosa du neuvième :

— Allez, descends et va chercher quelqu'un de ta famille.

— MADAME GILOSA... VA TE FAIRE ENCULER.

Dix minutes plus tard, les flics étaient sur place et cinq minutes après, les pompiers.

Celui qui semblait être le chef des flics alla trouver celui qui lui semblait être le chef des pompiers.

— Bon, ben, on vous laisse faire les gars.

— Dans un premier temps, c'est plutôt à vous d'essayer de dialoguer avec le gamin.

— Et comment vous voulez qu'on dialogue avec lui, je vais pas me mettre à voler pour aller lui parler à sa fenêtre.

— Vous n'avez qu'à aller chez lui et lui parler à l'intérieur.

— EH LES FLICS...

Le chef des flics leva la tête :

— ALLEZ VOUS FAIRE ENCULER.

Le flic reprit :

— On nous apprend à ne jamais entrer chez quelqu'un qui tente de se suicider, ça peut le surprendre et le faire paniquer.

— Mais c'est pas une tentative de suicide, c'est un môme qui fait le con.

— Vous avez qu'à aller le chercher vous !

— Et comment ?

— Ben dépliez votre échelle.

— On a pas d'échelle qui monte à cette hauteur.

— EH LES POMPIERS...

Le chef des pompiers leva la tête :

— ALLEZ VOUS FAIRE ENCULER.

Le pompier reprit :

— En général, dans ces cas-là, on passe par le toit et on fait descendre un gars en rappel le long d'une corde.

— Alors qu'est-ce que vous attendez !

— Ben aucun de mes gars n'a été formé pour ce genre de secours... La seule chose qu'on peut faire, c'est déplier la toile au cas où le gamin tomberait.

Les pompiers déplièrent la toile en bas de l'immeuble et deux flics allèrent timidement frapper à la porte de l'appartement.

— Toc toc…

— ALLEZ VOUS FAIRE ENCULER.

Et redescendirent par les escaliers.

Le petit Touré finit par s'asseoir sur le rebord de la fenêtre, nous avions du mal à voir son visage, mais il semblait calme et regarder au loin l'horizon.

L'après-midi passa ainsi, de temps en temps le môme se remettait à nous insulter pour à nouveau contempler le paysage de banlieue devant lui.

À dix-neuf heures, madame Touré arriva enfin de son travail et ralentit en voyant l'animation en bas de la tour. Le chef des flics alla lui parler.

— Vous êtes madame Touré ?

— Oui, que se passe-t-il ?

— Votre fils a passé la journée en équilibre sur sa fenêtre à insulter tout le quartier.

Madame Touré leva la tête et en voyant son fils assis sur le rebord, lâcha son sac de courses pour lui hurler :

— BIBI… RENTRE TOUT DE SUITE À LA MAISON, FERME CETTE FENÊTRE ET ATTENDS QUE JE MONTE, TU VAS VOIR !

Le petit Touré se mit à pleurer, descendit du rebord et ferma la fenêtre.

12e étage face ascenseur

En général, on ne dépasse pas l'étage correspondant à celui où l'on vit. Je veux dire par là, que si vous habitez au sixième étage d'une tour, vous ne vous rendrez jamais au septième ou au dixième (à moins de connaître les habitants de ces paliers ou de monter un soir vous plaindre du bruit). On connaît la présence de nos voisins les plus proches, juste à l'étage supérieur, mais les autres n'existent pas, et l'on se croit soi-même dernier habitant des hauteurs de l'immeuble.

Un jour, un astronaute fut envoyé dans l'espace par la N.A.S.A. Il devait atterrir (quelque part dans le désert) précisément au même endroit d'où il était parti. Il y eut un problème de trajectoire et finalement, le type fut parachuté sur le toit de la tour.

Il portait une épaisse combinaison blanche,

des grosses bottes et une espèce de casque intégral, enfin il était habillé comme tous les mecs qui reviennent de l'espace. Marcus et Yann avaient l'habitude de monter jusqu'ici pour se défoncer. Ils n'étaient pas loin de s'injecter un peu de poudre dans les veines quand l'astronaute vint les trouver.

— Hello, my name is John McKenzie.

Marcus et Yann levèrent la tête et n'en crurent pas leurs yeux en voyant l'astronaute qui leur tendait la main.

— Putain, mais qu'est-ce t'as pris toi pour être dans cet état ?

— What ?

— Avec quoi tu te défonces mec ?

— Difounce ?... I'm sorry, but... Where I am ?

Yann avait quelques notions d'anglais.

— Where you are, j'vais te le dire moi where you are... On Mars !

Marcus, qui ne comprenait rien, préféra s'envoyer en l'air, histoire d'aller voir ailleurs.

— What is he doing ?

— He go very far away... On the space.

— On the space !

— Yes and me too... Goodbye.

Yann prit la seringue dans la main de Marcus et rejoignit son copain. L'astronaute, qui donc s'appelait John McKenzie, se sentit bien seul d'un coup. Il chercha un moyen de quitter le lieu, et le fait de ne pas bondir à trois mètres de haut à chacun de ses pas lui parut étrange.

L'homme réussit à trouver la trappe qui accédait au douzième étage de la tour et, après une chute amortie par son épaisse combinaison, se retrouva sur le palier, devant une porte à laquelle il frappa.

Madame Hamida habitait l'immeuble et son dernier étage depuis une dizaine d'années. Elle devait avoir soixante ans passés, ses quatre enfants ne vivaient plus à la maison, et l'automne suivant, elle s'apprêtait à fêter le huitième anniversaire de la mort de son mari. Bref, lorsqu'elle ouvrit la porte et qu'elle se retrouva en face de John McKenzie, la vie lui fit dire :

— Si c'est pour une religion ou un calendrier laissez tomber.

Faut dire qu'elle avait déjà acheté le calendrier des postiers, celui des pompiers et celui des éboueurs. Et aussi que depuis qu'elle avait laissé entrer deux témoins de Jéhovah un jour où elle se sentait seule, le bruit avait couru, et tous les types qui avaient une religion à revendre venaient directement frapper à sa porte.

— I'm sorry, I'm John McKenzie… I'm lost.

— Loust ?

— No, lost.

— Mais qu'est-ce que vous voulez ?

John McKenzie enleva son casque et fit le geste de quelqu'un qui veut téléphoner.

— Phone... Phone...

Et comme tout le monde avait vu *E.T.*, elle le laissa entrer.

Ce qu'il faut savoir, c'est que John McKenzie avait grandi dans le Montana et que ses parents étaient deux fermiers qui possédaient pas mal de terres et passaient leurs journées à s'occuper des bêtes. Son père était mort deux ans plus tôt et il regrettait de ne pas se rendre plus souvent auprès de sa mère, qui se sentait bien isolée dans ces grandes vallées. En entrant chez madame Hamida, il sut tout de suite qu'il se trouvait chez une brave mère de famille dont les enfants n'étaient plus là. Certaines choses lui rappelèrent sa mère, comme des cartes postales aux divers paysages, accrochées derrière une porte. Des photos d'enfants grandissant au fil des prises de vue, encadrées partout dans la maison. Et sur un buffet, la photo d'un homme qui ne pouvait être que mort.

Madame Hamida accompagna John McKenzie au téléphone et mima quelqu'un qui boit :

— Café ?

— Oh year, coffee.

Contente d'avoir été comprise, elle laissa

l'astronaute dans la salle à manger, pour aller dans la cuisine préparer un peu de café.

John McKenzie composa le numéro de la N.A.S.A. qu'il connaissait par cœur (c'est obligatoire de connaître le numéro de la N.A.S.A. par cœur quand on est astronaute) et leur raconta qu'il était bien rentré sur Terre mais qu'il avait atterri sur le toit d'une tour, quelque part dans le monde où l'on parlait français. Le type de la N.A.S.A., qui fut d'abord soulagé d'apprendre que son astronaute était bien vivant, lui demanda plus d'informations pour essayer de le repérer. John ne sut pas quoi dire, alors le type à l'autre bout du monde ne trouva qu'une seule idée que je vais tenter de vous traduire :

— John... Mettez-vous près d'une fenêtre et décrivez-nous précisément ce que vous voyez.

Il comptait sur un élément qui leur permettrait grâce à leur satellite de le localiser.

John se mit près de la fenêtre, et voilà ce qu'il dit :

— C'est une banlieue, une immense banlieue, certainement plusieurs villes... Il y a des centaines d'immeubles, tous gris, ils semblent être les mêmes... Certains immeubles sont tout en hauteur, d'autres ressemblent à des barres posées à l'horizontale... Parfois, entre ces blocs, on trouve quelques pavillons, ils sont identiques les uns aux autres et n'ont pas l'air finis. On a l'impression qu'ils ont peur des tours qui se dressent autour d'eux… Il n'y a pas beaucoup de monde dehors, en tout cas, personne ne se promène sans but précis… Les gens rentrent chez eux, reviennent ou vont faire des courses… Des groupes de jeunes sont parfois réunis devant les entrées d'immeuble, ou alors accroupis autour d'une moto pour faire de la mécanique… Il y a souvent des hommes accoudés aux fenêtres des immeubles, ils sont seuls et fument des cigarettes. Je ne sais pas si ces hommes pensent ou regardent simplement devant eux… Le ciel est étrange, nous sommes pourtant en fin d'après-midi et sa couleur est proche du rose ici, le ciel ne dégage pas une lumière naturelle, c'est autre chose, comme un éclat chimique… En fait, le ciel est électrique comme le sont les néons accrochés partout dans le paysage… Des milliers de néons… Certains sont publicitaires, suspendus sur les toits des immeubles, sur les plus proches, on peut lire : CONTINENT… CONFORAMA… LEROY MERLIN… TOYOTA… Plus bas, on trouve des néons accrochés au-dessus des entrées de magasins ou d'usines, je peux lire : BOUCHERIE BERNARD… COIFFEUR… DUMAY ÉLECTRICITÉ… PRESSE-TABAC DES QUATRE TOURS… FERRAILLERIE GOMEZ… Les néons sont bleus, verts, parfois jaunes mais rouges le plus souvent… Il y a aussi des néons qui ne servent à rien d'autre qu'à éclairer… Éclairer les abribus, les galeries marchandes, les halls d'immeuble, les trottoirs ou les routes…

À l'autre bout du monde, on entrait dans un ordinateur les informations que John McKenzie communiquait. L'ordinateur qui était relié à un satellite était également connecté à un fichier concernant le grand banditisme international, et comme *GOMEZ* n'avait pas été ferrailleur toute sa vie, on n'eut pas de mal à identifier l'astronaute échoué.

La N.A.S.A. envoya une patrouille spéciale chargée d'aller chercher John McKenzie au douzième étage de la tour, et une femme qui parlait français comme vous et moi voulut discuter avec madame Hamida.

Voilà ce qu'elle lui dit :

— Bonjour, je m'appelle Stella O'Jamesgreat…

— Bonjour, je suis madame Hamida.

— Je travaille pour la N.A.S.A. et…

— Moi je ne travaille plus depuis sept mois, avant j'étais aide-soignante à l'hôpital des Lilas, mais maintenant je suis à la retraite.

— C'est bien ça, donc je…

— Oui mais je m'ennuie un peu.

— Ah… Donc, je voulais vous parler de John McKenzie qui s'est retrouvé chez vous.

— Il est bel homme monsieur McKenzie.

— Euh, oui c'est vrai… Voilà madame Hamida, il est très important pour nous que cette histoire reste confidentielle, vous me suivez ?

— …

— Disons que nous nous retrouverions dans une situation embarrassante si la population mondiale venait à apprendre ce qui s'est passé.

— Qu'est-ce qui s'est passé ?

— Eh bien, le fait que John McKenzie se soit retrouvé chez vous au lieu d'être parachuté ici, à cap Canaveral.

— Et pourquoi c'est mal qu'il soit chez moi monsieur McKenzie ?

— Parce que c'est un astronaute en mission et que… Nous avons commis une petite erreur de trajectoire.

— Alors qu'est-ce que vous voulez ?

— Que ça ne se sache pas.

— Il faudrait que je cache au monde entier que je connais monsieur McKenzie ?

— Oui… Mais nous sommes prêts à vous dédommager.

— Et comment ?

— Nous pourrions vous offrir de l'argent, ou autre chose.

Madame Hamida réfléchit un peu, puis :

— Mon fils aîné travaille dans l'électronique à Marseille, ma fille est mariée et s'est installée à côté de Lyon, mon autre fils fait une école de commerce à Nantes et le dernier est amoureux à Londres… On se voit pas souvent.

— Est-ce qu'un voyage avec votre famille vous ferait plaisir ?

La N.A.S.A. avait une nouvelle mission, réunir la famille Hamida pour un voyage de deux semaines à cap Canaveral et au parc d'attractions Des fusées et des hommes.

John McKenzie s'installa sur le canapé dans la salle à manger et madame Hamida lui donna du café. Ils passèrent l'après-midi à discuter et à essayer de se comprendre. John parla beaucoup de sa mère, elle lui manquait et il savait qu'elle se sentait très seule, isolée dans le Montana. Pourtant, malgré son temps libre, il ne se précipitait pas pour lui rendre visite et passer un moment avec elle. Madame Hamida lui raconta qu'elle avait pris l'habitude de mentir à ses enfants. Elle se donnait tout d'une femme occupée, qui ne compte pas sur la présence de sa famille pour tromper l'ennui. Elle leur parlait de plusieurs clubs où elle s'était inscrite. Clubs de lecture, d'échecs, de gymnastique aquatique. Elle inventait aussi des amis avec lesquels elle passait ses soirées à dîner et à faire des jeux de société.

John McKenzie demanda l'autorisation de prendre une douche. Madame Hamida lui indiqua la salle de bains et déposa des vêtements de son fils aîné, qui semblait bâti comme l'astronaute, sur le lit, dans la chambre du garçon.

Après sa toilette, John McKenzie entra dans la chambre, enfila ses vêtements et resta un moment assis sur le lit. C'était la chambre d'un adolescent. Les posters aux murs représentaient les mêmes héros que ceux qu'il avait lui-même affichés dans sa chambre du Montana quelques années auparavant. Sur le bureau, des livres d'école étaient encore empilés. Des photos de famille en vacances, de camarades de classe oubliés, d'une fiancée d'une saison passée. En voyant ces affaires, John McKenzie comprit qu'ils devaient avoir le même âge. Il se leva pour s'approcher d'un petit cadre accroché près de la porte. C'était un dessin d'enfant avec un mot écrit maladroitement :

Tu ai comme une fé
Tu ai comme une reinne
Tu ai comme une étoille
Tu ai la plu belle
Tu ai ma maman

Ton fils qui t'aime

Et sans pouvoir s'en empêcher, John McKenzie se mit à pleurer. Il pleura si fort que madame Hamida entra dans la chambre. Elle prit le grand jeune homme dans ses bras et lui fit un câlin en lui parlant doucement.

Ils restèrent ainsi jusqu'à l'arrivée de la N.A.S.A. en avion privé.

Quelques semaines plus tard, une énorme voiture vint chercher madame Hamida au pied de la tour, pour l'emmener à l'aéroport où ses enfants l'attendaient pour un voyage à cap Canaveral.

Un voyage qu'elle avait gagné au club des Amis de l'espace.

Le toit

Le quatre septembre mille neuf cent quatre-vingt-neuf, j'ai quitté la tour. Le quartier. La ville. Et toute la banlieue qui nous entourait depuis notre naissance. J'avais trouvé une place comme apprenti chez un photographe installé à Paris, dans le quartier de l'Opéra. Et du fait que je devais commencer chaque jour à cinq heures du matin pour développer et tirer les prises de vue de la veille, mon futur patron (qui devait me virer trois mois plus tard) me louait une chambre de bonne au-dessus du studio.

Donc, le dimanche soir précédant le lundi de mon départ, nous organisâmes une petite soirée à la maison. La plupart de mes amis étaient là, et mes parents avaient installé sur la table du salon de quoi boire et manger.

Alors que la fête avait commencé depuis deux bonnes heures, j'étais étonné de ne toujours pas voir débarquer Karim, Daniel et

Dédé. En général, c'étaient les premiers à arriver à ce genre d'occasion. Par exemple, lorsque l'on nous invitait à des boums organisées par des élèves du collège, ces trois gaillards étaient là avant tout le monde. Ils se goinfraient au buffet, essayaient d'embrasser de force n'importe quelle fille qui aurait accepté de danser un slow et finissaient par se barrer en foutant un bordel monstre, et des fois même en piquant une télé (Dédé), ou le chien du propriétaire (Daniel).

Vers dix heures du soir, quelqu'un vint me dire que Daniel m'attendait à la porte d'entrée.

— Qu'est-ce que tu fais, entre ?

— Non, laisse tomber, je suis avec les autres, on a une surprise pour toi, faut que tu viennes avec moi.

Quand un type comme Daniel employait le mot surprise, fallait justement s'attendre à tout. Ça pouvait être la surprise d'avoir kidnappé un type à qui vous en vouliez, la surprise de vous avoir volé une voiture ou la surprise de vous arracher l'oreille. Je savais que je ne risquais rien, mais j'avais toujours un peu peur de me retrouver dans de sales draps, ce qui était déjà arrivé plusieurs fois.

Je sortis sur le palier avec Daniel et nous prîmes l'ascenseur jusqu'au dernier étage.

— On va où ?

— Tu vas voir.

Arrivé en haut, Daniel décrocha l'échelle qu'il disposa pour atteindre la trappe donnant accès au toit de l'immeuble. Je n'y étais jamais monté, mais en le voyant faire, je pensai que Daniel était habitué à s'y rendre.

La terrasse de l'immeuble était gigantesque, en fait elle représentait la surface des quatre appartements que l'on trouvait à chaque étage. Le sol était recouvert de centaines de déchets. Des canettes de différentes boissons, des sachets de chips, des seringues, des vieilles cuillères rouillées, des milliers de mégots. Je m'arrêtai devant la carcasse brûlée d'une mobylette, en me demandant comment cette bécane avait pu se retrouver ici.

Karim et Dédé, qui nous attendaient assis sur le rebord, se levèrent en nous voyant arriver.

Karim me balança :

— V'la le lâcheur.

Et Dédé :

— Monsieur J'suis-pas-bien-en-banlieue.

Et moi :

— Allez vous faire mettre les gars.

Ils restaient à me regarder, silencieux, mais avec le même sourire en coin qui trahissait comme un secret qui les rendait heureux.

— Qu'est-ce que vous foutez, je vous signale que la fête c'est chez moi.

— On va y aller à ta fête, on avait juste envie d'un petit moment d'intimité avec toi ma chérie.

Après avoir dit ça, Karim se retourna vers Dédé.

— Allez, file-lui.

Dédé se pencha pour prendre une espèce de sacoche qui traînait à ses pieds.

— Tiens, bon anniversaire.

Daniel le reprit.

— C'est pas son anniversaire pauvre crétin.

— Ah ouais c'est vrai… Alors… Bon départ.

Il me donna la sacoche qui devait peser cinq bons kilos.

À voir le contenu, je compris tout de suite que ces trois délinquants venaient de braquer un studio photo. Et en voyant le nom Flash Film sur une étiquette qui entourait l'objectif, je sus quel studio photo ils venaient de dévaliser. (En fait, Flash Film était une espèce de boutique installée dans la galerie marchande du supermarché, qui, en plus de développer vos films, vous vendait aussi du matériel semi-professionnel.)

Un boîtier neuf semi-automatique. Deux objectifs, un grand angle et une longue focale.

Un flash. Un pied. Une dizaine de pellicules de toutes les sensibilités, couleur et noir et blanc.

— Ben merde les mecs… Fallait pas… Vous êtes allés chez Flash Film ?

Je ne sais pas pourquoi je m'adressais à Karim, peut-être parce qu'il était le plus grand. Ou le plus violent.

— Ouais, on vient d'y aller… De toute façon, j'ai jamais pu les encadrer chez Flash Film, ils ont toujours peur qu'on leur vole des trucs.

Le magasin était tenu par un couple d'une quarantaine d'années, dont la femme arrêtait pas de la ramener sur le fait que son mec et elle s'étaient rencontrés à Beyrouth alors qu'ils étaient tous les deux photographes de guerre.

— On savait pas quoi te prendre, alors on a choisi le même appareil que le type sur la photo à l'entrée du magasin… Après c'était dur de savoir quels objectifs allaient avec, alors on en a sorti plusieurs et on a choisi ceux qui rentraient bien… On voulait pas débarquer avec ça chez toi, tes parents auraient trouvé ça louche qu'on se pointe comme ça avec du matos… Alors on s'est dit que le mieux c'était de te le donner sur le toit, comme ça tu peux laisser le matériel ici cette nuit et le récupérer demain matin avant de te tirer.

Daniel conclut :

— En plus y a des étoiles !

Dédé se tourna vers Daniel :

— Quel rapport les étoiles ?

— Ben dans le ciel, y a des étoiles dans le ciel connard… Ça veut dire qu'il va pas pleuvoir cette nuit et que son matos risque rien.

(À cette époque, il restait trois ou quatre étoiles encore visibles dans notre ciel de banlieue. Elles ont filé depuis.)

Comme je ne savais pas quoi dire, je pris le boîtier et installai le grand angle, je choisis le film à la plus haute sensibilité. Mes trois amis me regardaient manipuler le matériel, comme des pirates salivant devant leur chef déterrant un butin.

Je ne connaissais pas très bien ce genre d'équipement, mais je m'appliquai à paraître professionnel. Je voulais qu'ils soient fiers de moi.

Je pointai l'appareil dans leur direction, inversant ainsi la gêne et la timidité.

— Allez, souriez quoi.

Ils se serrèrent un peu, sourirent légèrement et Karim prit les deux autres dans ses bras.

CLIC.

Le lendemain matin, je retrouvai le toit pour récupérer la sacoche. Daniel avait raison, il n'avait pas plu et le jour qui se levait promettait une belle journée de septembre. Le quartier dormait encore, je m'assis un moment sur le rebord et allumai une cigarette. En bas, un type promenait son chien. Est-ce qu'il le promenait de si bonne heure parce que c'était le seul moment où il pouvait le promener, ou alors parce que son chien préférait pisser de si bonne heure le matin ? En regardant la carcasse de la mobylette échouée sur le toit, j'essayai encore une fois de comprendre sa présence. Certainement un type qui voulait s'en débarrasser après une poursuite avec les flics, ou alors un type qui l'avait déclarée volée à son assurance pour toucher le fric et qui l'avait montée jusqu'ici, certain qu'on ne la retrouverait pas.

Je sortis l'appareil que je pointai vers la banlieue qui s'étendait devant moi. L'impression qu'au moment de déclencher, les immeubles, le béton, les néons, les rideaux de fer, les graffitis, les terrains vagues, les usines, les gens et le monde tout entier s'engouffreraient en moi.

CLIC.

À tout de suite.

À SUIVRE

CHRONIQUES
DE
L'ASPHALTE

2/5

TABLE

PREMIER VOLUME 1/5. « Le temps des tours »

1er étage face ascenseur 11
2e étage droite sur le palier 25
Ascenseur 41
3e étage face ascenseur 47
Hall 57
4e étage + vide-ordures 63
Les caves 81
5e étage face ascenseur + rez-de-chaussée 93
6e étage 105
7e, 8e, 9e étages 117
Devant la tour 131
10e étage droite sur le palier 141
Derrière la tour 153
11e étage fenêtre 159
12e étage face ascenseur 165
Le toit 179

Achevé d'imprimer sur les presses de

BUSSIÈRE

GROUPE CPI

à Saint-Amand-Montrond (Cher)
pour le compte des Éditions Julliard
en octobre 2005

Composition Interligne

N° d'édition : 46253-01 — N° d'impression : 053791/4
Dépôt légal : octobre 2005
Imprimé en France